비뢰도

飛雷刀

비뢰도 23

검류혼 장편 新무협 판타지 소설

초판 1쇄 찍은 날 § 2007년 7월 31일
초판 2쇄 펴낸 날 § 2007년 8월 15일

지은이 § 검류혼
펴낸이 § 서경석

편집장 § 문혜영
편집책임 § 장상수
편집 § 서지현 · 심재영

펴낸곳 § 도서출판 청어람
등록번호 § 제1081-1-89호
등록일자 § 1999. 5. 31
어람번호 § 제2-1260호

주소 § 경기도 부천시 원미구 심곡1동 350-1 남성B/D 3F (우) 420-011
전화 § 032-656-4452 팩스 § 032-656-4453
http://www.chungeoram.com
E-mail § eoram99@chollian.net

ⓒ 검류혼, 2005

ISBN 978-89-251-0832-2 04810
ISBN 89-5831-855-4 (세트)

※ 파본은 구입하신 서점에서 교환하여 드립니다.
※ 저자와 협의하여 인지를 붙이지 않습니다.

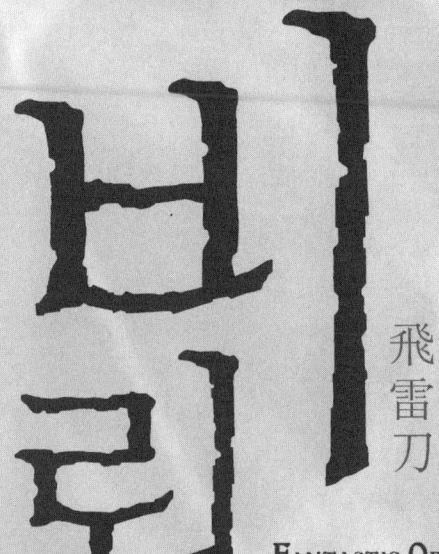

飛雷刀

FANTASTIC ORIENTAL HEROES

검류혼 장편 신무협 판타지 소설

23

眞 비뢰도의 행방

목차

어떤 초대장 _ 7

사부와의 조우, 피할 수 없는 만남 _ 29

그래도 안 되는 건 알고 있지? _ 45

옜다, 이거나 써라! _ 62

경매장에서 _ 75

오십만 냥 대회 _ 85

잃어버린 돈을 찾아서 _ 96

은발의 소년(?)과 지나가던 사람 _ 108

지나가던 사람이다 _ 114

류은경, 우여곡절 끝에 남궁상을 만나다 _ 133

나 혼자 죽을 순 없다 _ 150

구구절절(句句節節) _ 153

업(業)의 양면 _ 162

연비의 고민 _ 168

효룡과 장홍의 눈부신 합격술 _ 175

한밤의 경매장 _ 184

일 대 일 대결을 하자! _ 197

보람찬 경매가 끝나고 _ 224

마님이라 불리는 여인 _ 233

괴노인의 정체 _ 246

장모님 습격 사건 _ 264

철가면의 남자 _ 295

비류연과 그 일당들의 좌담회 _ 305

어떤 초대장
― 서쪽으로부터 온 소식

휘이이이이이이잉!

황토빛 바람이 거칠게 몸을 때리고 시계는 한 치 앞도 보이지 않을 만큼 어두웠다. 서쪽으로부터 불어온 뿌연 황사바람 탓이었다. 메마른 사막에서 일어난 황사는 바람을 타고 대륙을 가로지르며 오색찬란한 봄빛을 자신의 색깔로 물들이고 있었다.

"쳇. 빌어먹을 똥색 바람, 눈이 다 맵네그려."

보초를 서고 있던 청성파 출신 강상원의 입에서 자연스레 욕지기가 튀어나왔다.

"올해는 유난이군. 작년에도 이 정도는 아니었던 것 같은데."

함께 보초를 서던 해남파의 정하군이 맞장구치며 대답했다. 두 사람의 입에는 지금 모두 먼지막이용 두건이 씌워져 있었다. 그러나 멀쩡히 드러난 두 눈이 이 황사바람에 괴롭힘 당하는 것까지는 피할 길이 없었다. 비록 둘 다 명문정파 출신이긴 했지만 여기서는 그다지 큰 간판이 되지 못했다. 왜냐하면 여기서 그런 건 그저 기본 중의 기본에 불과했기 때문이다. 그들이 몸담고 있는 이곳은 구대문파나 팔대세가가 아닌 사람을 찾는 편이 오히려 더 빠를 지경이었다. 그러니 명문정파 출신이라 해도 보초 신세를 면하기 어려웠다. 좀 더 막중한 임무를 맡기 위해서는 지금보다 훨씬 더 실력을 갈고닦지 않으면 안 되었다.

"젠장. 침을 뱉으면 흙탕물이 튀어나올 것 같군. 입 안이 깔짝깔짝하고 텁텁해서 기분이 구리네그려."

한껏 인상을 찌푸리며 강상원이 투덜댔다. 빨리 출세하던가 해야지, 이런 날 정문 보초를 선다는 것은 정말 죽을 맛이었다.

"교대하면 둘이서 목구멍이나 씻으러 가세."

그래도 친구라고 정하군이 그를 위로해 주었다.

"거 좋지. 탁주라도 한 사발 들이켜지 않으면 못 참겠어!"

"그럼 쓰나? 이런 날에는 기름 쫠쫠 흐르는 돼지고기 요리에 화끈한 청주가 제격이지."

"캬아~ 생각만 해도 군침이 도는구만."

둘의 마음은 벌써 객점에 도착해 있었다. 이렇게라도 농을 떨지 않으면 이 희뿌연 세상에 외로이 갇혀 있는 듯한 우울한 기분에서 벗어날 수 없을 것 같았다. 말이라도 해야지, 까닥하다간 옆에 친구가 있다는 사실조차 까먹을 정도로 지독한 날씨였다.

"응? 저게 뭐지?"

그것을 먼저 발견한 것은 정하군이었다.

"어디어디? 어느 미친 것이 이런 날씨에……."

강상원은 눈을 가느다랗게 뜬 채 정하군이 가리키는 방향을 바라보았다.

"어, 진짜네?"

환영이 아니었다. 허깨비도 아니었다. 진짜로 흙먼지 벽 너머에서 한 인영이 이쪽을 향해 걸어오고 있었다.
"누구지?"
"글세… 이런 날에 꽤나 고생하는구만."
말을 함부로 끌고 왔다가는 중간에 질식사할지도 모를 지독한 날씨였다. 이런 날엔 포근하고 아늑한 집 안에 틀어박혀 창문, 방문 꼭 닫고 얌전히 두 발 뻗고 뒹구는 게 최고였다.
사내는 초립을 깊게 눌러쓰고 온몸에 피풍의를 두르고 있었다. 거센 바람을 상대하며 앞으로 나가기 위해 몸을 잔뜩 움츠린 채 한 발짝 한 발짝 힘겹게 걸어오고 있었다. 걸치고 있는 피풍의와 삿갓 모두 황토색이었는데, 처음부터 이런 색은 분명 아니었을 터였다. 마침내 사내는 흙먼지의 황사바람을 뚫고 그들이 지키는 대문 앞까지 도달했다. 강상원과 장하군은 잠시 긴장했다.
"파하! 뒈지는 줄 알았네. 콜록콜록콜록! 헥헥헥! 무, 물 있습니까?"
삿갓사내가 입을 가리고 있던 천을 걷어내며 호들갑스럽게 외쳤다.
"여, 여기 있소."
사내의 갑작스런 모습에 얼떨떨해진 강상원은 얼떨결에 주전자를 들어 그 사내에게 건네주었다.
사내는 벌컥벌컥 열심히 물을 들이켰다. 이 세상에서 가장 달콤한 감로수를 삼키는 사람 같았다.
"크하아아아아, 좋다! 물맛이 끝내주네요. 덕분에 살았습니다."
"뭐 별말씀을. 그런데 어디서 오셨소?"
사내가 좀 진정하자 그때까지 보초 된 임무를 잊지 않고 있던 정하군이 물었다.
"아, 서쪽에서 왔습니다."

"서쪽 어디요?"

서쪽이란 말은 지칭하는 범위가 너무 광범위해서 전혀 대답처럼 들리지 않았다.

"아, 동정호에서 왔습니다. 전 중원표국 동정호 지국 표두 영호감이라 합니다."

중원표국이란 간판은 이곳에서도 충분히 효과를 발휘했다.

"아, 중원표국 분이셨군요. 그럼 영 표두께선 본 맹에 무슨 볼일로 오셨습니까?"

"표사 나부랭이가 하는 일이 별거있겠습니까. 운송할 표물이 있어서지요."

"표물이오? 말도 한 마리 없이 말입니까?"

아무리 훑어봐도 표물이라 불릴 만한 물건은 몸에 지니고 있지 않았다.

"아, 그 녀석은 오다가 죽어버렸습니다. 황사바람이 어지간히 지독해야 말이지요. 할 수 없이 나머지 길을 걸어서 올 수밖에 없었지요. 저도 하마터면 '업무 중 사망' 할 뻔했습니다. 올해는 유난히 바람이 지독하더군요."

"동감입니다. 우리들도 눈 뜨고 있기가 괴로울 정도지요. 그건 그렇고, 말이 죽었으면 표물도……."

"아, 아닙니다. 말이 죽었으면 사람이라도 짊어지고 끝까지 운송하는 게 표사 된 자의 책무죠. 하지만 운 좋게도 이번엔 표물이 작았습니다. 다행이었지요."

"그럼 그 표물이 뭔지 알려주실 수 있겠습니까?"

표물의 종류에 따라 담당하는 부서가 다르기 때문이었다. 그들은 경비뿐만 아니라 잡무도 담당하고 있었다. 그리고 그들을 총관리하는 보초장은 지금 저 대문 안쪽의 초소 안에서 두 다리를 뻗고 쉬고 있는 중이었다.
"아, 종이입니다, 종이 한 장!"
그거라면 확실히 가벼울 만했다.
"종이요?"
강상원과 정하군이 눈을 크게 떴다.
"하하하, 사실은 종이는 종이되 보통 종이는 아니지요. 제가 가지고 온 표물은 서찰입니다."
그러자 두 사람은 경악하고 말았다.
"아니, 고작 서찰 하나 때문에 혼자서 이 지독한 황사바람을 뚫고 오셨단 말입니까?"
"어쩌다 보니 그렇게 되었습니다. 고객이 원하면 어떤 것이든 운반하는 것이 저희 중원표국의 신조니까요. 하지만 이건 보통 서찰이 아닙니다. 중원표국의 표두인 제가 직접 가지고 올 만한 가치가 있는 물건이지요."
자부심이 느껴지는 말이었다.
"그래요? 그럼 그 서찰이 어느 분께 가는 건지 알 수 있겠습니까?"
그 서찰이 귀중한가 아닌가는 그것을 받는 사람이 누구냐에 달려 있었다.
"아, 물론입니다. 제가 가지고 온 서찰은 바로 무림맹주님이신 나백천 대협 앞으로 보내진 것입니다."
영호감이 활짝 웃으며 대문 위에 걸린 현판을 올려다보았다. 그곳에는 용사비등한 글씨로 '정천맹(正天盟)'이라고 적혀 있었다.

한 장의 서찰이 정천맹의 거대한 문을 두드렸다. 두세 가지 확인 절차가 끝나자 닫혀 있던 문이 열렸다. 서찰은 두 개로 갈라진 굳건한 철문을 지나 회랑을 우회한 다음 포석이 깔린 길을 따라 앞으로 나아갔다. 그러는 동안 중문 세 개를 거치고 회랑을 두 번 돌자 곧 목적한 곳이 나왔다. 그러나 그 바로 앞에서 서찰의 전진을 막는 손길이 있었다. 그 손의 주인은 서찰이 가고자 하는 최종 목적지로 향하는 열두 계단 맨 위에 서 있었다.

"거기서 멈추게. 그 앞은 함부로 올 수 없는 곳이네."

서찰이 멈추었다. 서찰을 멈춘 사람은 맹주 직속 좌호법인 전광검(電光劍) 남궁진이었다.

"무슨 일인가, 이칠?"

서찰을 들고 있던 이칠이 대답했다.

"예, 좌호법님. 맹주님 앞으로 온 서찰입니다."

그러자 남궁진의 얼굴에 의아함이 떠올랐다.

"이칠, 자넨 정문 담당 보초장이지 서찰 담당이 아니지 않은가?"

"중원표국의 표두 인편으로 방금 도착한 서찰인데, 정문에서 받았습니다. 급한 일인 것 같아 제가 직접 왔습니다."

"표국에서? 보낸 사람은 누군가?"

"적혀 있지 않습니다."

"줘보게."

열두 계단 위에서 남궁진이 손을 뻗자 이칠의 손에 들려 있던 서찰이 두둥실 떠오르더니 나비처럼 날아서 사내의 손 안으로 빨려 들어갔다. 멋진 허공섭물의 한 수였다.

부욱!

봉인된 서찰을 이리저리 돌려가며 꼼꼼히 살펴본 후, 남궁진은 거침없이 이 서찰의 봉인을 뜯었다.

"흡!"

맹주 앞으로 가는 서찰의 봉인이 무참하게 뜯겨 나가자 이칠은 기겁했다. 그러자 남궁진이 그를 진정시켰다.

"아, 자넨 정문 담당이라서 잘 모르겠군. 나에겐 몇 가지 형식의 서찰을 빼고는 모두 개봉해 볼 수 있는 권한이 있네. 특히 이렇게 발송인 불명의 서찰에는 무슨 독수가 숨겨져 있을지 알 수 없는 일이니 말일세. 간혹 독이 묻어 있는 서찰이나 암기가 든 서찰도 심심찮게 오곤 하거든. 언제나 방심하지 않는 게 나의 일이지."

남궁진의 말대로 서찰 안에 면도칼을 넣어놓거나 독을 발라놓는 경우도 있기 때문에 모르는 곳에서 온 편지를 받을 때는 특히 더한 주의가 필요했다. 가장 안전한 길은 사전에 검사를 거치는 일이었다. 이럴 경우 그는 호위 역의 입장에서 그 서찰을 개봉해 볼 수 있었다. 그리고 삐죽한 면도날이 숨겨져 있거나 유리 가루가 붙어 있거나 독이 묻어 있지 않다는 것이 확인되면 그다음에야 비로소 나백천의 손에 쥐어질 수 있는 것이었다. 그리고 보면 무림맹주 자리도 쉬운 자리는 아니었다.

"음?"

서찰을 읽어 내려가던 남궁진의 몸이 흠칫 굳었다.

"무슨 일 있으십니까, 남궁 호법님?"

봉투 안에는 면도날이나 독보다 훨씬 더 무시무시한 것이 들어 있었다. 그렇다. 가장 치명적인 것은 바로 흰 종이 안에 글이랍시고 적혀 있는 내용 그 자체였다.

"아무것도 아닐세. 그만 돌아가서 쉬도록 하게."

자신을 긴장 어린 눈으로 바라보고 있던 이칠을 돌려보낸 다음 남궁진은 조용히 뇌까렸다.

"이걸 전해줘야 하나? 진짜 싫은데… 허허, 이런 난감한 일이……."

갑자기 머리카락을 쥐어뜯고 싶은 심정이었다. 돌아올 반응은 무서울 정도로 뻔했다. 이걸 전해줘야 하나 말아야 하나, 한참을 서성이며 고민하던 남궁진은 나름대로 마음의 가닥을 잡은 다음 결심을 굳히고 안으로 들어갔다. 집무실 안에선 무림맹주 나백천이 책상 위에 쌓인 산더미 같은 서류들과 장렬한 싸움을 벌이고 있는 중이었다. 최고 책임자라서 놀고먹을 수 있다고 생각하면 큰 오산이었다. 누구보다 많은 책임을 지고 많은 일을 하기 때문에 최고 책임자인 것이다.

"음, 무슨 일인가, 좌호법?"

나백천이 서류들에서 눈을 떼지 않은 채 물었다.

"……."

좌호법 남궁진은 대답 대신 좌우를 살펴본 후 우선 돈 될 만한 값진 물건들을 조심스럽게 들어 바깥으로 하나둘씩 옮겨놓기 시작했다.

"응? 자네 지금 뭐 하는 건가?"

그제야 나백천은 서류에서 시선을 떼어 자신의 호법을 바라보았다.

"유비무환(有備無患)이란 말을 실천 중입니다."

남궁진이 바쁜 손을 멈추지 않으며 대답했다.

"뭐?"

남궁진의 움직임이 얼마나 재빨랐던지 집무실 안에는 값나갈 만한 물건들이 거의 남아 있지 않았다.

"그냥 자그마한 사전 대책입니다. 신경 쓰지 마십시오."

이상한 대답에 나백천의 의혹은 점차 깊어져 갈 뿐이었다.

"충분히 신경 쓰이는군 그래. 좀 알면 안 되겠나?"

그러나 남궁진의 의지는 무림맹주의 청을 거절할 만큼 단호했다.

"금방 아시게 될 겁니다. 우선 이것마저 끝내놓고 말씀드리지요."

약속대로 물건 옮기기가 끝나자 남궁진은 내키지 않는 손길로 품 안에서 서찰을 꺼내 나백천 앞에 내밀었다.

"이게 뭔가?"

개봉된 서찰의 입구를 보며 나백천이 물었다.

"읽어보시면 압니다."

약간의 망설임을 담아 그 서찰을 떠나보낸 즉시 그는 재빨리 뒷걸음질로 물러났다. 그리고 나백천의 시선이 서찰 위를 훑어 내려감과 동시에 얼굴색과 표정이 시시각각으로 변하는 것을 확인하며 재빨리 두 손으로 귀를 막았다.

"뭣이라라라라라라라라라!"

곧이어 집무실 전체를 쩌렁쩌렁 울리는 사자후가 터져 나왔다. 집무실을 받치고 있던 대들보와 서까래가 부르르 떨리며 먼지를 토해냈다. 그 요동을 견디지 못한 벽에 쩌적 금이 가버리고 말았다.

붓은 칼보다 강하다는 것을 증명이라도 하듯, 이 한 장의 서찰은 그 대단한 초절정고수 무림맹주 나백천의 집무실을 초토화시켰다. 다행히 의자에 앉아서 읽었기에 망정이지, 만일 말 위에서였다면 충격으로 낙마해서 골절상을 입었을지도 모를 일이었다.

"어이쿠! 매… 맹주님, 고정하십시오, 비싼 기물들 다 부서집니다!"

오랫동안 나백천의 호법 생활을 해왔던 남궁진이 서둘러 나백천의 진노를 진정시키려고 노력했지만 별로 소용은 없었다.

쩌적! 파직! 쨍그랑!

나백천 앞에 놓여 있던 찻잔 받침서부터, 가느다란 선이 갈지자를 그리며 찻잔 면을 타고 사방으로 달리더니 그대로 산산조각 깨져 나가 버리고 말았다. 다행히 다 마신 뒤라 서류가 젖지는 않았다. 남궁진이 선견지명을 가지고 값비싼 도자기들과 장식품들을 옮기지 않았다면 그것들도 저 찻잔과 같은 비참한 운명을 맞이하고 말았으리라. 그의 임기응변이 아니었다면 피해는 훨씬 컸을 것이다.

"제, 제발 진정하십시오!"

다시 한 번 남궁진이 나백천을 말렸다.

"진정은 무슨 얼어죽을! 내가 지금 진정하게 됐나!"

쾅!

성난 나백천의 주먹이 자단목 책상을 벼락처럼 후려 팼다.

콰직!

'아아, 내일 책상 주문도 다시 넣어야겠군.'

값비싼 자단목으로 만든 향기 나는 책상은 그 일격을 견디지 못하고 두 쪽이 난 채 운명을 달리하고 말았다.

"자네 같으면 지금 진정할 수 있겠나, 남 호법!"

분을 제대로 삭히지 못한 나백천이 씨근거리며 외쳤다.

"남궁 호법입니다."

귀찮을 때면 항상 한 자를 빼먹는 맹주를 향해 남궁진이 조용히 항의했다. 정천맹의 좌호법인 그는 맹주로부터 이 집무실을 지켜내야 하는 알 수 없는 역할을 맡고 싶지는 않았다. 하지만 누군가는 나백천의 이성이 본래대로 돌아올 때까지 수많은 기밀과 고가의 장식품들이 빼곡히 들어차 있는 이 집무실을 지켜내지 않으면 안 되었다. 이곳이 무너진다는 것은 정천맹의 중추가 붕괴된다는 것과 같은 의미. 남궁진은 봉인되어 있던 최후의 수단을 쓰기로 했다. 비장한 마음으로 남궁진은 입을 열었다.

"더 이상 이러시면 사모님께 이르겠습니다!"

"······!!"

남궁진의 그 말 한마디에 나백천의 미칠 듯한 분노가 거짓말처럼 사라졌다.

"자, 자네 설마 진짜 그러진 않겠지?"

떨떠름한 얼굴로 나백천이 물었다. 그의 눈동자에 미미하게 서려 있는 그 빛의 이름은 바로 공포였다.

"봐서요."

남궁진이 잔인하게 대답했다. 그는 자신이 있는 한 맹주의 몸에는 상처 하나 낼 수 없다고 호언장담하고 다니면서도, 자신이 맹주의 정신에 상처를 내는 것은 아무렇지도 않은 모양이었다. 그리하여 맹주 집무실은 겨우겨우 코앞까지 다가왔던 파멸의 위기를 모면할 수 있었다.

"……."

후다다다다닥!

"매… 맹주님?"

남궁진 최후의 비술에 의해 겨우겨우 화를 진정시킨 무림맹주 나백천은 서류와 싸우던 백전불토의 역전용사인 붓을 내려놓고는 밖으로 달려나갔다. 비전의 신법을 발휘한 그 움직임이 질풍처럼 빨라 남궁진은 그만 부끄럽게도 그 움직임을 놓치고 말았다. 그의 손에 잡힌 것은 남겨진 한줄기 바람뿐이었다.

"이런!"

그러나 그도 맹주를 곁에서 보좌한 지 이미 십수 년, 맹주의 다음 행동을 예측하는 것은 그리 어렵지 않았다.

"에잇! 서둘러야겠군!"

남궁진은 나백천이 달려간 방향과 반대 방향 쪽으로 급히 신형을 날렸다.

전광석화(電光石火) 같은 손놀림이 방 안의 여기저기를 누비자 수많은 물건들이 그 손 안으로 빨려 들어왔다. 이곳은 아무나 발을 들일 수 없는 맹주 전용 침전이었으나 인영의 손놀림엔 망설임이 없었다. 왜냐하면 그가 바로 이 방의 주인이었기 때문이다. 지금 그의 손 안에 딸려 들어오는 것에는 속옷, 버선, 비상약, 여벌의 신발 등등 여행에 필요한 물품들이 다수 포함되어 있었다. 당장 짐 싸들고 동정호로 달려가려는 속셈이었다. 우격다짐으로 물건들을 쑤셔 넣은 행낭이 과식한 개구리 배처럼 볼록해지자 나백천은 그것을 서둘러 등에 둘러멘 후 자리에서 벌떡 일어나 문 쪽을 향해 몸을 돌려 한 걸음 내디뎠다. 그리곤 두 걸음째를 떼기도 전에 딱딱하게 꽁꽁 얼어붙었다. 언제부터인가 침전 문 난간에 한 싸늘한 눈초리를 한 미부인이 팔짱을 낀 채 묵묵히 기대어 서 있는 것을 발견한 탓이었다. 궁지에 몰린 나백천의 이마에 식은땀이 맺혔다.

"부, 부인……."

그는 이미 호랑이를 앞에 둔 개처럼 꼼짝도 못하고 있었다. 가장 사랑하면서도 가장 두려워하는 존재가 눈앞에 있었다. 그의 젊은 아내, 과거 흑도제일미라고 불리었던 빙월선자 예청의 눈이 별빛처럼 차가운 빛을 발했다.

"……."

예청은 차갑게 표정을 굳힌 채 대답하지 않았다. 나백천이 가장 무서워하는 반응이었다. 이 서늘한 침묵 앞에선 역전의 용사인 나백천도 어찌할 바를 모르게 되고 마는 것이다.

"여, 여긴 어떻게……."

본래라면 지금쯤 화원에서 다과를 즐기고 있을 시간이었다. 이렇게 딱 맞춰서 나타나다니, 제보가 없었다면 있을 수 없는 일이었다.

"좌호법이 헐레벌떡 달려와 알려주더군요."

예청이 차갑게 말했다.

"사모님, 맹주님이 폭주하십니다. 그분을 말려주십시오!"

자초지종을 듣자마자 예청은 재빨리 남편이 갈 법한 곳을 향해 몸을 날렸다. 그리고 혹시나 했더니 역시나라고 그녀의 남편은 그곳에 있었다. 맹주다운 품위는 어디론가 내팽개친 채 팔불출 아빠가 되어서.

힐끔!

예청의 시선이 나백천 뒤에 볼록 솟아 나와 있는 하얀 혹을 향했다.

"그건 또 뭐죠, 여보?"

"그… 그러니까 이건……."

동정호로 튀기 위한 짐이라고는 입이 찢어져도 말할 수 없었다.

"오늘 처리할 서류들은 다 끝내셨나 봐요?"

예청의 다시 착 가라앉은 목소리가 저승사자의 목소리보다 더 무섭게 들렸다.

"아니… 그건 그러니깐…… 잠시……."

물론 도중에 다 내팽개치고 달려왔으니 끝나 있을 리가 없었다.

"호오, 업무까지 미뤄두고 어딜 가실 셈이었나요, 여보?"

예청의 목소리는 나백천의 입을 얼어붙게 할 만큼 싸늘했다.

'하아. 좌호법이 말려도 듣지 않았다더니…….'

하아, 예청은 속으로 깊은 한숨을 내쉬며 한탄했다.

저 말도 안 되는 딸 사랑 때문에 종종 업무도 내팽개치기 때문에 언제나 그 뒷수습은 좌호법 남궁진의 몫이었다. 그러나 이번엔 나백천도 그 죗값을 받게 되고야 말았다.

"설마 숨겨둔 여인한테라도 가는 건 아니겠죠?"

느닷없는 예청의 질문을 들은 나백천의 안색이 창백해졌다. 검공이 조화지경에 이른 그의 안색에서 핏기를 싹 빼앗는 것은 무척 어려운 일인데도 그녀는 단 한마디 말로 그것을 가능케 했다.

"아, 아니, 부인… 이건… 그건 오해요, 오해…….."

죽음의 공포와 맞서 싸우며 나백천이 변명했다.

"아뇨. 오해인지 아닌지는 모르지요. 확실한 건 다만 당신이 저에게 뭘 숨기고 있다는 것일 뿐."

"수, 숨기다니… 그게 오해라는……."

"시끄러워요!"

조용한 분노가 서린 날카로운 외침 한마디가 그 말을 중간에서 끊어버렸다.

"합."

나백천은 서둘러 입을 닫았다.

"변명은 이제 충분해요! 제가 원하는 대답은 다른 것이에요."

"……?"

충분히 나백천을 궁지에 몰았다고 판단한 예청이 그의 앞에 흰 손을 내밀었다.

"내놔요!"

"뭐… 뭘 말씀하시는 거요, 부인?"

떨리는 목소리로 나백천이 되물었다.

"서찰!"

"그건 안 보시는 편이……."

나백천이 진심으로 말했다. 그러나 진심이라도 늘 통하는 것은 아니었다.

"서찰!!"

다시 한 번 예청이 짧게 말했다. 그것은 거부를 용납하지 않는 절대적인 명령이었다.

"넵! 부인! 여, 여기……."

나백천은 분노로 인해 꼬깃꼬깃해진 서찰을 품속에서 꺼내 부인 앞에 공손히 내밀었다.

그러자 나백천의 손에서 서찰이 살랑 떠오르더니 나비처럼 날아가 예청의 손에 사뿐히 안착했다. 그녀는 자신이 받아 든 서찰을 찬찬히 읽어 내려가기 시작했다. 남궁진이 너무 급하게 말하는 바람에 그 내용까지 듣지는 못했던 것이다. 서찰의 내용을 죽 훑어보던 예청의 표정이 점점 더 싸늘하게 변했다. 나백천은 그것이 어떤 상태인지를 알고 있었다. 그는 점점 더 두려워졌다.

축하합니다.
강호란도 원통투기장에서 주최하는 무려 오십만 냥의 막대한 상금이 걸린 '제일회 생살여탈 대격전' 투기제에 귀하를 초대합니다. 아울러 귀하의 자녀께서도 생사를 걸고 다투는 이 성대한 투기제에 참석하게 되었음을 알려 드립니다. 부디 참석하셔서 자리를 빛내주기 바랍니다.
—주최자 금적신(金積神) 돈왕.

"이… 이건?"

강호란도가 어떤 곳인지는 예청도 잘 알고 있었다. 그리고 그 투기제가 어떤 것인지도 잘 알고 있었다. 나백천은 할 수 없이 내키지는 않지만 자초지종을 설명할 수밖에 없었다.

'흑, 나 오늘 마누라한테 맞아 죽을지도…….'

나백천은 묘비에 새길 말과 유서에다 적을 내용에 대해 심각하게 고민하기 시작했다.

"하아……."

예청은 그 전전긍긍한 모습을 보고는 또다시 한숨을 내쉬었다. 다른 땐 참 멀쩡한 남편인데 왜 이럴 땐 꼭 다른 사람처럼 이럴까. 그 기제(機制)가 뭔지 예청도 궁금하기 짝이 없었다.

"뭘 그런 걸 가지고 쫄아요, 무림맹주씩이나 되는 사람이. 부끄럽지도 않아요?"

그러자 나백천이 당당히 가슴을 펴며 말했다.

"하지만 무서운 건 무서운 것 아니겠소. 인정하고 받아들이는 것도 강함이오."

그 변명에 대한 예청은 반응은 간단했다.

"퍽이나!"

"……."

나백천은 곧 폭발할 폭탄 옆에 서 있는 사람처럼 아무 말 않고 침묵을 유지했다. 예청이 깊은 한숨을 내쉬었다. 오늘은 어째 한숨만 쉬다가 하루가 다 갈 것 같았다.

"하아, 좌호법이 당황해서 안절부절못하는 모습을 봤을 때 짐작은 했었지만 설마 이런 일이었을 줄이야……."

"……."

나백천은 침묵했다. 입이 백 개라도 할 말이 없었다.

"좌호법이 숨넘어갈 듯한 모습으로 그러더군요. 당신이 갑작스레 모든 걸 뒤로 미루고 출장을 가려고 한다고. 말려도 소용없더라고. 당신이 그럴 때는 단 하나, 린아의 일이 얽혀 있을 때뿐이죠."

역시 이십 년을 살을 맞대온 아내였다. 나백천의 행동 방식은 이미 훤하게 꿰뚫고 있었던 것이다.

"아, 알고 계셨소?"

"절 누구라고 생각하시는 거예요?"

"그… 그거야……."

"전 당신의 아내예요. 부부로서 이십 년을 살아왔다고요. 그런 것도 모를 줄 알았나요?"

"아니, 그건……."

"그런 건 예전부터 알고 있었어요. 다만 그동안은 눈감아줬을 뿐이죠. 하지만……."

흥분하던 여인이 잠시 말을 멈추고 침묵했다. 지금 그녀의 얼굴에 분노는 간데없고 신중함이 가득 차 있었다.

"이번에는 왠지 안 좋은 예감이 들어요. 여자의 감이라고 해도 좋아요."

예청은 딸인 나예린만큼은 아니지만, 감이 뛰어난 편이었다.

"린아가 위험하단 말이오?"

안절부절못하는 얼굴로 나백천이 반문했다. 아내의 예감이 잘 맞는다는 것은 경험을 통해 잘 알고 있었다.

"아니요."

예청은 그 질문에 대해 고개를 가로저었다.

"당신이 더 걱정이에요."

그녀의 육감이 그렇게 경고하고 있었다.

"하하, 그… 그렇소? 그… 그랬구려……."

노안의 얼굴을 붉히며 나백천이 말을 더듬었다. 사랑하는, 게다가 아름다운─조금 사납긴 하지만─아내가 자기 신변을 걱정해 주는데 어떻게 그가 기쁘지 않을 수 있겠는가. 그는 자신이 행복한 남자라고 느꼈다. 이런 데선 무척 단순한 그였다.

"그럼 어떡하면 좋겠소? 충고해 줄 게 있다면 귀담아들으리다."

예청은 작게 한숨을 내쉬며 고개를 가로저었다.

"역시 안 간다는 말은 안 하시는군요."

나백천은 어정쩡한 자세로 뒤통수를 긁적였다.
"하아……."
다시 한 번 한숨이 새어 나왔다. 역시 무슨 일이 있어도 갈 생각인 모양이었다. 이럴 때는 말려도 소용이 없다는 것은 그녀도 경험을 통해 잘 알고 있었다.
"충고할 건 없어요. 이미 가지 말란 충고는 먹히지 않았으니까요. 대신."
"……?"
나백천의 의아한 시선을 받으며 예청은 선언하듯 말했다.
"저도 함께 가겠어요!"
나백천이 깜짝 놀라 반문했다.
"지, 진심이시오?"
대답에 망설임이 있을 리 없었다.
"물론 진심이에요."
농담할 만큼 오늘은 한가하지 않았다.
"부, 부인……."
그것은 나백천에게 청천벽력 같은 폭탄선언이었다.
"다시 한 번 재고해 보심이……."
그는 어떻게든 말리고 싶었다. 그러나 그에게 그런 힘은 없었다.
"말려도 소용없어요. 그리고 흑도에 대해선 제가 당신보다 더 잘 알 거예요."
"그, 그건 그렇지만……."
그것까지 부정할 생각은 없었다. 다시 예청이 말했다.
"그곳이 어떤 곳이 잘 알아요. 그런 위험한 곳에 당신같이 순진하고 착해빠진 사람을 어떻게 안심하고 보낼 수 있겠어요."

"아, 아니, 아무리 그래도 명색이 무림맹주인데……."

그를 가리켜 순진남이라고 하는 사람은 무림을 통틀어 그녀 하나뿐일 것이다. 그래도 어쩐지 그렇게 말해주니 기뻤다. 긴장이 조금 풀리자 마음이 조금 편해지는 무림맹주였다.

"어머, 아무리 무림맹주라지만 그래도 여전히 안심이 안 돼요. 당신에게 무슨 일이 있으며 어떻게 해요. 게다가 비류연이란 아이도 만나보고 싶고."

"그 녀석은 또 왜……?"

떨떠름한 얼굴로 나백천이 물었다. 그의 어조엔 상당히 못마땅해하는 기색이 역력했다.

"린아, 그 아이가 서찰에 사내 이름을 적은 적이 어디 한 번이라도 있었던가요? 그 첫 대상이 어떤 남잔지 엄마로서 확인해 보고 싶어요. 얼마나 대단한지."

"별거없을 거요. 부인께서도 그 시건방진 녀석을 보자마자 아마 시시한 놈이라 생각할 게 틀림없소. 내 보증하리다. 그런 놈에게 우리 린아를 줄 수야 없지. 암, 없고말고."

마지막 말은 거의 혼잣말에 가까웠다. 아마 나백천의 눈에 차는 남자는 세계가 끝나는 날까지 나오지 않을 게 분명했다.

"흠, 만일 당신 말대로 시시한 남자라면 제 손으로 없애 버리겠어요."

예청의 입에서 무시무시한 선언이 터져 나왔다.

"아니, 그럴 것까지야……."

저건 분명 진심이야. 나백천은 와들와들 떨며 마누라를 막으려 했다.

"그럼 당신은 린아가 시시한 남자를 사귀어도 좋단 말이에요?"

"아니, 그건 아니지만……."

사실 그에게 있어 시시한가 시시하지 않은가의 문제는 이미 판단 대상이 아니었다. 남자냐 아니냐, 중요한 건 그것뿐이었다.

"그렇다면 방해하지 마세요. 이건 엄마로서 제가 해야 할 일이니까요."

"아니… 게다가 그 녀석 이번에 마천각 쪽에 가지 못했다는 이야기도 있어서 말이오. 자세힌 모르지만 가도 만날 수 없을 수도 있소."

어떻게든 말려보려고 하는 나백천의 노력이 가상했다.

"흠, 그럼 좀 아쉽군요. 할 수 없죠. 그래도 간다는 데는 변함이 없어요. 우리 린아를 본 지도 오래되었으니까요. 이번 외출을 오랜만에 모녀 상봉의 기회로 삼아야죠. 얼마 만에 마천각에 가보는 것인지……."

그곳은 그녀에게 많은 그리움과 추억을 담고 있는 곳이었다.

"하하, 그러고 보니 당신은 당시 그곳의 '총부대장'이었으니 말이오. 여자의 몸으로 쉽지 않은 일이었을 거요."

이젠 웃을 수 있는 용기도 생긴 모양인지 나백천이 미소 지으며 과거를 회상했다.

"그때도 당신은 여전히 무림맹주셨죠."

"하하, 그랬었나?"

"그럼요. 당신이 마천각을 시찰 방문했을 때, 처음 봤던 일을 아직도 잊을 수 없어요."

"허허, 뭐 별 볼일 있었겠소? 그냥 늙은 노인네에 불과했겠지."

나백천은 부끄러운지 뒷머리를 긁적였다.

그러자 여인은 고운 살결의 손으로 나백천의 흰 머리카락을 쓰다듬으며 말했다.

"그때도 이 머리카락은 지금처럼 새하얗지만 멋있었어요."

예청은 부드러운 목소리로 나백천의 귓가에 속삭였다.

"커흠. 커흠."

나백천이 연신 헛기침을 터뜨렸다. 술 마신 것도 아닌데 얼굴이 화끈거렸다.
"나… 남편을 놀리는 게 아니오! 커흠!"
부끄러운 모양이었다. 그러나 싫지는 않은 듯했다.
피식!
예청은 그 나이를 떠난 모습에 살포시 웃었다. 아마 그 모습을 볼 수 있는 것은 이 넓은 천하에 오직 자신 한 명뿐일 터였다.
"귀엽네요, 정말. 역시 순진하다니깐."
킥킥거리는 부인의 웃음소리를 듣는 나백천의 입가에 고소가 맺혔다.
"천하의 무림맹주에게 귀엽다고 하는 사람은 아마 당신뿐일 거요."
"그럼요. 그러니까 무림맹주의 아내인 거죠. 그건 아내만의 특권이에요."
당당히 가슴을 활짝 펴며 예청이 말했다.
"예, 여부가 있겠습니까. 알아모시겠습니다, 사모님!"
나백천이 장난스럽게 절하며 말했다.
"그럼 마차를 준비해 주시겠어요?"
허리를 꼿꼿이 펴고 고개를 위로 든 채 예청이 고고한 자세로 말했다.
"여부가 있겠습니까. 곧 대령해 올리겠습니다."
다시 인사를 마친 나백천이 아내의 볼에 살며시 입을 맞춘 다음 여행 준비를 하기 위해 침전을 나섰다.
"맹주님?"
혹시나 유혈 사태가 나는 게 아닌가 긴장하며 달려온 좌호법 남궁진이 걸음을 멈추며 그를 불렀다.
"왜 그러나?"
헬렐레한 목소리로 나백천이 대답했다. 다행히 남궁진의 지독한 배신은 현재 그의 머릿속에 들어 있지 않은 게 분명했다.
"뭔가 좋은 일이라도 있으셨습니까?"
의문에 가득한 얼굴로 남궁진이 물었다. 설마 맹주가 이토록 멀쩡하리라고는 예상하지 못했던 것이다.
"아니, 없네."
나백천은 남궁진의 얼굴을 보지도 않은 채 대답했다. 하늘이 무척 아름답군. 그는 지금 눈부신 삼라만상의 멋진 세계를 음미하기에 여념이 없었다. 자신은 행복한 남자였다. 암, 그렇고말고. 파란 하늘 아래서 그의 병은 더욱더 중증으로 발전해 가고 있었다. 그 헤벌레한 모습을 본 남궁진은 부인의 수완에 조용히 감탄했다.
'과연 사모님!'
이곳의 실세가 누군지는 명백했다.

    *   *   *

그리고 이 시각, 또 한 통의 서찰이 장강수로채 총채주 흑룡왕 해중신 앞으로 도착했다. 그리고 그날 수채는 발칵 뒤집어졌다. 단 한 장으로 그 무시무시한 수적들의 총본부를 벌집 쑤셔놓은 것처럼 만든 이 서찰이 쓰여진 경위는 다음과 같았다.

사부와의 조우, 피할 수 없는 만남
—벗어라! 그리고…… 맞아라!

일주일 전.

강호란도 최고의 시설과 친절봉사를 자랑한다는 신라각 후원 별채 삼층 일호실 안.

끼이이이이익!

파지지지직!

'타격각성 정신봉'이란 급조된 명을 그 몸에 새긴 강철 막대기가 까칠까칠한 돌바닥을 긁으며 노란색 불꽃을 튀겼다. 봉을 움켜쥔 사람은 눈처럼 새하얀 백발백염의 노인이었다. 노인의 시선은 시종일관 앞쪽에 다소곳이 앉아 있는 현의여인을 뚫어지게 주시하고 있었다.

자연스럽게 풀어 내린 검은 머리카락, 화려하진 않지만 단아한 장신구, 한 듯 만 듯 옅게 살결을 돋보이게 해주는 은은한 화장, 나무랄 데 없는 옷맵시, 그리고 우아함과 기품이 느껴지는 앉은 자태까지, 모든 것이

완벽했다. 그러나 다른 사람은 속여도 이 노인은 속일 수 없었다. 왜냐하면 그 모든 걸 가르쳐 준 것이 바로 이 노인이었기 때문이다. 그래서 그는 자신의 제자가 어떤 모습을 하고 있든 그 진면목을 꿰뚫어 볼 수 있었다. 노인에게 그건 일도 아니었다.

"……."

연비는 더 이상 시선을 마주 보지 못하고 고개를 숙였다. 만일 사부랑 다시 만날 때 쓰려고 했던 수많은 말들은 기억의 저편에 묻힌 채 코빼기조차 보이지 않고 있었다. 이럴 예정이 아니었는데…… 이대로는 위험했다.

저벅저벅저벅!

끼이이이이익! 파바바바박!

노인의 무거운 걸음이 한 걸음 한 걸음 내딛어질 때마다 연비의 몸은 저절로 긴장되지 않을 수 없었다.

스윽!

고개 숙인 연비의 시선 안에 사부의 발끝이 들어왔다. 그리고 우뚝 멈추었다. 동시에 그에 동조하기라도 하듯 흉험한 강철 막대기도 움직임을 멈추었다.

연비는 떨리는 심장을 진정시킨 후, 빙긋 웃으며 고개를 들었다. 거기에 자상하게 웃고 있는 사부……는 물론 없었다.

"벗어라."

무표정한 얼굴로 사부가 말했다. 흠칫 놀란 연비가 양손으로 황급히 옷깃을 부여잡고 비명을 질렀다.

"꺄아아아악! 변태! 치한! 밝힘쟁이!"

이 정신 공격은 효과가 있었는지 평정심과 무관심의 대가인 사부도 약간 움찔했다. 저런 연기는 가르친 적이 없건만, 어디서 저딴 걸 배워온 것이란 말인가.

"누가 변태 영감이라는 거냐?!"

당장 취소하라고 외치자, 연비는 상빈신을 오른쪽 뒤로 돌림과 동시에 옷고름으로 눈가를 훔치며 바닥에 털썩 주저앉았다. 그리고는 서럽게 울음을 터뜨리는 시늉을 했다. 그 모습은 어딜 봐도 치한을 만난 폭행 피해자의 자세였다.

"흑흑, 하지만 다짜고짜 숙녀한테 벗으라고 강요했으니 그것만으로도 이미 훌륭한 변태라고요!"

오해와 억측을 조장하는 자세로 연비가 외쳤다. 사부가 버럭 소리쳤다.

"누가 빨가벗으랬냐? 옷 갈아입으란 얘기였다!"

연비가 눈을 동그랗게 뜨며 반문했다.

"왜 갈아입어야 하는 거죠? 지금 이 순간 갈아입어야 할 합당한 이유가 없다고 사료되옵니다만?"

연비가 지적했다.

"아니, 있다!"

단호한 목소리로 사부가 대답했다.

"아니 왜요?"

반문하는 연비의 목소리가 약간 위로 치솟는다. 하지만 사부도 양보 못할 이유가 있었다. 진지한 목소리로 사부가 말했다.

"너도 머리가 있으면 생각 좀 해봐라. 아무리 겉보기뿐이라지만 여자아이를 패는 건 그리 보기 좋지 않지 않느냐. 내 비록 세상의 도리에 얽매이지 않는다고는 하나 그렇다고 해서 마음에 한 점 거리낌도 없는 것은 아니다. 그냥 기분상 가리고 싶은 것도 있는 법 아니겠느냐?"

사실 틀린 말은 없었다. 겉보기뿐이라지만 나이 먹은 노인네가 여자

아이를 팬다는 것은 어떻게 보아도 좋게 보이지 않았다. 좋게 보이지 않는 것뿐이면 다행이고, 사실 완전 범죄 중에서도 상범죄였다. 그래서 아직 매타작을 안 하고 기다리고 있었던 것이다.

"아하! 음… 그러니까 그 말씀은 절 패고 싶으니 저보고 옷을 갈아입으라는 것이군요. 한마디로 정갈하게 목욕재계하고 얻어터지라는 그런 이야기 아닌가요?"

만면에 생글생글한 미소를 띄우며 연비가 말했다.

"뭐, 그런 이야기지. 너도 이제 이해를 한 것 같으니 기쁘구나!"

두 번 말하면 입 아프지. 사부의 눈은 그렇게 말하고 있었다.

"음, 그렇군요."

"어허, 그렇대도. 게다가 번거롭게 목욕재계까진 안 해도 된다. 옷 갈아입는 선에서 봐주마."

갈아입을 생각은 않고 시간 벌기에 들어간 것을 눈치 챘는지 사부의 언성이 조금 높아졌다.

"자, 이제 합당한 이유를 들었으니 갈아입고 오지 않겠느냐? 후속편은 그때 가서 계속하면 되고."

친절한 목소리로 사부가 웃으며 말했다.

"그럼 분부대로……"

연비가 고개를 꾸벅 숙이며 인사했다. 그리고는…

"…라고 할 줄 알았습니까? 그렇다면 소. 녀. 더더욱 절대로 갈아입을 수 없사옵니다."

연비가 정색하며 대답했다. 겉모습 탓인지 말투 또한 평소랑 달랐다.

그도 그럴 것이 굳이 자진해서 매를 벌 이유가 어디 있겠는가! 이유를 들은 이상 더욱더 이 모습을 고수할 필요성이 절실히 느껴졌다.

"소녀는 무슨 얼어죽을. 그냥 갈아입을래, 맞고 갈아입을래?"

본인이 홧김에 내뱉긴 했지만 앞의 말과 논리적으로 모순된 말이었다.

"절대로 싫습니다."

사람이 협박에 순순히 굴하고 그러면 안 되는 것이다. 때때로 사람은 의지를 관철해야 할 때가 있는 법이다. 그리고 연비가 생각하기에 그때가 바로 지금이었다.

"호호호, 네가 오늘 매를 다발로 버는구나! 오냐! 네가 오늘 죽는 게 소원이라는데 사부가 돼서 제자 소원 하나 못 들어주겠느냐? 걱정 마라, 그게 네 원이라면 원대로 해줘야지!"

차분하기만 하던 사부의 입에서 싸늘한 목소리가 울려 퍼졌다.

화아아아아악!

그 순간 정신봉에 서려 있던 검강이 눈부실 정도로 환하게 하얀빛을 내며 타오르더니 이윽고 그 빛이 점점 더 사그라져 갔다.

'저게 뭐지?'

환하게 타오르던 백광이 꺼지고 대신 은은하게 빛나는 정신봉 주위로 검은색 구슬과 흰색 구슬이 서로 어울려 춤을 추듯 엇갈리는 나선을 그리며 빙빙 돌고 있었다. 하나의 구슬은 빛을 뭉쳐 놓은 백진주 같았고, 다른 하나는 주변의 빛을 집어삼키는 흑진주 같았다. 검환(劍丸)? 작지만 왠지 위험하다는 느낌이 본능적으로 드는 한 쌍의 구슬을 뚫어지게 쳐다보고 있으려니 연비의 가슴이 서늘해졌다.

'저건 위험해! 막아도 죽는다! 저건 막을 수 없어……'

무언의 경고를 보며 본능적인 암담함을 느꼈다. 이런 적은 처음이었다.

"어떠냐? 생각이 좀 바뀌었느냐?"

힘을 거두지 않은 채 사부가 말했다.

사부와의 조우, 피할 수 없는 만남

"아하하, 갑자기 옷이 좀 답답하네요. 얼른 갈아입고 오죠."

의지를 관철하겠다는 결심이 허물어지는 데는 반 각도 걸리지 않았다. 하지만 위험한 일에 함부로 발을 들여놓는 것 역시 어리석은 일이었다. 특히 그 상대가 사부일 때는 더욱더 그러했다.

"갈아입을 옷은 있는 게냐?"

퉁명스런 목소리로 사부가 물었다. 옷이 없다며 가지러 간다고 하면 곤란했던 것이다. 물론 그런다 해도 그렇게 해줄 생각은 추호도 없었다.

"혹시나 해서 가져왔죠. 겉옷 말고 안쪽은 조금만 변형하면 되니까 큰 무리는 없어요. 부피도 안 차지하고, 어차피 가지러 간다고 말해도 안 보내줄 거잖아요?"

입을 삐죽 내밀며 연비가 말했다.

"잘 아니 다행이구나. 이걸 쓸 일이 없을 것 같아 좀 아쉽긴 하다만."

"그건 또 뭡니까, 싸부?"

어느새 사부의 손에는 기다란 하얀 띠 하나가 바람도 없는데 건방지게 나풀거리고 있었다. 어디에 쓰는 용도인지 짐작이 가지 않았다.

"아, 이거 말이냐? 사용법은 간단하다. 그저 눈에다 대고 빙빙 돌려 감으면 되거든."

이렇게 말이다, 라고 말하며 자기의 눈에다가 가져다 대는 시늉을 했다.

"그런 다음에는요?"

궁금증을 참지 못하고 제자가 물었다.

"네가 옷 갈아입기를 계속 거부했다면 어쩔 수 없지 않겠느냐. 육신의 눈을 가리고 마음의 눈으로 진면목을 보며 패는 수밖에. 하긴 네가 마음을 고쳐먹었으니 더 이상 쓸 일은 없겠구나."

평안한 어조로 사부가 말했다. 왠지 아쉽다는 듯한 말투가 귀에 거슬렸다.

"설마 심안(心眼) 심검(心劍)인 겁니까?"

무슨 매타작에 심안 심검까지 동원된다 말인가. 그러자 사부가 별거 아니라는 듯이 말했다.

"거창하게 심검은 무슨. 고작 심타작(心打作) 가지고."

겸양하며 말할 게 아닌 것을 겸양하며 말하니 그 나름의 으스스함이 있었다.

"후딱 갈아입고 오죠."

연비가 재빨리 말했다. 아무래도 그 편이 좋을 것 같았다.

"아, 그리고 근육에 힘준 것도 잊지 말고 풀고 나와라."

"별걸 다 신경 쓰십니다. 어련히 알아서 안 할까 봐요."

연비는 투덜거리며 마지못해 객실 안에 딸려 있는 방 안으로 들어갔다. 그리고는 정말로 오랜만에 원래의 모습이 되어 나왔다.

"다시 한 번, 오랜만이다, 제자야."

굳이 다시 한 번 인사를 한다.

"오랜만에 뵙네요. 반갑진 않지만요."

비류연이 툴툴거리며 대답했다. 좀처럼 주도권은 잡지 못하고 있는 현 상황이 무척 갑갑하게 느껴졌다. 호시탐탐 기회를 보지만 역시 능구렁이 사부는 못 보던 사이에 더 많은 구렁이들을 잡아먹었는지 쉽사리 파고들 틈을 허용하지 않았다.

"그런데 사, 사부? 방금 그건 뭐였죠? 처음 보는 기술인데요?"

"흥, 지금까지 보여준 적이 없으니 당연히 처음 봤겠지."

시큰둥한 목소리로 사부가 대답했다.

"그런 게 어딨어요! 비뢰문 무공은 일단 다 가르쳤다고 그때 그랬잖아요. 지금 당장 구현하게 할 순 없어도 이론상으로는 다 가르쳤다고. 그럼 그때 제자한테 구라치신 겁니까?"

딱!

"이놈아! 구라를 치긴 누가 구라를 쳤다는 거냐! 이건 비뢰문 무공이 아니다. 그러니 네놈이 못 배웠을 수밖에! 문파의 비전 이외의 것을 가르치든 가르치지 않든 그건 이 싸부님 마음 아니겠냐?"

약 올리는 투로 사부가 말했다. 마음이라 쓰고 제멋대로라고 읽어야 할 것 같았다.

"그런 억지가 어딨어요! 그럼 그 괴상한 기술은 누구한테 배운 건데요?"

"배우긴 누가 배워, 익혔을 뿐이다. 누가 감히 노부를 가르칠 수 있겠느냐."

"그거나 그거나."

입을 닷 발이나 내밀며 비류연이 궁싯거렸다.

"엄연히 다른 거다, 이놈아!"

딱!

다시 한 번 회피불능의 꿀밤이 날아왔다.

"그래, 딴 놈 거였지. 이름이 태극 뭐시기였는데 그놈이 그때 쓰던 무공이었다."

"그놈께선 어떻게 됐는데요?"

궁금해진 비류연이 물었다.

"죽었지."

사부는 딱 한마디만 했다.

"누구한테요?"

질문이라기보단 확인이었다.

"나한테."

대수롭지 않다는 투로 사부가 말했다.

'역시……'

비류연은 자신의 짐작이 들어맞았음을 확인했다.

"근데 왜요?"

"댐볐거든."

당연한 걸 뭘 물어보냐는 듯한 말투였다.

"아, 그러셔요……"

그 이상 대꾸할 말이 생각나지 않았다. 그 결말이 필묵으로 그려지듯 눈에 선했다.

'참 많이 아팠겠지……'

남의 얘기 같지 않은 게 어쩐지 동병상련의 정마저 느껴졌다.

"그럼 어떻게 익혔는데요? 그 사람, 뒈졌다면서요?"

"당연히 비급 보고 배웠지. 책은 지혜의 보고라는 말도 못 들어봤냐?"

약간의 비웃음이 담긴 핀잔이었지만, 비류연에겐 그것보다 더 궁금한 게 있었다.

"그럼, 그 비급은 어디서 났는데요?"

아무래도 출처가 수상했다.

"어디서 났을 것 같으냐?"

사부가 씨익 의미심장 벌렁한 웃음을 음흉하게 지으며 말했다. 물론 그런 귀한 비급을 흘리거나 하지는 않았을 것이다. 그런 기대는 애당초 하지도 않았다. 그렇다면 결론은 딱 하나뿐이었다. 절로 한숨이 나오는 것을 멈출 수 없었다.

"하아, 뭐어…… 대충 짐작이 갑니다요."

잠시 이름도 까먹힌 그 사람을 위해 묵념했다. 그러기에 이런 노괴물한 테는 어쩌자고 덤벼서……. 그런데 한 가지 마음에 걸리는 점이 있었다.

"잠깐만요. 전엔 상승무공은 비급만 가지곤 안 된다면서요? 종이 위에 적힌 글자와 썰렁한 낙서만 가지고는 동작 하나하나에 깃든 이치를 표현하지 못한다고 했잖아요? 배움에 있어 비급이 이 할이고, 나머지 팔 할은 스승의 가르침이라고요."

"그랬지. 그 생각엔 지금도 변함이 없다."

"방금 전에 비급 보고 배웠다고 했잖아요!"

"그랬지. 그런데 누가 상승무공 배웠다고 그랬냐?"

"그, 그럼……."

"상승무공은 안 돼도, 하승무공은 비급만 보고도 배울 수 있어. 원래 만류귀종이란 말도 있잖느냐? 높이 올라가면 아랜 자연히 보이는 법이다."

그 말인즉, 자기 수준보다 낮은 건 책만 봐도 알 수 있다는 이야기였다. 그렇게 나오니 비류연도 할 말이 없었다. 좀 더 시간을 끌어야 하는데…… 가르침에 대한 일관성 부족이라는 논리적 약점을 잡아 사부를 수세에 몰아넣어 공세를 계속해서 정신을 딴 데로 뺀다는 그의 계획은 실패로 돌아가고 말았다.

"자, 제자야! 이제 대화 소재도 다 끝나가는 것 같은데, 그럼 슬슬 다시 시작해 보는 게 어떻겠느냐?"

좀 더 대화를 끌어갈 소재가 없을까 이리저리 염두를 굴리던 비류연의 상념을 끊으며 사부가 자상하게 말했다. 비류연이 쳐다보니 어느새 정신봉은 다시금 하늘을 보며 높이 치켜 들려져 있는 게 아닌가!

"아이참, 얼렁뚱땅 넘어가면 안 됩니까?"

은근슬쩍 넘어가려던 계획이 실패한 비류연이 귀엽게 항의했다. 당연히 그 귀염은 씨알도 먹히지 않았다.

"안 하던 짓 자꾸 하면 수명 단축된다고 이 사부가 가르쳐 주지 않았니? 이 사부의 대답은 당연히……."

비류연은 다급히 내공을 끌어올렸다.

"'안 돼' 다!"

부우우우우웅!

무시무시한 파공성을 내며 타격각성 정신봉이 벼락불처럼 떨어졌다.

그러나!

사부의 수공 주물럭식 연금술에 의해 급연성(?)된 강철의 연금 막대기는 목표물을 작살낸다는 본래의 목적을 수행하지 못했다. 목표물이 파괴에 실패한 이유는 목표물의 무단 회피가 아니었다. 이유는 바로 비류연이 빛의 속도로 불쑥 내민 비단 보자기 때문이었다. 강철 몽둥이의 궤도 안에 그 비단 보자기가 들어오는 순간 사부의 손길이 순간적으로 정지했다. 엄청난 속도였는데도 멈추는 데 아무런 장애가 없다니, 가히 신의 구타 솜씨라 아니 할 수 없다. 저것이 바로 뜻이 일어나면 저절로 몸이 움직인다는 '의발(意發)'의 경지였다.

"그것은 설마!"

사부의 심안이 보자기 안에 감싸인 존재를 정확히 잡아냈다. 반사적으로 코가 벌름거린다.

"역시… 알아보시는군요."

구사일생으로 살아난 비류연이 이마를 훔치며 말했다. 그러나 아직 안도의 한숨을 내쉬기엔 일렀다. 아직 쇠몽둥이는 두개골 위쪽 손가락 하나 들어갈 자리에 고스란히 올려져 있었다. 마음의 눈으로 보자기 안을 꿰뚫어 보고 이리저리 살펴본 다음에야 비로소 사부가 물었다.

"그건…… 술이구나!"

의문이 아닌 확신을 담아 사부가 말했다. 의심이 있었다면 몽둥이는 멈추지 못했으리라. 연비는 자신만만하게 고개를 끄덕였다.

"네, 그것도 보통 술이 아니죠."

사부가 잠시 코끝을 움찔거렸다. 그리고는 잠시 음미하듯 침묵했다.

"이 공기 중에 녹아 있는 부드럽고 은은한 향기는 확실히 범상치 않군. 그건 상당히 이름있는 비싼 고급 술인 것 같구나."

아무래도 사부는 술 냄새라면 이 이중 삼중의 엄중한 봉인을 뚫고 공기 중에 미량으로 새어나간 향기까지 맡을 수 있는 모양이었다. 이제부터가 연비로서는 승부였다. 잠시 마른침을 꼴깍 삼키며 연비는 엄중하게 쌓여진 비단 보자기를 벗겼다.

비단 보자기가 여인의 옷처럼 스르륵 벗겨지며 '달의 이슬'이 그 눈부신 모습을 드러냈다. 그러자 공기 중에 감돌던 주향이 한층 더 농후해졌다. 그 냄새를 맡은 사부의 얼굴에 잠시 황홀한 표정이 떠올랐다.

"바로 맞히셨어요. 역시 사시사철 위 속에 술벌레를 키우고 다니시는 분답군요. 이 술은 '달의 이슬[眞月露]'라 불리우는 희대의 명주죠. 이곳 강호란도에서는 이것보다 더 좋은 술은 없습니다. 그런데 안타깝게도 이 희귀한 술을 보관하고 있는 술 창고가 모종의 습격을 당해서 완전히 박살이 나고 말았다는군요."

"그 말인즉슨?"

흠칫한 사부는 연비가 무슨 말을 하고 싶어하는지 알아챘다.

"역시 사부, 눈치가 빠르시네요. 맞아요. 제 손에 든 이것이 마지막 남은 '달의 이슬'이라 그런 뜻이죠."

"어쩔 셈인 게냐?"

사부가 미간을 살짝 찌푸리며 물었다. 이미 그는 이 술을 마시고 싶어 안달이 나 있었다.

"이럴 셈이죠!"

휘익!

재빨리 등 뒤 허리춤에서 비수를 꺼내 든 연비가 그 예리한 날 끝을 백옥으로 만든 술병에 갖다 댔다.

"무, 무슨 짓이냐!"

아까운 술의 생명이 위협받게 되자 당황한 사부가 손을 뻗으며 외쳤다.

"가까이 오지 마세요!"

재빨리 뒤로 물러나며 비류연이 소리쳤다.

사부의 움직임이 순간 정지했다.

"더 이상 가까이 오시면 이 술병의 목숨은 없습니다."

더없이 진지한 목소리로 비류연이 말했다.

"진심이냐?"

"진심입니다."

심각한 목소리로 비류연이 대답했다. 마지막 남은 생명줄을 그리 쉽게 놓을 수는 없는 노릇이었다.

"자, 손을 내려놓으시죠. 허공섭물로 술 형태를 고정하시려 해봤자 소용없습니다."

사부라면 허공섭물을 응용해 깨진 술병 안의 술을 그 형태 그대로 고정시킬 수 있는 충분한 능력의 소유자였다. 그러니 방심은 금물이었다. 자신의 행동을 읽힌 사부는 입맛을 다시며 손을 내렸다.

"……."

무거운 침묵이 두 사람 사이를 짓눌렀다. 서로를 노려보기만 할 뿐 누구도 말을 하지 않았다. 그러나 대치 상태는 오래가지 않았다. 진심은 어떤 방식으로든 전해지는 모양이었다. 먼저 물러난 쪽은 놀랍게도 사부였다.

"좋다, 이번만큼은 노부가 양보토록 하마. 노부가 어쨌으면 좋겠느냐?"

"우선 그 흉험한 막대기부터 내려놓으시는 게 어떨까요?"

비류연이 제안했다. 그러나 결코 손에 들린 비수는 놓지 않았다. 약간만 방심해도 상황은 빛살보다 빠르게 역전될 수 있다는 사실을 누구보다도 잘 알고 있었던 것이다.

"쩝, 아직 만들고 한 번도 안 썼는데 좀 아깝지 않겠느냐?"

무척 아쉽다는 듯 입맛을 쩝쩝 다시며 사부가 말했다.

"전혀요."

비류연이 대답했다. 저런 건 강호 평화를 위해서도 폐기시키는 게 옳았다.

"자, 버렸다. 이제 어쩌면 되겠느냐?"

납치범에게서 납치당한 술병을 구하기 위해 호시탐탐 기회를 노리는 사부였지만, 좀처럼 빈틈이 나지 않았다. 범인은 두들겨 팰 수 있어도 술병의 안전까진 보장할 수 없었다. 예전에는 어떤 상태라도 속수무책으로 당했을 텐데… 자신의 제자가 안 보이던 삼 년간 강해졌다는 것을 확실히 인정하지 않을 수 없었다.

"저기 가서서 원래 앉아 있던 자리에 앉으세요."

"앉았다."

술을 코로만 마시는 사태만은 피하기 위해 사부는 시키는 대로 원래 앉아 있던 자리로 돌아가 털썩 주저앉았다.

"자, 이제 어쩌면 되느냐?"

"이렇게 하시면 되지요."

어느새 주워 든 술잔 하나를 날려 보낸다. 천천히 느릿느릿한 속도로 허공을 날아간 술잔이 사부 앞에 놓인 탁상 위에 정확히 가서 멈추었다.

퐁!

어느새 소리 소문도 없이 다가간 비류연이 마개를 따고 술잔에다 술을 따랐다.

"……."

바로 옆에까지 다가갔지만 사부는 아무 말도 하지 않고 묵묵히 술잔에 차 오르는 황금빛 술만을 뚫어지게 바라보았다.

술잔이 빈틈없이 차자 사부는 잔을 들어 단숨에 들이켰다. 최근 들어 마셔본 술 중 가장 맛있는 술이었다.

뭐라고 형언할 수 없는 그 느낌. 천상의 물방울 같은 액체가 입 안 가득히 휘감기는 강렬한 자취를 남기며 목구멍을 타고 미끄러져 내려갔다. 눈을 감은 채 사부는 그 맛과 향을 마음껏 음미했다.

탁!

한 방울도 남겨 있지 않은 술잔을 탁자에 내려놓으며 사부가 나직한 목소리로 입을 열었다.

"용케도 노부 앞에 나타날 생각을 했구나?"

비스듬하게 앉은 채 시선조차 주지 않고서 노사부가 물었다. 물론 칭찬으로 한 말은 아니었다.

"피할 수 없으면 부딪치라고 가르친 건 다른 누구도 아닌 바로 사부셨죠."

"그랬냐?"

기억이 가물가물한 모양인지 노사부가 반문했다. 그런 걸 귀찮게 일일이 어떻게 기억하냐는 얼굴이다. 저런 태평한 얼굴을 보면 왠지 모르게 열받고 마는 비류연이었다. 남들한테 자신 또한 그렇게 비치고 있다는 사실은 전혀 자각하지 않는 게 또 비류연다웠다.

"그랬어요, 아.마.도."

그제야 노사부는 비스듬하던 자세를 바로 하며 제자의 얼굴을 정면으로 바라보았다. 비류연은 흠칫했다. 왜 그렇게 실실 웃고 계신 겁니까라고 묻고 싶은 마음을 가까스로 억눌러야 했다. 웃는 얼굴에 침 뱉으랴, 라는 속담에 대한 신뢰도를 다시 한 번 재고해 볼 필요가 있을 듯했다.
"그러고 보니 정말 오랜만이지 않냐, 이 망할 제자야?"
뭐가 그리 좋은지, 좋을 것 하나도 없는데도 싱글거리며 사부가 말했다. 비류연이 말없이 아미산을 떠난 지 거진 삼 년 만의 일이었다. 역시 '웃는 얼굴에 침 뱉으랴' 라는 속담은 이제부터 '웃는 얼굴에 한 방 시원하게!' 로 바꾸는 게 좋을 것 같았다. 그러나 맞지 않을 한 방을 날려 생명을 단축시키는 것은 어리석음의 소치. 아쉽지만 용천수처럼 솟아오르는 욕구를 억눌러야만 했다. 그러나 의지는 나가는 주먹은 멈출 수 있어도 움직이는 입은 멈출 수 없었다.
"안 반갑다니까요, 하나도!"
어쩐지 노안에 떠오른 그 미소에 약간 배알이 뒤틀린 비류연이 다시 한 번 퉁명스레 대꾸했다.

그래도 안 되는 건 알고 있지?
——빼앗겨 버린 신체

"따라라!"

비류연은 아무 말 없이 내밀어진 빈 잔을 조용히 다시 채웠다. 그러나 비류연의 그런 부단한 노력에도 잔은 금방 다시 비워졌다. 잔 밑에 구멍이 뚫려 있지는 않았다. 뚫려 있는 쪽은 사부의 위쪽이었다. 저 배는 이상한 게 술에 대해서만은 저장 용량이 끝이 없는 것 같았다. 다시 한 번 술잔을 말끔히 털어낸 사부가 잔을 또다시 내밀며 물었다.

"여기가 사지(死地)라는 건 알고 있었느냐?"

다시 한 번 빈틈없이 채워진 잔을 들이켜며 사부가 비류연에게 물었다.

"물론이죠. 제자가 바보도 아니고 그걸 왜 모르겠어요. 머리에 칼 맞지도 않았는데 말이죠. 하아……."

절로 한숨이 새어 나왔다. 이 세상에서 그 사실을 자기보다 더 잘 아는 사람은 없으리라는 것은 거의 확신에 가까웠다.

"그런데도 죽으러 왔느냐? 너 바보구나."

풋 하고 웃으며 사부가 말했다.

"바보 아닙다요. 잘 먹고 오래오래 잘사는 게 제 원대한 목표 중 하나라구요."

비류연이 단호하게 대답했다.

"그것참 어려운 목표를 세웠구나. 그것만큼 이루기 어려운 게 없다는 게 노부의 생각이다."

창칼과 무력이 난무하는 무림에서 오래오래 잘 먹고 잘산다는 것만큼 힘든 것은 없었다. 그리고 그것은 아마 태평성세가 된다 해도 그 난이도에 변함은 없을 터였다.

"어려운 목표니까 이루는 게 의미가 있는 거죠."

그 목표가 쉽다고 생각하는 사람이 있다면 이미 그 시점에서 이 세상을 깔보고 있는 것이다. 행복을 얕잡아 보는 이는 결국 안이한 행동을 하게 되어 있다. 그런 식으로 해도 행복을 잡을 수 있다고 생각하니까. 그러니 행복해지지 못하는 것이다. 행복하게 산다는 것, 그건 정말로 이 세상에서 가장 이루기 어려운 일 중 하나였다.

"그럼, 죽고 싶지도 않으면서 왜?"

"선택의 여지가 없었기 때문이죠, 이것밖에는."

알면서도 올 수밖에 없었던 것뿐이다. 너무 잘 알고 있었기에 더더욱.

"그래? 흐흠, 그것참."

재미있다는 반응이었다. 물론 비류연은 하나도 재미없었다. 게다가 지금부터 점점 더 재미없어질 거라는 걸 잘 알고 있었다. 그러나 물러설 마음은 들지 않았다. 이제 자신이 왜 지금 여기 이 자리에 있는지 그 이유를 끄집어낼 차례였다. 이것은 일생일대의 승부였다.

"전 협상하러 왔습니다."

진지한 목소리로 비류연이 정색하며 말했다.

"협상? 노부랑 말이냐?"

다시 한 잔의 술을 입 안에 털어 넣으며 사부가 반문했다. 향기로운 풍미가 입 안 가득히 퍼져 나가는, 실로 천상의 물방울이라 칭하기에 부끄럽지 않은 미향이었다.

"여기 다른 사람이 있을 리 없지요."

"그래? 고작 협상을 통해 목숨을 보존할 자신이 있다 이거냐?"

사부의 입가엔 조금 전보다 훨씬 싸늘한 미소가 맺혀 있었다. 그러나 비류연은 동요하지 않은 채 대답했다.

"물론입니다."

그게 없었으면 이곳에 오지도 않았다.

"큭큭, 무척 당돌하구나. 자신만만하기도 하고. 뭐, 나쁜 건 아니지. 하지만 그렇게까지 말한 이상 노부를 움직일 만한 패가 준비되어 있겠지? 이 술이 비록 좋은 술이긴 하지만 이걸로는 부족한데?"

"분명 만족하실 겁니다."

비류연이 자신있게 대답했다.

"그래, 그럼 그 조건이란 걸 들어볼까? 얼마나 준비할 수 있느냐?"

노사부의 질문은 참으로 노골적이고 단도직입적이라 할 수 있었다. 저런 걸 아무런 부끄럼 없이 스스럼없이 물어볼 수 있다는 점이 사부의 무서운 점이었다.

"십만 냥입니다."

사부의 눈이 처음으로 술잔을 떠나 비류연을 향했다.

"십만 냥? 정말이냐?"

십만 냥이란 금액은 사부의 평정을 잠시 흩뜨려 놓을 만한 가공할 위력을 지니고 있었다.

'역시 돈으론 귀신도 부릴 수 있다는 말이 사실이었어!'

사부가 반응을 보이자 비류연은 희망을 느꼈다. 귀신뿐만 아니라 저런 자연재앙 급 노괴물도 움직일 수 있다는 돈의 위력은 참으로 신통방통했다. 조금 더 자신을 얻은 비류연이 자신만만한 목소리로 말했다.

"그렇습니다. 물경 십만 냥입니다. 어떠세요? 그 정도면 사부께서도 만족하실 만한 금액이라 생각합니다만?"

그 정도 돈이면 귀신도 부릴 수 있을 터였다. 그러나 이 노괴물은 귀신보다 더 급이 높았다. 사부는 이건 아니라는 듯 고개를 가로저었다.

"아니, 그걸 물은 게 아니다. 네가 뭔가 착각한 것 같구나. 노부는 네가 정말 구할 수 있는 금액이 고작 십만 냥뿐이냐고 물은 것이야."

돈은 귀신도 부릴 수 있지만, 노괴물을 움직이려면 파산도 각오해야 하는 모양이었다. 그래선 수지가 맞지 않는다.

'역시 목숨은 무가치하다 이건가!'

가치가 없기 때문이 아니라 가치를 매길 수 없다는 의미에서 목숨은 무가치했다.

"고작이라뇨? 십만 냥을 너무 대면대면하게 보시는 것 아닙니까? 어떻게 십만 냥을 보고 적다는 말씀을 하실 수 있는 겁니까?"

비류연이 기가 막히다는 목소리로 반문했다.

"적다!"

사부가 딱 잘라 대답했다.

"그런 날……."

연비가 막 분노의 한숨을 터뜨리려는 순간, 사부가 그 말을 잘랐다.

"날?"

제자를 바라보는 그 눈에 어린 기운이 심상치 않았다.

"날 다음에 뭐라고 하려 했느냐?"

사부가 날카롭게 질문했다.

"아니, 뭐… 생선은 날로 먹어야 맛있다는 이야기를 하려고 했죠."

일단 시치미를 떼본다.

"바른 대로 불어라."

역시 소용이 없다.

"뭘 바른 대로 불란 말입니까? 소년, 억울하옵니다. 증거있으신가요?"

비류연이 항의했다.

"소녀도 아니고 소년은 무슨! 심증뿐이지만 확실하다. 게다가 날로 먹으려 드는 것은 노부가 아니라 네 녀석이잖느냐?"

"나, 날로 먹다뇨? 제가 뭘 날로 먹었다는 겁니까? 그런 적 없습니다."

"그럼 네 녀석은 사문의 비보를 훔쳐서 달아난 죄가 돈으로 얼렁뚱땅 넘어갈 수 있는 일이라고 생각했느냐? 다른 곳 같았으면 벌써 사지근맥을 끊고, 내공을 폐한 다음 참수에 처했을 것이다!"

사부의 일갈은 무척이나 지엄하기 그지없었다.

"훔치다니요, 그냥 잠깐 대여한 것뿐이에요. 빌린다는 뜻이죠."

비류연이 항의했다.

"대여? 삼 년 동안? 그렇다면 그 연체료만으로도 네 녀석은 사형이다."

타협의 여지가 없다는 듯 사부가 단호하게 대답했다.

"사형씩이나……."

그러나 다른 반박의 말은 잘 생각나지 않았다. 평소에 그렇게 잘 돌아가던 혀도 오늘따라 유달리 조용하기만 했다. 자신에게 대의명분이 없다는 것이 가장 큰 문제였다.

"이제 날로 먹으려 드는 게 어느 쪽인지 확실히 알겠느냐?"

"일단…… 그렇다고 해두죠."

그래도 지기 싫은지 끝까지 저항해 보는 비류연이었다. 그러나 이미 승기는 꺾인 것이나 다름없었다. 그동안 말발로는 누구에게도 지지 않았는데 오늘에 와서 드디어 사부에게 지고 말았던 것이다. 제대로 임자 만난 것이다. 역시 누구에게나 천적은 있는 법인 것이다. 음과 양, 두 가지 축이 절묘한 균형을 이루고 있는 이 세계에서는 절대라는 것이 존재하기가 절대 쉽지 않았다.

"그럼 이제 이 사부가 이야기하고자 하는 바를 알겠구나?"

"예, 어느 정도는요."

즉, 십만 냥으로는 절대 부족하다는 뜻이겠지. 하나 알긴 너무나 잘 알지만, 아는 것과 들어주고 싶은 것은 전혀 다른 문제였다. 사부가 던져준 화두에 대해 비류연이 고민하고 있을 때 사부가 은근한 목소리로 덧붙였다.

"더 있을 것 아니냐? 더 써라."

그 말을 들은 비류연의 눈이 동그래졌다.

"어떻게 알았죠?"

물론 사부는 그런 무식한 능력이 있다 해도 전혀 이상할 것이 없을 만큼 충분히 괴물이었다. 아득히 예전부터 독심술이 없다 해도 그에 버금가는 귀신같은 눈치를 보유한 존재라 여러 번 골탕먹기도 했던 것이다. 때문에 본인 역시 마음을 비우고, 의식을 차단하고, 생각이 육체를 통해 외부로 드러나는 것을 막는 수법들을 익혔던 것이다. 이제는 굳이 의식하지 않아도 상당히 자연스럽게 그것들을 행할 수 있었다. 게다가 비뢰문의 무공 역시 상대에게 기술이나 기척을 간파당하지 않는 것을 기본으로 삼고 있었다. 사부가 회심의 미소를 지으며 말했다.

"그렇게 고민할 것 없다. 네 녀석이 처음 말한 금액이 사실일 리가 없으니까! 틀리느냐?"

그 입가에 걸린 미소가 마치 넌 아직 나한테 안 돼, 라고 말하고 있는 듯해서 무척 기분 나빴다.

"쳇, 어쩜 그걸 그리도 잘 아십니까?"

한숨을 내쉬며 삐뚤한 목소리로 비류연이 투덜거렸다. 나름대로 성장했다고 생각했는데 저 속에 구렁이 수백 마리는 기르고 있는 능구렁이 영감을 상대로는 아직 전력이 부족한 모양이었다. 그 태도가 짐짓 귀여워 보였는지 사부는 어깨를 으쓱으쓱하며 자랑스러운 어조로 말했다.

"당연하지. 노부가 그렇게 가르쳤으니까!"

졸지에 사부의 가르침을 잊지 않고 실천하는 모범적인 제자가 되었지만 하나도 기쁘지 않았다.

"참 자랑이십니다."

기쁘지도 않은데 말이 기쁘게 나올 리 없었다.

"후후. 그래, 그래서 얼마냐?"

나머지는 아무래도 좋다는 뜻인가! 비류연은 잠시 고민했다. 숨길 것이냐 드러낼 것이냐? 숨겼을 때 최후까지 숨길 수 있는가, 그 뒷감당을 할 수 있는가? 이미 속내를 읽힌 이상 더 숨겨봤자 구차함의 정도가 점입가경으로 증가할 위험이 있었던 것이다. 결론은 금방 나왔다.

"이십만 냥입니다."

비류연이 순순히 대답했다. 물론 대답만 순순했고 내용은 순순하지 않았다.

"그래? 그렇다면 이십만 냥 이상이라는 것이구나! 사십만 냥은 안 넘겠군. 반 이하로 부르진 않았을 테니. 그럼 삼십만 냥이더냐?"

비류연은 뜨끔했다.

"그냥 점쟁이 하시죠?"

역시 안 본 사이에 새로운 괴술(怪術:괴이한 기술)을 익힌 것이 분명했다. 사부에 대한 경계심이 더욱더 높아졌다.
"역시 노부의 예상이 맞았구나! 음허허허허!"
"꼭 그렇게 웃으셔야겠습니까?"
민망하다는 투로 비류연이 투덜거렸다.
"뭐 어떠냐? 내 맘이지."
"총상금이 오십 만 냥이긴 하지만, 일등에게 돌아오는 건 삼십만 냥뿐입니다. 게다가 나머지 두 사람이랑 같이하는 거라서 그것도 다 받아올 수는 없다구요. 일단 이익은 정당히 분배해야 하니깐요."
이것은 사실이었다. 눈앞의 이익에 급급해 동업자를 홀대하다가는 나중에 더 큰 이익을 놓칠 수 있었다. 게다가 그 둘 중 한 명은 평생 동업자—라고 쓰고 동반자—가 될 수도 있는 사람이 아니었던가.
"흠, 그건 좀 아쉽군. 그래도 네가 정확히 삼 등분할 녀석이더냐?"
"흑, 이 제자를 그렇게 못 믿겠단 말씀입니까?"
세상에 불신이 만연한 사태에 개탄하며 비류연이 절규하듯 호소했다.
"엉!"
사부의 대답은 참혹하리만큼 짧았다. 비류연도 금세 아무 일도 없었다는 얼굴로 말했다.
"쳇, 물론 그건 아니죠."
그 사부에 그 제자였다.
"함부로 삥땅 뜯으려 하지 마라. 노부의 두 눈이 아직도 시뻘겋게 부릅떠져 있으니!"
"저런! 눈병이신가 보네요! 빨리 의원에 가보시는 게……."
딱!
징벌의 꿀밤이 어김없이 날아들었다.
"그럼 협상은 타결된 겁니까?"

확인차 비류연이 물었다.
"음…… 좋다. 까짓것 맛난 술도 받았으니 노부가 선심 쓰마."
"주머니 바닥까지 탈탈 털어가는 선심도 있습니까?"
사부에게 다 털어주고 나면 자신에게 떨어지는 건 하나도 없었다.
"자, 그럼 여기!"
그러면서 품속에서 종이 두 장을 꺼내 사부 앞에 내밀었다.
"이게 뭐냐?"
"계약서요. 서명하시죠. 도장 찍으셔도 됩니다."
"마지막 문항이 웃기구나. 을은 약속한 금액을 받은 다음, 갑을 절대로 죽이지 않을 것을 약조한다."
즉, 반드시 비류연을 살려줘야 한다는 조약이었다.
"누가 보면 살인 협박범인 줄 알겠구나. 그렇게도 이 사부를 못 믿겠단 말이냐?"
"당연하죠."
비류연이 단호하게 대답했다. 잠시 살펴본 다음 사부는 마지못해 서명했다. 아쉽다는 기색이 역력했는데 무엇에 대한 아쉬움인지는 모르는 편이 좋을 것 같았다.
"됐냐, 제자야?"
서명한 계약서 중 보관용을 받아 든 비류연은 내용을 면밀히 검토한 다음 조심스럽게 품속에 갈무리했다.
"됐습니다."
계약은 타결된 것이다. 일단 생명의 위협에선 벗어났다고 봐도 좋았다.
"자, 그럼……."
"그럼?"
"다시 마시자!"

술병 안에 술을 남긴다는 것은 있을 수 없는 범죄라는 것이 이 노사부의 신념이었다.

술 마시는 도중에 다른 일로 입을 쓰는 것은 낭비라고 외치는 듯한 기세로 달의 이슬을 홀짝홀짝 들이켜던 사부가 다시 입을 연 것은 술병의 오분의 사가 비워졌을 무렵이었다.

"아참, 깜빡하고 말 안 한 게 있다."

"뭔데요?"

경계심을 늦추지 않은 채 비류연이 반문했다. 이제 용건은 끝났고 두 사람 모두 더 이상 할 이야기는 없다고 생각했던 비류연으로서는 당연한 반응이었다. 그러나 언제 저 망할 사부가 제자의 사정 따위를 고려해 준 적이 있었던가? 단 한 번도 없었다는 데 비류연은 전 재산을 걸 수도 있었다.

"그래도 안 되는 건 알고 있지?"

비류연은 조용히 두 눈을 두 번 꿈쩍였다.

"뭐가요? 뭐가 안 된다는 거죠? 제자는 통 모르겠는데요?"

짐짓 시치미를 떼며 순진한 척 반문했다.

"짐작 가는 바도 없단 말이냐? 분명히 있을 텐데?"

사부는 집요했다. 제자의 비상한 눈치를 누구보다 인정하고 있는 것은 다름 아닌 이 노인이었던 것이다. 그러나 비류연은 저항을 멈추지 않았다.

"없습니다."

단호한 목소리로 비류연이 대답했다.

"꼭 사부가 입 아프게 입을 놀려야 쓰겠냐?"

"세상에는 직접 말하지 않으면 영원히 알 수 없는 것도 있는 것 아니겠습니까. 그게 현실이란 거죠."

"오냐, 네 녀석이 끝까지 발뺌을 하려고 하는구나. 넌 어떻게 자진납세도 모르냐?"

"모릅니다."

비류연이 씩씩하게 대답했다.

"하아, 그렇다면 노부가 알려주마. 네 녀석이 가져간 사문의 비보는 원래 모두 사문의 것."

사부는 잠시 눈을 가늘게 뜨곤 제자를 바라보았다. 비류연 역시 사부의 입에서 무슨 말이 튀어나올까 그것만 뚫어지게 쳐다보고 있었다. 불길한 예감이 서늘한 바람이 되어 가슴을 휩쓸고 지나갔다.

"서… 설마……."

사부는 고개를 한 번 가볍게 끄덕였다. 그리고는 노회한 손을 내밀며 말했다.

"바로 그 설마다. 다 내놓거라. 좋은 말 할 때!"

번쩍!

마른하늘에 날벼락이 쳤다. 사나운 강풍이 불며 창문이 덜컥거렸다. 순간 현실과 환상을 구분할 수 없었다.

"네에에에에에에에에에에에에? 그럴 순 없어요! 말도 안 됩니다!"

비류연이 자리에서 벌떡 일어나며 외쳤다. 혹시나 했지만 에이 설마하는 마음이 없잖아 있었던 것이다. 그러나 지금 최악의 가정이 사부의 입을 빌려 나오자 비류연의 두 눈동자가 세차게 흔들렸다. 평정심이 깨져 나갔다. 감정을 차갑게 유지할 수 없었을 정도로 그는 동요하고 있었다.

"말 된다!"

사부의 짧은 대꾸는 비정하기까지 했다.

"그… 그럴 수가!"

잘못 들었다고 생각하고 싶었다. 그만큼 그것은 황당하고 무리한 이야기였다. 사부는 자신이 말한 바가 무엇을 의미하는 지 알고나 있는 건가? 그 얘긴 곧 자신의 신체 일부를 싹둑싹둑 잘라서 접시 위에 진상하라는 것과 마찬가지의 이야기였다.

"저… 잠깐 생각해 봤는데요, 아주 심각하게, 그러니깐… 안 돌려주는 방법도 있지 않을까요? 보관하기도 힘든데 제자가 대신… 어깨 주물러 드릴까요?"

살살 웃으며 비류연이 말했다. 지금은 찬밥 더운밥 가릴 처지가 아니었다.

"됐다. 일없다."

사부는 딱 부러지게 거절했다.

"저… 꼭 돌려줘야 하나요?"

소태 씹은 듯한 얼굴로 비류연이 말했다.

"당연하지."

"열 개 다요?"

"그래, 전부 다."

사부의 일말의 여지도 남겨두지 않는 칼 같은 대답이 돌아왔다.

"삼십만 냥이나 드리는데도요?"

일말의 기대를 걸며 비류연이 물었다. 자기 몫에 대한 귀찮은 계산은 생략한 채였다.

"그건 대여료잖아? 연체료까지 합치면 수지도 안 맞는 장사야."

눈썹 하나 꿈쩍하지 않은 채 선언했다.

"무슨 대여료가 그렇게 오질나게 비싸요!"

비류연이 거세게 성을 내며 항의했다. 사기도 이런 사기가 없었다. 그러나 노사부는 꿋꿋하기만 했다. 저 뻔뻔한 철면피는 타인의 비난이나 질책에도 흠집 하나 나지 않았다.
"여기 있다. 원래 그것들은 돈으로 따질 수 없을 만큼 가치있는 물건들이다. 그걸 무단으로 들고 갔으니 고액의 대여료가 붙는 게 당연하지!"
오히려 공격까지 해온다.
"하, 하지만…… 세상에는 엄연히 '정도'라는 게 있다고요!"
"정도? 그게 뭐냐? 먹는 거냐?"
정도라는 건 한계의 다른 말일 뿐이라며 이렇게 덧붙이는 것이었다.
"상상력이 부족하군."
"크윽!"
그러나 비류연은 승복할 수 없었다. 아니, 이런 처사를 어떻게 납득할 수 있겠는가! 어떻게든 사수하지 않으면 안 되었다. 그러나 비류연의 상대는 바로 그 '지상최대의 적'인 사부였다. 게다가 지금 사부는 가장 무서운 무기를 손에 쥐고 있었는데 그건 바로 '진실'이라는 무기였다.
"뭘 그리 열을 내고 그러느냐? 그것은 원래 네 녀석 것도 아니지 않느냐?"
"그… 그건……."
생각해 보면 확실히 그러했다. 그것들은 아직 자신의 것이 아니었다. 사부의 허락 없이 사문의 비보들을 몰래 들고 튄 것은 다름 아닌 비류연 자신이었다. 병법에 이르기를 적이 혼란에 빠졌을 때 쉴 틈을 주면 안 된다고 했다. 그 가르침에 따라 사부는 공세를 멈추지 않았다.
"하나만 묻자. 네가 혹시 비뢰문 문주냐?"
'진실'이 휘둘러졌다.
"…그건 아니죠."
여전히 비뢰문의 문주는 사부였다.
"그럼 정식으로 그 비보(秘寶)들을 계승받은 적이 있느냐?"

그 어떤 명검보다 날카로운 '진실'이 비류연의 심장을 꿰뚫었다.
"…없죠."
어디까지나 무단으로 들고 가출한 것뿐이었다.
"난 또 설마했지. 그렇다면 노부의 기억이 잘못된 것은 아닌 모양이구나. 그럼 그럴 리야 없겠지만, 혹시나 네 녀석이 노부를 이길 수 있느냐?"
비류연은 잠시 침묵했다. 익히 알고는 있지만 말로 내뱉기는 싫었던 것이다.
"갑자기 꿀 먹은 벙어리라도 됐느냐? 아님 알량한 자존심 때문에 현재의 자신을 인정하기 싫은 거냐? 내 제자란 녀석은 자기 자신의 현재도 보지 못하는 녀석이었냐? 아니면 볼 수는 있는데 인정을 못하는 거냐?"
더 이상 참을 수 없어진 비류연이 마침내 대답했다.
"…아직 없죠."
그래, 그것이 사실이라는 것은 인정한다. 하지만 그 사실이 지금 이 순간 그렇게 분할 수가 없었다. 그러나 자신의 권리를 주장하기엔 지금 그 자신의 존재가 너무나 무력했다. 사부가 코웃음을 치며 말했다.
"걱정 마라, 기대도 안 했으니. 그렇다면 마지막으로 한 가지밖에 안 남았구나. 그래, 그렇다면 네 녀석이 뇌신(雷神)의 힘이라도 얻은 모양이지?"
거짓을 고할 수는 없었다. 침울한 목소리로 비류연이 대답했다.
"아뇨, 아직 풍신(風神)밖에……."
풍신을 터득했다는 말에 사부는 잠시 멈칫하는가 했지만, 이내 피식 웃으며 말했다.
"에계, 겨우 풍신이었냐? 난 또 뇌신이라도 터득하고 그런 말을 하는 줄 알았지!"

사부의 코웃음에 발끈한 비류연이 소리쳤다.

"마음만 먹으면 금방 뇌신의 힘을 얻을 수 있다고요!"

그러자 사부의 시선이 더할 나위 없이 준엄해졌다.

"진짜 그렇게 생각하느냐? 정말로?"

장난기 가득하던 사부의 눈이 지극히 심원하게 가라앉아 있었다. 그 눈은 어떤 거짓도 용납하지 않는 눈이었다. 그 눈을 마주하고 거짓을 고할 수는 없었다.

"…아뇨. 그렇게 생각하진 않아요."

비류연이 스스로 시인했다.

"말이란 건 누구나 할 수 있다. 하지만 그걸 진짜 현실로 만드는 것은 전혀 다른 문제다. 알고 있겠지?"

"…알고 습니다."

사부는 그 대답을 듣고 나서야 비로소 얼굴을 풀고 고개를 끄덕였다.

"그럼 다시 한 번 확인해 보마. 비뢰문의 문주도 아니고 아직 정식 계승자도 아니다. 게다가 노부를 이길 수도 없고, 뇌신의 힘을 얻지도 못했다. 맞느냐?"

"……맞습니다."

괴로운 가슴을 부여잡고 비류연이 대답했다. 자신의 부족한 걸 인정하는 건 한 번이면 족했다. 그걸 두 번이나 반복하려니 분하고 원통해서 미칠 것만 같았다.

"이런 한심할 데가! 어찌 된 게 어느 것 하나 조건에 부합되는 게 없잖느냐?"

사부의 반응은 의도적이라는 게 눈에 확연히 보일 정도로 호들갑스러웠다. 제자의 약점을 잡았다는 사실에, 그걸 이용해 제자를 마음껏 곤란하게 만들고 있다는 사실에 기쁨을 느끼고 있음이 분명했다. 분하고 원통했지만 반론의 여지는 없었다.

"……."

두 번 연속으로 비류연은 아무것도 대답하지 못했다. 이렇게 무기력한 입장에 처하기는 처음이었다. 이런 식으로 물어보면 아무리 화술의 절정의 경지에 다다른 비류연이라 해도 할 말이 없었다. 역시 진실만큼 무서운 것은 없는 것이다.

"그런데도 네 녀석이 감히 비뢰도의 소유권을 주장할 수 있느냐?"

"……없죠."

마침내 가슴이 찢어지는 듯한 괴로운 마음을 움켜잡으며 비류연이 대답했다.

"그럼 이제 원주인에게 돌려줘도 불만이 없겠구나?"

더 이상 사부의 말을 거역할 건수가 비류연에겐 남아 있지 않았다. 자신의 능력이 부족해 소유권을 주장할 수 없다는 것이 그렇게 분할 수 없었다.

'다음에 물었을 때는 절대 지금과 똑같지 않을 겁니다. 지금은 어쩔 수 없이 이 뼈아픈 사실들을 인정하지만 다음 번엔 절대, 절대 그렇게 되지 않을 겁니다, 사부!'

비류연은 속으로 조용히 맹세했다. 그것은 자기 자신을 향한 맹세였다. 자신의 부족함을 인정하지 않고 바득바득 우기는 것은 단순한 오기일 뿐, 그딴 건 자존심도 뭣도 아니었다. 진정한 자존심이란 자신의 부족한 부분을 인정하고 그 부분에 대해 참을 수 없어하는 것이다. 자신의 부족함을 아는, 진정으로 자존심 강한 사람은 결코 자신의 연마를 그만둘 수 없다.

철컥! 철컥!

팔이 잘려 나가고 다리가 끊어져 나갔다. 하나를 벗어놓을 때마다 신체의 일부분이 도려내지는 듯한 아픔을 느꼈다. 비뢰도 한 자루가 줄어들 때마다 몸은 가벼워지는데 무력감은 더욱더 무겁게 마음을 짓눌렀다.
"……."
마침내 비류연은 양팔의 안쪽 깊숙이 숨겨져 있던 열 자루의 비뢰도를 풀어 사부 앞에 내놓았다. 신음은 나오지 않았다. 지금 자신에겐 엄살떨 자격조차 없었다. 아미산을 떠난 이후 처음 맛보는 지독함 패배감이었다.

그렇다. 그는 오늘 진 것이다.

옜다, 이거나 써라!
—신검? 신봉? 신막대기?

 "뭔가 할 말이라도 있는 표정이구나? 좋다, 이 사부가 선심 쓰마. 할 말이 있으면 지금 해라. 날이면 날마다 오는 기회가 아니다."

 진(眞) 비뢰도를 회수한 사부가 눈에 띄게 침울해 있는 제자를 향해 물었다. 비류연은 어떻게든 정신을 수습해 가고 있던 중이었다. 망할 사부 앞에서 방심 상태인 모습을 계속 보여줬다가는 두고두고 약점 잡히는 수가 있었던 것이다. 그러나 생각보다 쉽지 않았다.

 "진 비뢰도를 가져가신 건 좋습니다. 할 수 없죠. 대신 예비용이라도 주제요!"

 당찬 목소리로 비류연이 요구했다. 원래 비뢰문에는 연습용으로 쓰던 비뢰도가 있었다. 진본보다는 못하지만 충분히 쓸 만했다. 사실 지금 찬밥 더운밥 가릴 처지도 아니었다. 아예 없는 것보다는 약간 부족하더라도 있는 편이 훨씬 나았다.

 "그것도 안 돼."

사부는 마치 오늘은 '된다' 는 말을 하면 죽기라도 하는 사람처럼 행동하고 있었다.
"그건 또 왜요?"
비류연이 따지듯이 물었다.
"이 사부가 예전에 가르쳐 주지 않았더냐? 무기에 너무 의지하는 건 좋지 않다고."
타이르는 듯한 어조로 사부가 말했다.
"의지하지 않습니다."
날이 선 목소리로 비류연이 대답했다. 엄청 억울하기만 했다.
"그래, 그럼 아무 문제 없겠구나? 다행이네."
하나도 안 다행이었다.
"그건 그거고 이건 이거죠!"
비류연이 소리쳤다. 큰 소리가 안 나올 수가 없었다.
어떻게 그 둘이 똑같을 수 있겠는가. 의지하지 않는 거랑 필요하지 않다는 거랑은 전혀 다른 이야기였다. 일부러 모른 척하고 있는 게 틀림없었다. 사부가 비류연의 오른편에 놓인 '현천은란' 을 가리키며 말했다.
"게다가 네겐 그 검은 우산도 있지 않느냐? 그거면 충분할 것 같은데?"
역시 눈치 하난 귀신같은 사부였다. 하지만 그렇습니다라고 냉큼 답할 수는 없는 노릇이었다.
"불충분합니다!"
비류연이 딱 부러지게 대답했다. 그러나 사부를 상대로는 그다지 효과가 없는 듯했다.
"그럼 노부가 뭐라 말할 것 같냐?"
사부가 시험하는 듯한 목소리로 물었다.

"하아, 불충분해? 그럼 충분하게 만들면 되겠네! 라고 하겠죠. 십중팔구."

작게 한숨을 내쉬며 비류연이 대답했다. 너무 잘 알고 있어도 피곤할 때가 있는 법이다.

"자~알 알고 있구나. 하지만 언제든지 말거라. 충분하지 못하면 당장에 팔아버릴 테니 말이다. 필요도 없는 걸 갖고 있어 뭣하겠냐? 척 보니 팔면 꽤 값이 나갈 것도 같고 말이다."

욕망에 번뜩이는 눈빛이 현천은린을 향했다. 손수 자작한 데다 만들 때 꽤나 공이 들어갔던 비류연으로서는 흠칫하지 않을 수 없었다.

"쿡쿡, 그렇게 경계할 필요 없다. 설마 이 사부가 대신할 물건 하나 안 주겠냐?"

그렇게 인심 나쁜 사람으로 보지 말아달라고 말하고 싶은 듯했다.

"정말입니까?"

사부는 호쾌하게 고개를 끄덕였다.

"그럼, 물론이지."

그러면서 옆에 있던 '그것'을 집어 비류연 앞에 내밀었다.

"옛다! 이걸 가져가거라!"

비류연은 눈을 홉뜨며 외쳤다.

"이… 이것은……."

"흐흐, 어떠냐? 고맙지?"

환한 웃음을 지으며 사부가 말했다.

"그럴 리가 없잖아요!"

성질난 비류연이 빽 소리쳤다. 사부가 내민 그것은 비류연이 직접 제작 과정까지 지켜본 물건으로, 그 몸체에는 '타격각성 정신봉'이라 적혀 있었다. 좀 전에 급조된 구타용 막대기를 싸울 때 쓰라고 내밀었으니 비류연이 발끈하는 것도 무리는 아니었다.

"이… 이걸 쓰라고요?"
자기 앞에 내밀어진 급조된 티가 역력한 투박하고 거친 쇠몽둥이를 떨떠름한 얼굴로 바라보던 비류연이 어이없다는 투로 반문했다.
"그래."
사부가 거침없이 대답했다.
"농담이시죠?"
"어허, 농담이라니? 엄연한 진담이다. 그리고 이 막대기가 어디가 어때서 그러느냐? 원래 달인은 도구를 가리지 않는 법이다."
말은 맞는 말이지만, 이건 좀 너무하다는 생각이 들었다. 아무리 봐도 고의로밖에 여겨지지 않았다.
"이거 혹시 복수입니까?"
눈치 빠른 비류연이 조심스럽게 물었다. 이걸 거부하면 넌 달인 축에도 못 든다는 이야기였다.
"응? 복수라니? 무슨 복수 말이냐?"
노사부는 팔짱을 끼며 아무것도 모르겠다는 듯 짐짓 시치미를 뗐다.
'역시 복수가 확실해!'
그 태도를 보고 있으니 점점 더 확신이 굳어져만 갔다. 그러나 지금 대항할 수단이 없었다.
"왜, 싫냐?"
사부가 물었다.
"당연히 싫죠. 하지만 저걸 쓸 수밖에 없겠죠? 정말정말정말 싫어도?!"
"알고 있으니 다행이구나."

역시 성격 하나는 끝내주는 사부였다. 이럴 때마다 자신이 누구한테 배웠는지 상기하게 되고 마는 비류연이었다.

'젠장!'

욕이 저절로 나왔다.

"현명한 판단이다."

흡족한 듯 콧노래까지 부르며 사부가 대답했다. 그 희희낙락한 모습을 보며 비류연은 속으로 주먹을 불끈 쥐며 이를 갈았다. 와신상담이란 사자성어가 왜 생겨났는지 알 것 같았다. 저 희희낙락한 얼굴을 구겨 뜨리기엔 아직 자신의 역량이 부족한 것이 천추의 한이었다.

"하아, 좋습니다, 좋아요. 복수하신다 이거죠. 제자 골려먹으니 퍽이나 재미있으신가 보네요! 어쩔 수 없죠. 까라면 까야지. 그럼 적어도 좀 전에 보여줬던 기술이라도 가르쳐 주세요."

"응? 무슨 기술?"

"아까 보여줬던 그 까망 구슬과 하얀 구슬이 빙글빙글 도는 기술이요. 비급은 남아 있었다면서요?"

"남아 있었지."

"그럼 그거라도 알려주세요. 비뢰도도 빼앗겼는데 그거라도 익혀야죠. 그 왜 꿩 대신 닭이란 말도 있잖습니까? 가르쳐 주기 싫으면 비급이라도 주세요, 독학이라도 하게."

"비급? 그거 지금은 나한테 없다."

설상가상이었다.

"왜 없어요? 팔아먹으셨나요?"

충분히 가능성이 있었다.

"아니, 옛날에 어떤 놈한테 줬다. 한 쌍의 도검이랑 함께."

"도검이요?"

"아, 그건 원래 한 자루의 검과 한 자루의 도로 펼치는 기술이었어. 원래 비급이랑 한 묶음이었지. 뭐, 노부한테 필요없는 물건이기도 했고, 그러니 가지고 있으면 뭐 하겠냐, 그냥 줘버렸다."

"설마 공짜로요?"

"허허, 이상한 소릴 하는구나. 저 드넓은 창천과도 같은 마음과 저 땅 너머에 펼쳐진 대양 같은 배포를 지닌 이 사부가 그런 쫀쫀한 것에 연연할 리 있느냐? 당연히 공짜로 줬지."

그 말에 비류연의 눈이 휘둥그레졌다.

"거짓말! 하, 그 사람이 천고절색의 미녀라도 됐습니까? 어떻게 자린고비 좀생이 사부가 그런 팔면 값나가는 걸 공짜로 줄 리가……."

비류연은 여전히 믿기지 않는 모양이다. 그 사실은 오늘 안 사실 중에 그를 가장 놀라게 한 사실 중 하나였다.

"미녀는 아니었지. 하지만 예쁘장한 놈이긴 했다. 종종 여자로 오해를 사곤 했지. 길 가다 주워줬기에 망정이지 그렇지 않았다면 기루에 팔려 갔을지도 모르겠다. 바보 같은 놈이었지."

갑자기 옛 생각이 났는지 사부는 다시 술잔에 술을 따라 목구멍에 넘겼다.

"설마 제자였어요?"

사부는 고개를 저었다.

"아니, 그놈은 제자가 아니었다. 제자가 되길 원했지만 인연이 없었지."

사부의 술에 취한 눈동자는 지금이 아닌 다른 시간을 보고 있는 듯했다.

"그래도 곁다리로라도, 야매로라도 가르쳐 줬을 거 아니에요? 설마 생초짜한테 책 던져 주고 독학하라고 그런 건 아니겠죠? 그럼 좀 기억나시겠네요. 기억나는 것만이라도 가르쳐 주세요."

오늘따라 비류연은 꽤 집요하게 추궁하고 있었다. 사부는 뭔가 감추고 있는 것 같았다.

"이 기술 말고 딴 건 몰라."

귀찮다는 투로 손을 흔들며 사부가 딱 잘라 말했다.

"왜 모르는데요?"

답답한 가슴을 안고 비류연이 소리쳤다.

"그야 난 약한 기술엔 관심없으니까."

달의 이슬을 한 잔 쪼륵 따른 다음 낼름 삼키며 사부가 태연스레 말했다. 참으로 광오한 말이었지만, 이 노인의 입에서 나오면 그게 당연하다는 느낌이 들었다.

"크으으으! 좋아요, 좋습니다. 그럼 그 기술이라도 가르쳐 주세요. 검은 구슬이랑 하얀 구슬이랑 만들어내는 그거요."

"이거? 안 돼!"

"아니, 왜요? 왜 또 안 되는데요? 진짜 너무하네!"

분개한 비류연이 참지 못하고 큰 소리를 터뜨렸다.

"니놈한테는 아직 일러! 그러니까 그렇다 왜? 불만있냐?"

물론 불만은 많았지만 이럴 때 있다고 내색하면 가만히 있을 만큼 성격이 좋지 않았다.

"…그러니깐 그 말은즉……."

그러자 자작하던 술잔을 내려놓으며 사부가 씨익 웃었다.

"그걸 이제야 눈치 챘냐? 니놈한테 줄 건 아무것도, 정말 아~무~것~도 없단다, 제자야! 그러니 분발하려무나! 원래 인간은 맨몸으로 태어나는 거야, 맨몸으로. 그리고 말이다, 사부가 널 찾느라고 그동안 좀 고생을 했느니라. 가출한 제자를 찾아 나선 늙은 사부의 눈물 없이는 들을 수 없는

여행기는 일단 미뤄둔다고 쳐도, 제자 네가 고생하지 않으면 이 사부가 좀 많이 섭섭하지 않겠느냐?'

즉, 이 고생은 이미 예정되어 있었다는 이야기였다.

"크윽!"

혹시나 했는데 역시나였다. 역시 일부러 자신을 골려주려고 가르쳐 주지도 않을 기술을 스리슬쩍 시현해 보였던 것이다. 최선책이 없으면 차선책을 선택하리라는 걸 뻔히 알고서! 아무리 받은 거에 수배의 이자를 붙여 돌려준다는 것이 사문의 가르침이라곤 하나 정말 너무한 일이 아닐 수 없었다.

'이 지랄맞은 능구렁이 노인네! 두고 보자! 반드시 복수할 테다!'

오늘의 이 수모를 잊지 않겠다고, 반드시 이자까지 붙여 돌려주겠다고 비류연은 속으로 몇 번이고 몇 번이고 다짐했다.

"하아, 그만 가도 될까요?"

비뢰도를 빼앗겨서 우울해진 비류연이 축 처진 목소리로 말했다. 사실 이곳에 그리 오래 있고 싶은 생각은 추호도 없었는데 신체의 일부까지 빼앗긴 느낌이 들어 이제는 시간이 지나면 지날수록 분하고 원통해서 미치고 팔짝 뛸 것만 같았다. 그렇게 되면 개인적인 화풀이는 되겠지만 자신한테 무슨 득이 되겠는가. 한시바삐 이 답답한 장소를 빠져나가 자유로운 하늘 아래에서 자유를 만끽하고 싶었다. 그러나 그런 마음을 읽은 것일까? 사부가 딱 잘라 말했다.

"안 된다."

"왜요?"

비류연이 반문했다.

"할 일이 있으니까 그렇다."

사부의 대답은 매우 불친절했다. 하긴 사부가 친절하면 그 편이 더 무서울 것 같기도 했다.

"할 일이라뇨? 이런 데까지 오셔서 하나뿐인 제자를 부려먹어야 속이 시원하시겠나이까? 저 드넓은 동정호를 보시고 좀 더 넓은 마음을 가지세요. 속 좁은 마음을 확장하시라 이겁니다, 확장."

사부의 반응은 빨랐다.

"맞을 테냐?"

주먹을 살짝 들어 올리며 묻는다. 제자한테 마음의 넓이에 대해서 왈가왈부되는 것이 그리 탐탁지 않은 모양이었다.

"하아~ 용건만 간단히 말씀하세요."

한숨을 푹 내쉬며 비류연이 말했다. 이래서 이 방에 발을 들여놓기가 싫었던 것이다.

"녀석, 마음도 급하긴. 좀 더 차분해져 보거라."

"제가 누굴 닮겠어요, 사부 말고. 다 환경의 영향이라고요, 환경."

곧 죽어도 자기 탓이라고는 말하지 않는 것을 신념으로 삼고 있는 듯한 제자였다.

"별거 아니고… 노부랑 내일 함께 가야 할 곳이 있다."

"그게 어딘데요?"

별로 사부랑은 아무 데도 가고 싶지 않은 비류연이 마지못해 물었다.

"경매장!"

"경매장?"

사부가 고개를 가볍게 끄덕였다.

"이 사부가 경매시장에 내놓을 물건이 하나 있느니라."

정확히는 둘이었다. 그것도 세는 단위가 척이었다.

"……?"

"여기 동정호까지 오는 도중에 얻은 녀석들이지. 웬일인지 거기는 남들한테 자주 습격당하더구나. 습격당하는 취미가 있는 게 아닌가 하는 의심까지 들더구나."

"거기가 좀 그렇지요. 그런데 값은 꽤 받을 만한가 보죠?"

사부는 고개를 끄덕이며 말했다.

"상당한 상등품이다. 이 사부가 보기에도 상당히 고급 재료를 쓴 데다가 특별 주문 제작품이기까지 하니까 말이다. 분명 꽤나 비싼 값에 팔릴 게 분명해. 꽤 기대되는 물건이지."

사부가 장담하며 말했다.

"어떤 물건인데요?"

이제야 궁금증이 도지는지 비류연이 매물의 정체에 대해 물었다. 사부가 대답했다.

"배다. 배 두 척을 팔려고 내놨느니라."

비류연은 눈을 깜빡이며 말했다.

"사부도요?"

"사부도라니?"

이번에는 사부가 반문했다.

"아, 암것도 아니에요. 그런데 무슨 밴데요?"

비류연은 서둘러 화제를 돌렸다.

"아, 흑룡선이라고, 시꺼먼 배였지. 배 타고 오늘 길에 귀찮게 방해하길래 접수했다."

참으로 사부다운 행동이었다. 남 말할 처지가 아니라는 점은 일부러 무시하는 비류연이었다.

"흐흠… 어디 건가요?"

"듣자 하니 장강수로채네 거라 더구나."

"…장강수로채?"

"왜 그러냐?"

"아뇨, 그러고 보니 최근에 그쪽과 좀 인연이 있어서요."

요즘 자주 듣게 되는 이름이었다.

"설마… 그러고 보니 경매 물품 목록에 다른 배 한 척이 등록되어 있던데 네 녀석 거였냐?"

쳇, 비류연은 속으로 작게 불만을 터뜨렸다.

"아, 그 이야길 듣고 보니 제자도 경매에다가 배를 하나 내놓은 것 같기도 하네요."

이제 막 기억났다는 투로 비류연이 먼 곳을 향해 아련한 눈빛을 던지며 대답했다.

"그 배는 또 누구네 거냐?"

"장강수로채네 거요."

비류연이 대답했다.

"…그 배 이름은 뭐냐?"

"뭐라더라… 굉장히 거창한 이름이었는데……. 아, 맞다. 해신(海神)이란 명이었어요. 이제야 기억이 나네요."

"바다의 신이라……. 강에서 노는 놈들이 무슨 바다를 안다고, 확실히 건방진 이름이긴 하구나."

"장강십용사인지 뭔지 하는 놈들이 뜬금없이 암습해 왔길래 암습 실패의 대가로 그들이 타고 온 배를 접수했거든요. 꽤 상등품이더라구요."

"잘됐네. 그럼 그것도 함께 팔면 되겠구나. 그럼 내일, 경매장에서 만나자. 잘 가라."

그리고는 사부가 짧게 덧붙였다.

"도망치진 마라."

"안 쳐요!"

비류연이 버럭 소리쳤다.

　　　　　　＊　　　　＊　　　　＊

드르륵!

굳게 닫혀 있던 별실 문이 열리며 비류연이 걸어나왔다. 연비의 모습으로 들어가서 본래 모습이 되어 나오고 말았다.

버엉~

평소답지 않게 표정이 어쩐지 멍하다. 귀신한테라도 홀린 듯한 표정이다. 복도를 걸어가는 발걸음이 휘적휘적 갈지자를 그린다.

쿵!

"아코!"

다시 세 걸음을 못 가, 쿵!

"아코!"

날아오는 칼끝도 종이 한 장 차이로 피할 수 있었던 그가, 두 팔 벌려도 상관없는 넓은 복도에서 이리저리 몸을 가누지 못하고 여기저기 부딪치기만 했다. 그러나 아픔은 느끼지 않는 모양이었다. 이 아픔과 굴욕은 피하려 해도 피할 수 없는 사부의 꿀밤에 비하면 아무것도 아니었다.

어느 틈엔가 비류연은 별채 밖에 서 있었다. 두 발로 대지를 밟은 채 밤하늘에 걸린 달을 바라본다. 차가운 밤의 한기가 멍한 정신을 두들겨 준다. 그제야 오른손을 타고 전해져 오는 묵직함을 느낄 수 있었다. 물끄러미 바라보자 그곳엔 사부가 열 자루의 비뢰도 대신이라며 떠넘긴 쇠몽둥이 하나가 덩그러니 들려 있었다. 횡포도 이런 횡포가 없었고 횡령도 이런 횡령이 없었다. 고개를 들어 밤하늘에 걸린 달을 바라보았다. 그곳에 걸린 초승달이 마치 사부의 입가에 걸린 비웃음처럼 보였다.
"젠장, 다 털렸군!"
이제 밑천은 다 거덜나고 말았다. 또 하나의 분신이나 다름없는 비뢰도마저 빼앗기고 말았다.
'협상? 웃기는 소리.'
말이 좋아 협상이지, 협상한답시고 들어가서 모든 것을 빼앗기고 말았다. 사부에게 주도권을 뺏긴 채 질질 끌려 다니다가 조그만 변덕에 의지해 겨우 살아남은 것뿐이었다.
붙어 있는 건 목숨뿐. 단지 그것뿐이었다.

실로 굴욕적인 날이었다.

경매장에서
―아무도 사는 사람이 없다

"자, 다시 한 번 묻겠습니다. 이 물건을 사실 분 없습니까?"

사회자가 주위를 둘러보았으나 아무도 의사를 표현하는 이는 없었다.

"정말로 구매 의사가 있는 분 안 계십니까? 그 유명한 흑룡선 두 척입니다. 이만한 물건 찾기 힘들다고 감히 말씀드릴 수 있습니다. 그래도 없습니까?"

조용……

다들 시선을 피한 채 딴청만 피울 뿐이었다. 왠지 의도적으로 신경 안 쓰려는 듯한 그런 모습이었다.

"마지막으로 열까지 세겠습니다. 만일 열을 셀 때까지 입찰자가 없을 경우 '불매(不賣)' 인 것으로 알겠습니다."

사회자가 최후통첩을 날렸다.

"그렇다는데요?"

제자가 옆을 앉아 있는 사부를 보며 한마디 했다.

"노부도 귀가 있다."
사부가 까칠하게 대답했다.
"하나… 둘… 셋… 넷… 다섯… 여섯… 일곱… 여덟… 아홉……."
그리고는 혹시나 하는 마음에 주위를 한 번 둘러보았으나 그다지 개선된 점은 찾아볼 수 없었다.
"열!"
모든 이들이 침묵할 뿐 끝까지 손을 드는 사람은 아무도 없었다.
"흑룡선 두 척, 안타깝지만 팔리지 않았습니다. 다음 기회를 기다리시기 바랍니다."
땅땅땅!
망치를 세 번 내려치며 사회자가 선언했다. 사부가 그렇게 자신만만해했던 경매 건은 허무하게 끝나 버리고 말았다.
그러나 문제는 여전히 잔존했다.
'이대로 끝나진 않겠지? 귀찮은 건 딱 질색인데.'
왜냐하면 사부는 이대로 그냥 납득할 인간이 절대로 아니라는 것을 비류연은 누구보다 잘 알고 있었다.

"안 팔렸네요?"
꼬시다는 듯 왠지 얄미운 목소리로 입가에 희미한 미소까지 지으며 비류연이 말했다. 그는 오늘 본래의 모습을 하고 있었다. 사부의 까다로운(?) 취향 때문이었다. 아는 얼굴을 만날 수 있는 위험 때문에 실내에서도 초립을 눌러쓰고 있었다. 다행히 몇 번 주위를 둘러보며 확인해 봤지만 아는 얼굴은 없는 듯했다.
"웃지 마라. 네놈 것도 안 팔렸지 않느냐."
"욱!"

흑룡선 두 척은 물론 비류연이 나포한 해신도 안 팔리긴 매한가지였다.

"음, 이건 좀 예상 밖의 일이로군. 저 정도 물건이면 충분히 구매자가 나타날 거라 생각했는데… 안 그러냐, 제자야?"

사부가 보기엔 이상할지 몰라도 당연했다. 그 대단한 사부도 이번엔 한 가지 간과한 일이 있었다.

"이상하긴 뭐가 이상해요. 경매 참가자들의 입장을 너무 고려하지 않았으니 당연하죠. 원주인이 장강수로십팔채잖아요. 그 시점에서 저건 이미 위험한 장물이랑 다름없다고요. 모두가 다 사부 같은 무지막지한 괴물인 줄 아세요?"

다들 흑룡선이 갖고 싶어도 그 뒤에 있는 장강수로채의 보복이 두려운 것이다. 정당한 가격을 지불했든 지불하지 않았든 그들은 그들이 잃어버린 물건을 물 위에서 다시 찾아갈 것이 분명했다. 큰소리친 것과 달리 물건이 안 팔릴 때까지는 그 역시 간과한 부분이었다.

"이런이런, 그 점을 잠시 잊고 있었구나. 물건의 질만 생각하다가 구매자의 입장을 깜빡하다니!"

대화와 마찬가지로 장사도 나 이외의 타자(他者)가 한 명 이상 필요했다.

"그렇다면 잘됐구나."

사부의 말에 비류연은 호박색 눈을 동그랗게 떴다.

"뭐가요?"

비류연이 보기엔 하나도 잘된 게 없었다.

"그렇게 잘 아는 네가 이 일을 맡으면 되니 어찌 잘된 게 아니겠느냐."

사부가 무엇을 맡기려는지 깨달은 비류연의 온몸에 불길한 예감이 엄습해 왔다.

"서… 설마 저걸 맡기려는 건 아니겠죠?"

그러나 사부가 비류연의 기대를 충족시켜 준 적은 유사 이래로 한 번도 없었다.

"아니, 당연히 그럴 셈이지. 저 까만 배 두 척, 네가 팔아 오너라. 파는 김에 네 것까지 팔아도 되니 이 어찌 아니 좋은 기회겠느냐? 안 그러냐, 제자야?"

사부가 담담한 목소리로 명령했다.

"왜 내가 그런 것까지……."

비류연이 초립을 눌러쓴 채 투덜거렸다.

"그럼 늙은 내가 하랴? 그동안 네 녀석이 없으니 어쩔 수 없이 내가 한 것 아니냐. 다 가르쳤으니 이제 그 값을 해야 하지 않겠느냐? 배웠으면 써먹어야지. 배워놓고 써먹지도 않을 거면 무엇 하러 배웠느냐."

역시 말발이라면 제자에게 절대 지는 법이 없는 사부였다. 어째서인지 비류연의 귀에는 제자 키워놨다가 어디 써먹겠냐, 이런 때나 써먹어야지로 들렸다.

"칫, 난 노후 대책용이라 그겁니까?"

구 할 구 푼 구 리의 확률로 비류연은 확신했다.

"그걸 이제 알았니?"

훗 하고 사부가 비웃었다. 저렇게 당당하게 나오니 뭐라 대꾸하기도 귀찮아졌다.

"알았어요. 아아, 다른 일로도 바쁜데 이런 잡일까지……."

투덜거리곤 있지만 지금 비류연의 머릿속은 빠른 속도로 돌아가고 있었다.

"일단 장강수로채에 편지를 쓰는 게 좋겠네요."

내용을 뭐라고 써 내려갈지 궁리하며 비류연이 말했다.

"뭐라고 쓸 셈이냐? 안부인사라도 하려고?"

시큰둥한 목소리로 사부가 물었다. 그게 과연 실효성이 있는지 의문스러워하는 듯했다. 그러나 비류연은 나름 자신이 있었다.

"아뇨, 잃어버린 물건을 맡아두고 있으니 찾아가라고요. 물론 사례는 잊지 말고."

"호오, 그거 괜찮은 생각 같구나. 역시 마음을 전하는 데 편지만큼 좋은 게 없지. 그렇게 해라."

"저도 하산한 다음 놀고 있었던 건 아니라고요."

진심을 전하는 데는 따스한 편지 한 장이면 만사형통이었다. 다만 이번 경우, 절대로 살가운 편지는 되지 않으리라. 뭐, 편지 용도란 것은 무궁무진한 것 아니겠는가. 편지의 용도와 효과를 한 가지로 한정시키는 것은 편지에 대한 가능성을 죽여 버리는 것과 같은 것이다.

"그런데 말이죠, 사부?"

"왜?"

"제자한테 일 떠넘기려고 일부러 실수한 건 아니겠죠?"

"글쎄다? 설마 그렇기야 하겠느냐?"

사부가 '씨익' 의미심장한 웃음을 지으며 대꾸했다. 영 못 미더운 웃음이었다.

"그런데요, 사부."

갑자기 비류연이 조심스럽게 말을 꺼냈다.

"또 왜?"

"이 경매 문제를 잘 해결하면 그.거. 돌려주실 거죠?"

일부러 확정적인 표현을 써서 비류연이 물었다.

"그거라니? 무슨 그.거. 말이냐?"

사부는 짐짓 모른 척 시치미를 뗐다. 사부의 그런 태도가 더 얄미웠다.

"아잉, 아심서."

당연히 빼앗긴—사부는 극구 회수했다고 주장하는—비뢰도에 대한 이야기였다. 지금 비류연의 관심사가 그것 말고 무엇이 있을 수 있겠는가.

"고마 해라. 괜히 더 수상하다, 훠이훠이."

안 하던 짓 하면 귀엽다기보다 수상쩍어 보일 뿐이라는 게 사부의 지론이었다.

"칫."

아첨도 쉽게 먹히지 않는 매우 귀찮은 상대였다.

"아참, 말이 잘못되었구나. 너에게 이것의 소유권이 없는데 돌려준다는 말이 가당키나 하느냐?"

"에이, 사소한 것엔 신경 쓰지 마시구요."

비류연이 애교를 피우며 손사래를 쳤다. 실로 눈물겨운 노력이 아니라 할 수 없었다.

"징그럽다. 고마 하라 그랬지?"

사부가 소름이 돋는지 팔뚝을 쓸며 나직이 경고했다.

"그럼 돌려주실 건가요?"

눈을 반짝 빛내며 비류연이 물었다.

비류연의 눈빛은 진지했다. 이만큼 진지해지기도 쉽지 않았다. 그만큼 그것은 비류연에게 중요한 물건이었다. 없어져 보니 소중함을 안다는 것은 이런 경우를 두고 말하는 것인지도 모르겠다.

"글쎄다… 뭐, 잘 처리하면 생각해 보마."

그렇게 썩 만족스런 대답은 아니었다. 발뺌하는 기색이 역력한 것도 맘에 걸렸다.

"확답은 안 해주시는 겁니까?"

비류연이 항의했다. 쉽게 확답하지 않고 애매하게 상황을 몰아가는 것이 정말로 능구렁이 사부다웠다.

"넌 어떠냐? 사부가 그런 걸 해줄 것 같냐?"

"아뇨."

이럴 땐 너무도 현실적이라 몽상을 하지 못하는 자신이 안타까울 정도였다.

"알면 됐다."

그리하여 비류연은 장강수로연합채 앞으로 한 통의 서신을 쓰기 시작했다.

한참 뒤, 사부가 물었다.

"다 됐냐?"

"다 됐습니다."

비류연이 붓을 내려놓으며 대답했다.

"그래, 그럼 표국편으로 부쳐라. 특급으로. 물론 대금이 네가 내고."

"또 내 돈입니까?"

"그럼? 노후보장연금이 끊긴 이 가난하고 늙은 사부가 내야겠느냐?"

콜록콜록 기침하는 시늉을 하며 사부가 물었다. 사부에게 끔찍할 정도로 안 어울리는 모습이 있다면 그건 아마도 약한 척하는 모습일 것이다.

"안 어울리니 하지 마세요. 알았어요. 내면 되잖습니까, 내면. 그럼 일단 마천각에 돌아가야 할 것 같습니다. 오 일 후에나 뵙게 되겠네요. 뭐, 구매자가 오려면 이 주일 정도 더 걸리겠지만요."

사부가 웃으며 대답했다.

"오냐, 그동안 느긋하게 이곳에서 술잔이나 기울이고 있으마! 하지만 도망치진 않는 게 좋을 거다!"

그리고는 마지막으로 덧붙였다.

"요즘 노부가 남는 게 시간이거든."

얼마가 걸리더라도 반드시 찾아내겠다는 이야기였다.
"거참 끔찍하네요."
비류연이 짧게 대답했다.

*　　　*　　　*

무림맹주 나백천이 초대장을 받아 들던 것과 거의 같은 시각, 장강수로채 채주 앞으로도 서찰이 한 통이 도착했다. 자신의 지성을 뽐내며 까막눈인 부하들 앞에서 글을 읽어가던 흑룡왕의 얼굴이 붉으락푸르락, 시시각각으로 색깔이 변하기 시작했다. 그가 지금 불같이 화내고 있다는 표시였다. 이럴 때는 함부로 다가가다간 피를 보는 수가 있으니 조심 또 조심해야 했다.
짧은 단문 몇 줄로 장강의 패자를 이토록 분노에 떨게 한 서찰의 내용은 다음과 같았다.

장강수로연합채 총채주 친전.
인사는 생략하고 바로 본론으로 넘어가도록 하지요. 이번에 저희가 우연찮게 좋은 배 세 척을 얻었기에 이렇게 삼가 연락을 드립니다. 분명 귀하께서도 관심을 가지시리라 사료됩니다. 무엇보다도 흑룡선과 해신이라 불리는 유명한 배들이니까요.
구매 의사가 있다고 판단되는바, 모월 모일 저녁 모시까지 지불하실 대금을 가지고 강호란도 경매장 옆 선착장으로 오시기 바랍니다.
—의문의 발송자 갑.
추신: 단, 오래 기다리진 않습니다.

한 줄로 요약하면 다음과 같은 이야기였다.

'니 배는 우리 배가 되었다. 갖고 싶으면 와서 정당한 대가를 지불해라.'

그 밑에 돈을 들고 와야 할 일시와 장소가 친절하게 자세히 적혀 있었지만 전혀 고맙지 않았다. 고맙기는커녕 이가 뿌드득 갈리고 속에서 열불이 솟구쳐 올랐다.
와락!
흑룡왕은 더 이상 참지 못하고 들고 있던 서찰을 사정없이 구겨 버렸다.
"갈(喝)! 감히 어떤 놈이 이따구 서찰을 보내! 여기가 어딘 줄 알고! 본좌가 누군 줄 알고!"
흑룡왕이 분노의 일갈을 토해냈다. 오늘 받은 이 서찰보다 더 무례하고 시건방지고 그의 화를 돋우는 서찰을 그는 받아본 적이 없었다. 이것은 장강수로십팔채의 권위에 정면으로 도전하는 행위였다. 그리고 그 행위는 오래전부터 '자살충동적 행위'로 규정되어 있었다.
"좋다! 죽고 싶다면 죽여주마! 겨우 흑룡선 두 척과 해신 한 척을 나포한 것 가지고 기고만장하다니! 장강의 깊이가 얼마나 깊은지 알려주마! 모두 물고기 밥으로 만들어서!"
그리고 다시는 떠오르지 못하게 해주리라! 장강의 패자가 그렇게 결정한 이상 그 일은 반드시 그대로 이루어져야만 했다.
흑룡왕이 부관인 조가피에게 명령했다.
"당장 애들을 준비시켜라! 제일급 전투 준비다. 닻을 올리고 돛을 펼쳐라! 출진이다. 나 흑룡왕 해어광이 직접 나간다. 장강의 굽이치는 힘을 보여주자!"
 부관 조가피가 허리를 직각으로 숙이며 대답했다.
 "예, 분부대로 하겠습니다."
 흑룡왕은 자리에서 벌떡 일어나더니 짙푸른 피풍의를 몸에 둘러 걸치고 문을 사납게 벌컥 열어젖힌 후 성큼성큼 위풍도 당당하게 걸어나가며 외쳤다.
 "가자, 강호란도로!"

오십만 냥 대회
―인간은 그렇지 않아

이른 아침.

호남성에 위치한 중원오악 중 남악(南岳)인 형산(衡山)의 험난한 산길을 올라가는 이가 있었다. 놀랍게도 열여덟에서 열아홉 정도 되어 보이는 앳된 소녀였다. 소녀의 머리카락은 특이하게도 순은을 녹여놓은 듯한 은은한 은색이었다. 등 뒤에 은빛 보검이 비스듬히 비껴 매어 있는 것으로 보아 검사임이 틀림없었다.

이른 봄, 산이 평탄하지도 않고 길을 편하게 닦아놓은 것도 아닌데 소녀는 땀 한 방울 흘리지 않은 채 유유자적 거침없이 형상의 능선 위를 올랐다. 처음 산을 오른 사람에겐 죽을 만큼 힘든 여정이겠지만, 수백 번을 오르내린 소녀에겐 이 길이 그저 가벼운 아침 산책길처럼 가뿐하게 여겨질 뿐이었다. 반복의 반복이 가져다준 신묘한 묘용이었다.

이윽고 소녀의 눈앞에 갈래길이 나왔다. 친절하게도 여기에는 표지가 있었다. 화살표는 왼쪽을 향하고 있었는데 그 위에는 '형산과' 라는 세

글자가 적혀 있었다. 이곳 형산은 대대로 구대문파의 하나인 형산파가 깊이 뿌리를 내리고 있는 곳으로 이 산의 터줏대감 격이라 할 수 있었다. 그러나 지금 그녀가 향하는 곳은 그쪽이 아니었다. 소녀는 망설이지 않고 아무런 표지도 없는 오른쪽 길을 향해 발걸음을 옮겼다. 다시 한참을 걷자 깎아지른 듯한 절벽을 병풍처럼 두른 제법 널찍하고 평평한 평지가 나타났다. 그 절벽 바로 밑에 낙석도 두려워하지 않는 작은 모옥 한 채가 서 있었다. 비록 낡았지만 손질은 깔끔하게 되어 있었다. 그런 것에서 모옥 주인의 성격이 잘 드러나 있었다.

수백 명의 문인들이 생활하고 있는 형산파와는 극히 대조적인 모습이었지만, 이곳이 바로 소녀의 목적지였다.

조심스럽게 문 앞에 다가간 은빛 머리칼의 소녀가 공손한 어조로 인사를 올렸다.

"사부님, 제자 류은경입니다."

류은경, 그것이 이 은발 소녀의 이름이었다. 아무래도 이 모옥은 이 소녀의 사부가 기거하는 곳인 모양이었다.

"쿨럭쿨럭!"

모옥 안에서 대답 대신 기침 소리가 들려왔다. 소녀가 언제나 듣는 사부님의 기침 소리였다.

"사부님?"

은발의 소녀 류은경이 다시 한 번 기별을 넣었다. 그리고는 기다렸다. 사부님이 자신에게 흐트러진 모습을 보이고 싶지 않아 한다는 것을 알고 있었던 것이다. 그러기 위해선 준비 시간이 필요했다.

잠시 후에야 응답이 돌아왔다.

"들어오너라."

"예."

류은경은 공손히 대답한 다음 신발을 벗어 가지런히 한 후 조심스럽게 문을 열었다.

방 안에는 무척 안색이 창백한 여인이 몸가짐을 단정히 한 채 정좌를 하고 소녀를 기다리고 있었다. 여인의 무릎 위에는 한 자루의 은검이 가지런히 놓여 있었다. 특이하게도 그녀의 머리카락 역시 소녀와 똑같은 은은한 은발이었다. 때문에 새하얀 안색이 더욱 창백하게 보였다. 마치 핏줄이 비쳐 보일 듯한 그런 피부였다. 이 여인이 바로 은발소녀의 스승인 검선자(劍仙子) 이약빙이었다.

"제자가 사부님을 뵙습니다."

쿨럭쿨럭, 다시 한 번 잔기침을 한 후 이약빙이 인사를 받았다.

"일어나거라."

자리에서 일어나 살짝 허리를 숙인 다음 다시 스승 앞에 꿇어앉았다.

"오랜만이구나."

"예, 사부님. 육 개월만입니다. 그동안 별고없으셨는지요?"

"보다시피 별일없었다. 그래, 모친에게 눈치 보여서 함부로 외출하기도 힘들다더니 어쩐 일로 이곳에 다 들렀느냐?"

류은경의 집은 이름난 무가로 바로 형산의 코앞에 형산파와 적당한 거리를 유지한 채 자리하고 있었다. 때문에 마음만 먹으면 수시로 들락날락거릴 수 있었으나 집안의 강제 때문에 함부로 나다닐 수 없었던 것이다.

"이번에 대리 가주(代理家主)님의 명을 받고 강호란도에 가게 되었습니다. 그 일을 보고차 이렇게 찾아뵌 것입니다."

강호란도로 떠나기 전에 잠시 여유 시간이 남아 그간 격조했던 스승을 찾아뵐 수 있었던 것이다. 그렇지 않았으면 몇 달씩이나 계속해서 집 안에서 감금 아닌 감금 상태로 갇혀 지내야만 했을 터였다.

"하아, 모친을 '대리' 가주님이라 부르는 것을 보니 아직 여전한가 보구나."

"한두 달로 바뀔 일은 아니니까요. 사람이 그렇게 쉽게 바뀌지는 않는 법이지요."

어두운 안색으로 류은경이 대답했다. 제자의 고충을 알고 있는 만큼 어떻게든 도움이 되고 싶었지만 집안 문제이다 보니 이약빙이 어떻게 해 줄 수 있는 성질의 것이 아니었다.

"그런데 강호란도엔 무슨 일로?"

이약빙도 그곳이 어떤 곳인지는 잘 알고 있었다. 그런 유흥 지역에 할 만한 일이 있다고는 별로 느껴지지 않았다.

"저어…… 이번에 강호란도에서 개최되는 오십만 냥 대회라고 들어보셨나요?"

"글쎄, 한동안 산을 내려가지 않아 잘 모르겠구나. 그런데 대회 이름이 무척 특이하구나."

"상금이 무려 오십만 냥이나 걸려 있어 그렇게 불린다고 합니다."

"허허, 오십만 냥이라……. 이번엔 또 얼마나 많은 사람들이 미쳐 날뛸꼬."

그만한 돈이면 사람의 이성을 단숨에 날려 버릴 수 있는 액수였다.

"죄송합니다. 그 대회에 제가 참가하게 되었습니다."

"그게 정말이냐?"

깜짝 놀라 반문했다. 류은경은 순순히 고개를 끄덕였다.

"그곳 원통(圓筒)투기장이 어떤 곳인지 너도 잘 알지 않느냐? 그런 광기의 도가니 속에서 무엇을 할 수 있단 말인가? 목숨을 내놓고 붙는 곳이다. 서로에게 치명상을 입히기 전에 끝내는 일반 비무들과는 차원이 다르다. 너는 아직……."

"…알고 있습니다."

"네 모친도 그 사실을 알고 있느냐?"

그 순간 소녀의 얼굴에 괴로운 표정이 떠올랐다.

"……"

"…역시 알고 있구나."

이약빙의 음성은 어둡게 착 가라앉아 있었다. 류은경은 가타부타 말하지 않았다.

"돈 때문이냐?"

"복수 때문이라고 하셨습니다. 그곳엔 그자, 칠상혼이 있다고 합니다."

"네가 보기에도 그게 진의더냐? 아니면 단지 네가 그렇게 믿고 싶은 것뿐인 것이냐?"

"아마… 후자겠지요."

씁쓸한 감정이 가득한 목소리로 류은경이 대답했다.

현재 류가엔 가주가 부재중이었다. 병치레 때문이었다. 류가의 가주에게 중상을 입혀 지금까지 침대에 눕혀놓은 장본인이 바로 백인참(百人斬)을 행했던 칠상혼이었다. 그러나 대리 가주가 된 그녀의 모친은 그 소재를 파악하고도 몇 년간 가만히 있었다. 그러다 갑자기 이번에 강호란 도로 달려가 복수해야 한다고 핏대를 세우는 것이었다. 복수하기 전까지는 두 번 다시 집 안에 발을 붙일 생각을 말라고 했다. 누가 봐도 충분히 이상하게 여길 만한 일이었다.

그 배후에 오십만 냥의 상금이 있었다.

확실히 그 금액이라면 그 누구라도 혹할 만한 거액이다. 류은경도 내심 짐작하고 있었다. 고난이 사람을 성장시킨다고, 어려서부터 겪은 마음의 시련은 그녀를 같은 나이 또래의 아이들보다 더욱 성숙하게 만들었다. 그래서 겉으로 보이는 것만이 전부가 아니라는 이치도 알고 있었다. 보이는 것 이면에 감추어진 추악함도 어느 정도 파악할 수 있을 만큼 성장했기 때문이다.

괴로워도 알게 되고 말았다, 복수는 허울 좋은 명목에 불과하다는 것을. 하지만 그것은 짙은 그림자를 동반한 아픈 깨달음이었다.

"네 어머니도 참으로 너무하구나. 피를 이은 모녀지간인데도 아들과는……."

쿨럭거리는 기침 소리와 함께 말을 잇지 못하자, 씁쓸한 웃음을 지으며 류은경이 대답했다.

"어쩔 수 없지요. 전 미움받는 운명이니까요."

한창 싱그럽고 활기 넘칠 십구 세 소녀의 입에서 나올 만한 말은 결코 아니었다.

"아무것도 해주지 않는 핏줄과 가문은 이제 잊거라. 무거운 짐만 지우는 핏줄은 잊거라. 강호에 나가면 너는 나 검선자 이약빙의 진전을 이은 유일한 후계자니라. 너라면 충분히 자부심과 긍지를 가져도 좋다."

위태위태한 제자에게 굳건한 발판을 마련해 주고 싶은 게 사부 이약빙의 마음이었다. 그 마음 씀씀이에 류은경은 눈가가 시큰해졌다.

"명심하겠습니다, 사부님."

지금까지 그녀에게 이렇게 자상하게 대해주는 사람은 사부 이약빙 말고는 없었다. 가족으로부터 받지 못한 것을 이약빙은 그녀에게 주었다. 사실 이 따뜻한 마음을, 이렇게 따뜻한 온기를 모친으로부터 받고 싶었는데.

똑!

참지 못한 류은경의 볼을 타고 눈물 한 방울이 떨어져 내렸다. 이 어린 제자의 속내가 손에 잡힐 듯 보여 마음이 아파진 이약빙은 말없이 다가가 두 팔로 흐느끼는 제자의 어깨를 감싸 안아주었다.

"울지 말거라, 아가. 난 너에게 모든 것을 가르쳤다. 너에겐 재능이 있어. 너무나 뛰어나 친부모마저도 경계케 하는 재능이. 아들을 밀어내고 후계자가 되어도 전혀 이상하지 않은 빛나는 재능이. 낭중지추(囊中之錐)라 했다. 날카로운 송곳은 가죽 주머니 안에 있더라도 자신을 드러내는 법! 살아남거라! 있는 힘껏! 가슴을 활짝 펴고. 너에겐 그만한 가치가 있다."

제자를 믿어주는 것, 그리고 제자 스스로가 자기 자신에게 실망하지 않게 하는 것. 그것이 지금 이약빙이 해줄 수 있는 전부였다.

흐느끼던 류은경은 참지 못하고 오열을 터뜨렸다. 절대 슬퍼서 흘리는 눈물이 아니었다. 아직, 이 세상에는 자신을 바라봐 주는 사람이 남아 있다는 사실 때문이었다.

제자의 눈물이 가슴 섶을 적시는 동안 이약빙은 아무 말도 하지 않고 조용히 서 있었다. 가슴 깊은 곳에 쌓아둔 눈물이 마음을 곪게 만들기 전에 흘려보낼 필요가 있었다. 눈물로만 흘려보낼 수 있는 아픔도 있는 법이란 걸 그녀는 잘 알고 있었던 것이다.

장마도 언젠가는 끝이 나듯 쌓여진 눈물의 양에도 끝은 있었다. 겨우 진정한 류은경이 발갛게 상기된 얼굴을 식히며 사부 앞에서 조심스럽게 말을 꺼냈다.

"그런데 문제가 하나 있습니다."

"그게 무엇이냐?"

이약빙이 물었다.

"시합이 모두 삼인 일조로 치러지는 방식이라고 합니다. 하지만 전 함께 조를 짤 만한 사람이 없습니다. 전 외톨이니까요……."

가족마저 자신을 버렸다. 차라리 혈혈단신 고아인 편이 더 낫지 않을까 싶을 정도였다. 그러니 그 누구도 믿을 수 없었다. 자연스레 외톨이가 될 수밖에 없었다.

"그건 확실히 큰 문제구나. 음……."

이약빙은 한참을 고민했다. 이 안쓰러운 제자에게 무언가 비책을 알려 주고 싶었다. 그러나 그녀의 인맥 역시 그리 넓은 편은 아니었다. 병약한 몸이다 보니 많은 사람을 사귈 기회가 없었던 것이다. 게다가 그나마 사귄 사람도 대부분이 정파의 사람들이었다. 그런데 강호란도는 명백한 흑도의 영역이었다. 그러다 보니 인연의 끈이 희미해질 대로 희미해져 버리고 말았다.

그녀는 최선을 다해 자신의 기억을 더듬어보았다. 지성이면 감천이라더니, 필사적인 노력이 하늘에 닿았는지 마침내 한 사람을 찾아낼 수 있었다.

"그래, 딱 한 사람 네가 도움을 청할 만한 사람을 소개시켜 줄 수 있을 것 같구나."

"진짜요? 그게 누군가요?"

기대하지 않고 있던 류은경이 고개를 번쩍 들며 반문했다. 되묻는 모양새가 사부조차도 그다지 믿고 있지 않았던 모양이다. 불신팽배가 뼛속까지 스며들어 있는 게 분명했다.

"듣자 하니 이번 천무학관 사절단 중엔 구룡칠봉이 모두 끼어 있다고 들었다. 그중 남궁세가의 아이들과는 안면이 있단다."

정확히는 남궁세가주의 부인과 친분 관계가 있었다. 그 인연으로 몇 번인가 그곳을 방문하여 대접받은 적이 있었다. 그때 만났던 총명한 두 아이를 그녀는 아직도 기억하고 있었던 것이다.

"우와, 그 남궁세가랑 면식이 있으시다니 대단해요, 사부님!"

그녀의 가문도 작다고는 할 수 없지만 무림팔대세가의 하나인 남궁세가에 비하면 크게 모자람이 있었다.

이약빙은 품 안에서 옥패 하나를 꺼내 류은경 앞으로 내밀었다. 그 안에는 우아한 난초 문양이 양각되어 있었다.

"이건······."

"이 사부의 징표다. 이걸 보면 내가 보냈다는 것을 알아볼 것이다."

류은경은 공손하게 두 손으로 옥패를 받아 든 다음 하례하고 조심스레 품속에 집어넣었다.

"저··· 사부님?"

"왜 그러느냐."

"궁금한 게 하나 있어서 그런데요, 그 사람의 이름이 무언가요?"

이약빙은 그제야 자신의 실책을 깨달았다.

"아, 그러고 보니 아직 이름도 가르쳐 주지 않았구나. 네게 도움을 줄 만한 아이의 이름은 남궁상이라 한단다. 강호에선 뇌전검룡이라 불린다고 하더구나. 얼마 전에 들은 바로는 그 유명한 천하오검수 중의 일인인 아미신녀 진소령과의 비무 내기에서도 이겼다고 하더구나. 진 매가 제약이 있는 상태에서 싸우긴 했지만 쉽지는 않았을 터. 분명 대단한 기재가 틀림없을 테니 네게 크나큰 도움이 될 것이다."

상냥한 목소리로 이약빙이 말했다, 이걸로 제자가 기운을 차렸으면 좋겠다고 그녀는 내심 기대하면서. 그러나 그때 류은경의 가슴속에는 이미 새로운 불안의 싹이 자라나고 있었다.

"그런데 사부님, 문제가 있습니다."

"또 다른 문제가 있단 말이냐?"

류은경이 어두운 안색을 하며 고개를 끄덕였다.

"전 어쩌면 좋죠? 제겐 도움받을 대가로 지불할 만한 것이 아무것도 없어요."

무척 심각한 얼굴이었다.

"글쎄, 그냥 도와줄 것도 같은데?"

그녀가 아는 남궁상이라면 분명 그렇게 해줄 것이었다. 게다가 무엇보다 엄마의 친구이자 이모라 불리는 자신의 부탁이 아닌가. 거절할 리가 없었다. 그러나 그녀의 제자는 그렇게 생각하지 않는 모양이다.

"아니에요. 절대 그럴 리 없어요. 아무런 대가도 없는데 공짜로 도움을 베풀다니요. 그런 일이 진짜로 일어난다니 전 믿을 수 없어요."

이미 그녀의 세상에 대한 불신은 병적일 정도로 깊어, 뭔가 대가를 지불하지 않는데도 사람이 자신을 도와줄 리 없다고 굳게 믿고 있는 모양이다.

"글쎄다, 세상엔 저런 사람이 있으면 이런 사람도 있는 법 아니겠니? 굳이 그렇게 단정할 필요는 없지 않겠느냐?"

류은경은 세차게 고개를 가로저었다.

"아니에요, 그럴 리 없어요. 인간은 그렇지 않다고요. 그런 건 순진한 아이들을 속이고 혹세무민하기 위해서 지어낸 이야기 속의 인물일 뿐이라고요. 그런 가공의 인물들만이 아무런 이득도 없이 남을 도울 수 있는 거예요. 실제 인간은 그렇지 않아요. 인간은 그렇게 순진하지 않다구요. 이 세상은 썩었단 말이에요!"

너무나 달콤한 말이기에 류은경은 오히려 결사적으로 부인했다. 널름 믿었다가 상처 입는 게 두려웠던 것이다.

'하아, 이 아이의 세상에 대한 불신이 이리도 뿌리 깊을 줄이야……'

아무래도 성장 환경에 문제가 있는 게 분명했다.

'이 아이, 괜찮을까? 이렇게 불신이 깊고 세상에 부정적이어서야……. 엉뚱한 짓이나 하지 말았으면 좋겠는데……'

이번 강호행이 좋은 계기가 되었으면 좋겠다고 이약빙은 생각했다. 그 남궁가의 아이들이 이 제자에게 좋은 인연이 되기를……. 지금 이약빙이 할 수 있는 것은 그 정도 기원뿐이었다.
"그럼 다녀오겠습니다, 사부님."
류은경의 하직 인사를 받으며 이약빙이 마지막으로 충고했다.
"건강한 모습으로 다시 돌아오너라. 승패에 연연해 몸을 상할 필요는 없다. 그런 사소한 것에 목숨 걸지 말거라."
그런 것에 목숨을 걸 가치는 없다. 단지 모친의 명령 하나에 목숨을 건다는 것은 어리석은 짓이었다. 아닌 것은 아닌 것이다. 아무리 피를 나눈 친혈육이 내린 명령이라 해도 말이다.
"예, 사부님. 각골 명심하겠습니다."
사부 이약빙에게 하직 인사를 올린 후, 류은경은 강호란도를 향해 단신으로 떠났다. 무슨 일이 그녀를 기다리고 있는지 알지 못한 채. 자신이 남궁상에게 무슨 짓을 하게 되는지 알지 못한 채. 이 모든 것은 다 그녀가 한 검은 옷의 여인과 조우한 데서 기인한다. 그러나 그것은 조금 더 시간이 흐른 나중의 이야기이다.

잃어버린 돈을 찾아서
—단…….

방 안은 불빛 한 점 없이 어두웠다. 남궁상은 그의 마음속만큼이나 새카만 방 안 한구석에 쪼그리고 앉아 궁상을 떨고 있었다.

'어떡하지? 어떡하지? 어떡하지? 아아, 내가 어리석었지, 어리석었어. 궁상아, 궁상아, 넌 어쩜 이리도 어리석기 짝이 없단 말이냐. 저들이 파놓은 함정에 그토록 보기 좋게 걸려들다니, 넌 정말 어리석구나! 참으로 어리석어! 그 결과를 봐라. 하룻밤 새에 오만 냥이라는 초유의 거금을 빚지게 되지 않았느냐! 이제 그 돈을 무슨 수로 갚는단 말이냐?

아무리 궁리를 해보아도 뾰족한 방법이 떠오르지 않았다. 그들 천무학관 사절단 중 일부가 대단한 명문가의 자제이긴 했지만, 물경 오만 냥이나 되는 빚을 갚을 만큼 대단하지는 못했다. 게다가 이런 일을 부끄러워서 어떻게 집안과 사문에 알릴 수 있겠는가. 명예를 생명처럼 소중히 여기는 백도의 제자로서 있을 수 없는 일이었다.

"역시 하는 게 아니었어……."

그날 밤 왜 그랬을까? 평소의 평정심과 인내는 어디에다가 내팽개쳤 던 것일까? 그날, 강호란도에 발을 디딘 첫날, 도박장 '정전자'에 발을 들였던 것이 그렇게 후회스러울 수가 없었다.

처음에 그들은 따고 있었다. 걸었다 하면 잃는 법이 없었다. 그들은 승승장구했고, 도박장 여기저기에선 천무학관 사절단 일행의 즐거운 함 성 소리가 높이 울려 퍼졌다. 모두 승리의 함성이었다. 중간중간 가끔 잃 기도 했지만, 그 손해는 또 다른 승리에 의해 금방 메워졌다.

"하오, 또 이겼다."

"나도 이겼다!"

"너도냐? 나도다!"

등등의 즐거운 대화들이 오고 갔다. 도박장 '정전자'에선 손님들에게 무료로 술을 제공하고 있었고, 기분이 흥겨워진 그들은 거리낌없이 술잔 을 부딪쳤다. 미묘한 흐름의 변화가 생긴 것은 자정이 넘어간 이후였다. 계속 달콤한 승리에 취해 있던 사절단 일행은 이때까지도 계속해서 도 박장에 죽치고 앉아 있었다. 오늘 그들에게 불가능은 없을 것 같았다. 승리에 취한 그들은 소리 소문 없이 다가오는 파멸의 소리를 들을 수 없 었다.

자정이 넘자 하나둘씩 패배의 빈도가 높아지기 시작했다. 처음에는 소 액의 피해라 아무도 신경 쓰지 않았다. 그러다가 점점 패배하는 횟수가 늘어나더니 액수도 점점 더 늘어나기 시작했다. 가랑비에 옷 젖듯 그들 은 서서히 패배에 젖어들어 갔다. 어느 순간 정신을 차려보니 딴 것보다 잃은 것이 많아져 있었다. 모두들 술이 확 깼다. 그러나 자리에서 일어나 는 사람은 남자들 중 아무도 없었다. 잃은 걸 만회해야 해. 그들의 머릿 속에 든 생각은 오직 그것뿐이었다. 그들은 금방 잃어버린 것을 회복할 뿐만 아니라, 수십 배로 뻥튀기할 수 있을 것 같았다. 좀 전까지만 해도 그들은 승리의 탄탄대로를 달려오지 않았던가. 지금의 패배는 단지 운이 안 좋았을 뿐이라고 그들은 믿고 싶었다. 좀 전에 승리가 오히려 우연이라는 생각은 전혀 들지 않았다.

어느 순간, 그들 전체의 빚은 물경 이만 냥이 되어 있었다. 천무학관 사내들은 혼란에 빠져들었다. 당황하면 할수록 패색은 점점 더 짙어졌다. 그때 저쪽에서 일발역전의 승부를 제시해 왔다. 그 승부에서 이기면 그들은 잃었던 이만 냥을 회복할 뿐만 아니라, 이만 냥을 추가로 더 딸 수 있었다. 그러나 만약 그들이 이 단판 승부에서 지면 오만 냥이라는 거금을 빚지게 되는 것이었다. 그러나 이미 이들에게 진다는 생각은 들어 있지 않았다.

대표로 남궁상이 자리에 앉게 되었다.

"아니… 난 이런 건……."

사양했지만 소용이 없었다. 우리들의 운명은 네 양쪽 어깨에 달려 있으니 힘내라는 말만 돌아왔다.

"자, 시작합니다."

그리하여 일대 승부가 시작됐다. 그리고 승부는 남궁상을 위시한 천무학관 사절단의 패배였다. 그리하여 그들의 빚은 단숨에 이만 냥에서 오만 냥으로 불어나게 되었다.

다음날 새벽, 도박장을 걸어나오는 그들의 얼굴에 쓰여 있는 것은 절망이란 두 글자였다.

"이건 함정이었어!"

하지만 그걸 깨닫는 데는 너무 오랜 시간과 희생이 뒤따르고 말았다.

그 후 남궁상의 고민은 어떻게 하면 빚을 청산할 수 있을까 하는 것이었지만 별다른 타개책은 찾을 수 없었다.

"하아… 정말 몸이라도 팔아야 하나……."

일단 남자이다 보니 여자만큼의 가치는 없을지 몰라도 신체 튼튼하고 무공 실력도 꽤 있는 편이라 자부하고 있으니 어느 대갓집 머슴이나 장원무사 같은 거라도 하면서 돈을 벌 수 있지 않을까? 역시 수익 면에서 머슴보다는 장원무사가 나을 것 같았다. 그중에서 장원주인의 개인밀착 호위 같은 전문 직종은 일반 장원무사에 비해 수배나 수입이 좋다는 이야기를 어디선가 들은 적이 있었다. 그러나 아무런 명예도 없기 때문에 명문정파의 제자들은 그런 일 하기를 기피하고 있었다. 기피만 하면 다행이고, 대부분이 '자신의 몸을 헐값에 파는 행위'라며 매우 혐오하고 있기 때문에 아무리 많은 돈을 준다 해도 가는 이는 무척 적었다.

그리고 그런 곳에 가는 이는 간판만 명문정파 제자지 문중에서 찌끄러기인 경우가 대부분이었다. 그런 만큼 그곳에 진출하는 남궁상의 존재는 희소성을 띠게 될 것이다. 자기 한 몸 희생해서 동료들을 빚더미에서 구제해 줄 수 있다면 그리 나쁜 장사는 아니었다. 무엇보다 그는 자의든 타의든 그들의 대장이었다. 자기 한 몸 받쳐서라도…….

거기까지 전심전력으로 망상을 전개시키던 남궁상은 퍼뜩 놀라 고개를 세게 가로저었다.

'아아, 내가 정말 이제 미쳐 가는구나. 지금 내가 무슨 생각을 하고 있는 거지? 그래서야 내가 어떻게 진령을 대할 수 있겠는가! 또 나쁜 버릇이 도지는구나. 궁상아, 벌써부터 포기해서 어쩌겠다는 거냐! 희망을 버리지 마라! 호랑이에게 물려가도 정신만 차리면…….'

벌컥! 쾅!

그때 문이 활짝 열리며 한 남자가 성큼성큼 안으로 들어왔다.

"남궁 대장, 거기 있나?"

기별도 없이 문을 벌컥 열고 들어온 인영은 남궁상을 찾기 위해 주위를 두리번거렸다. 그러나 아직 방 안이 어둡고 구석진 곳에 위치한 남궁상의 궁상맞은 자세 덕에 그를 발견하기란 쉽지 않았다.
"남궁 대장, 방에 없나?"
인기척만은 확실히 감지되고 있었기에 인영은 다시 한 번 주위를 두리번거렸다.
"여기 있습니다, 비연태 선배님~"
비실거리는 힘없는 목소리로 남궁상이 힘겹게 대답했다. 무척 뚱뚱한 거구의 사내가 남궁상 쪽으로 고개를 돌리며 반색했다.
"아, 자네 거기 있었군 그래. 너무 궁상스러워 잠시 못 알아봤네."
"그런가요? 그런데 무슨 일로……."
사실 그는 지금 아무도 만나고 싶지 않았다. 저 문밖의 햇빛은 지금의 그에게 너무나 눈부셨다.
"아, 기뻐하게!"
비연태가 두 팔을 활짝 벌리며 말했다.
'기뻐하라고?'
대체 뭘 기뻐하란 말인가? 지금까지 그는 절망하느라 너무 바빠 기쁨이란 감정이 존재하는지조차 까맣게 잊고 있던 중이었다. 그런 그에게 기뻐하라니, 웃기지도 않는 요구였다. 단박에 빚을 갚는 방법이라도 생겨나지 않은 이상엔 말이다. 하지만 그건 불가능…….
"빚을 갚을 방법이 생겼네!"
흐리멍덩하던 남궁상의 두 눈에서 불꽃이 파지직 피어올랐다.
"그게 진짭니까?"
남궁상의 고개가 번쩍 들렸다.
"물론이고말고. 이런 중대한 문제로 허언할 리가 어디 있겠나?"
그랬다면 아무리 마음 착한 남궁상이라도 가만있지 않았을 터였다.
"지, 진짜지요? 진짜가 아니면 전……."

그동안 억눌러 왔던 광기가 일순간 폭발해 버리면 그 뒤는 그 자신도 책임질 수 없었다.

"걱정 말게, 진짜니까. 이걸 보게!"

그러면서 굵은 손으로 한 장의 종이를 내밀었다. 남궁상은 여전히 미심쩍은 마음을 버리지 못한 채 그 종이를 받아 들었다. 그리곤 조심스럽게 펼치고는 차분히 읽어나가기 시작했다. 그러나 차분함은 오래가지 못했다. 금방 그의 눈이 휘둥그레진 탓이었다. 거기에는 다음과 같이 적혀 있었다.

신체권리포기각서(身體權利抛棄覺書).

"이, 이게 뭡니까?"

"보면 모르나? 신체포기각서라네. 다른 말로는 노예문서라고도 하지."

"그, 그런데 그런 걸 왜 저한테?"

"응? 자네가 빚을 갚기 위해서라면 무엇이든 한다고 했잖은가? 내가 모든 정보망을 총동원하여 여러모로 알아봤는데 이게 가장 빨리 빚을 갚을 수 있는 방법일세. 다행히 이 강호란도에 연줄이 최근에 생겨서 말일세. 꽤 비싼 값을 치러주기로 했네. 내가 자네 정도면 많은 손님을 끌 수 있을 거라고 잘 설득한 덕분일세. 요즘은 그쪽 수요도 상당히 늘어서 공급이 딸린다고 하더군. 뭐, 우리 애소저회 쪽에서는 그쪽을 철저한 이단이자 외도로 생각하고 있네만……."

"손님? 수요? 공급? 이단? 외도?"

비연태의 말이 너무 빨라서 남궁상은 제대로 알아들을 수 없었다.

"아, 그거 강호란도의 유명한 기루인 '동인(同人)'에 자기를 판다는 내용일세."

비연태의 별거 아니라는 듯한 말투에 남궁상은 깜짝 놀랐다.

"기루에서 여자도 아닌 저 같은 남자를 사서 뭐 합니까? 아무 쓸모도 없을 텐데요?"

"아, 걱정 말게. 거긴 남자 전문 기루거든."

대수롭지 않게 내뱉은 그 한마디가 남궁상에게 있어선 크나큰 문화적 충격이었다.

"여, 여자가 남자를 산단 말입니까?"

"남자도 여자를 돈으로 사는데, 여자라고 그러지 말라는 법 어딨는가? 가끔은 남자가 남자를 사기도 한다더군. 또 아나? 중년 부인들한테 인기를 끌어 지명을 많이 받다 보면 생각보다 더 빨리 빚을 청산하게 될지도? 그러기 위해서는 부단히 접대 연습을 해둬야 하네. 그 세계의 경쟁은 정말 치열하거든. 물장사를 얕보면 곤란해. 암, 곤란하고말고."

거기까지 가서는 이미 남궁상으로서는 수용 불가능한 수준의 이야기였다.

"정말 이 방법밖에 없습니까?"

몸을 팔까 하는 생각도 있었지만 적어도 이런 식은 아니었다.

"아마도, 그런 걸로 알고 있네."

비연태가 태평스레 대답했다. 그와 그의 충실한 애소저회 회원들은 도박에는 별다른 관심이 없었기에 사절단 일행과 떨어져 강호란도의 유명 기녀들을 탐방하기 위한 순례를 갔었던 것이다. 물론 애소저회의 방식은 돈으로 기녀를 산다던가 하는 방법을 취하진 않는다. 대신 노래와 춤을 파는 일급 기녀들을 지켜본 후 그녀들의 정보를 기입하는 것이 그들의 방법이었다. 어쨌든 그는 빚의 마수에서 벗어나 있었기 때문에 이토록 태연할 수 있었던 것이다.

'정말로… 정말로 다른 방법은 없단 말인가?'

남궁상은 비연태가 어느새 소리 소문 없이 건넨 붓필을 든 채 심각하게 고민했다. 붓을 듯 그의 손이 떨리고 있었다. 그러나 아무리 그라 해도 그 비어 있는 서명란에 서명할 용기는 나지 않았다.

"도저히 안 되겠습니다!"

한참을 고민하던 남궁상이 붓을 들고 있던 손을 내리며 말했다.

"그런가? 그렇다면 할 수 없지."

비연태는 군소리없이 납득했다.

"죄송합니다."

"자네가 죄송할 일은 아니지. 미안해할 필요없네."

그때, 문이 벌컥 열리며 또 한 사람의 사내가 들어오며 외쳤다. 용천명이었다.

"이보게, 남궁 대장! 자네도 소식 들었겠지? 드디어 빚을 갚을 방법이 생겼네!"

"예? 무슨 얘기신지?"

얼떨떨한 표정으로 남궁상이 반문했다.

"응? 자네 투기제 대회 얘기도 못 들었단 말인가? 상금이 무려 오십만 냥이 걸렸다는?"

이번에는 용천명이 깜짝 놀라 반문했다.

"오, 오십만 냥?"

눈알이 팽팽 돌아갈 만큼 믿기지 않을 정도로 어마어마한 양의 상금이 아닐 수 없었다.

"그렇네. 빚 청산은 물론이거니와 팔자까지 고칠 수 있는 그런 거금일세!"

순간, 그의 마음을 채우고 있던 어둠을 비집고 한줄기 눈부신 빛살이 내리비쳤다. 그 안에 적힌 것은 바로 원통투기장의 투기제에 대한 도전자 모집 공고였던 것이다.

"여, 여기서 우승만 하면……."

그렇게 되면 모든 근심은 바람과 모래 속으로 산산이 흩어질 게 뻔했다. 그렇게 되면 책무에 짓눌려 있던 그의 두 어깨도 훨씬 가벼워져 있으리라.

"거기서만 우승하면 기루에 안 팔려가도 되겠군요!"

"기루? 그건 또 무슨 얘긴가?"

어리둥절한 표정으로 용천명이 반문했다. 그러자 남궁상은 좀 전에 비연태와 있었던 이야기를 해주었다. 그러자 황당하기 짝이 없다는 표정을 지으며 용천명이 비연태를 보며 말했다.

"비 선배, 혹시 이 친구한테 투기제 얘기 안 해줬던 겁니까?"

그러자 이번에는 남궁상이 경악했다.

"서, 설마 비연태 선배도 그 대회 얘기를 알고 있었던 겁니까?"

"알고 자시고, 내가 그 얘기를 들은 건 바로 선배한테서였네."

남궁상은 기가 막힌 표정으로 비연태를 바라보았다.

"아, 깜빡했네."

심드렁한 어조로 비연태가 대꾸했다.

"그게 깜빡할 일입니까!"

으르렁거리는 듯한 어조로 남궁상이 거세게 항의했다. 분명히 고의로 모른 척하고 있었던 게 분명하다. 다만 아쉬운 점은 증거가 없다는 것이었다, 증거가.

'크르르르!'

남궁상은 가슴 밑바닥에서부터 끓어오르는 살기를 억누르느라 상당한 심력을 소모해야만 했다. 게다가 지금 죽이면 곤란했다. 사람은 밉지만 정보를 수집하는 그 능력만큼의 타의 추종을 불허했던 것이다.

남궁상은 자리에서 벌떡 일어나더니 용천명을 보며 말했다.

"당장 접수 신청하러 가지요!"

용천명도 고개를 끄덕였다.

"그러세. 다만… 그전에 옷이나 좀 갈아입게나. 며칠 빨지 않은 듯 냄새가 나는군 그래. 며칠 동안 안 빤 건가?"

날짜 개념이 멍해진 관계로 남궁상은 즉답을 할 수 없었다.

"그날로부터 며칠이 지난 거죠?"

"이틀 지났네."

그러자 남궁상이 알았다는 듯 고개를 끄덕이며 대답했다.

"그럼 이틀이군요."

그러자 용천명이 얼굴을 찌푸리며 부탁했다.

"부디 삼 일은 안 되게 해주게."

*　　　*　　　*

최근 여기도 저기도 들리는 이야기는 모두 한 가지였다. 어딜 가나 사람이 둘 이상 모이면 오직 대회 얘기뿐이었다. 그 외의 다른 것들, 즉 세상만사의 다양함은 잠시 사람들의 기억 속에서 당분간 잊혀진 채로 있을 듯했다. 총 오십만 냥의 상금이 가져온 파급 효과는 그만큼이나 대단했다. 강호란도는 물론이고 인접해 있던 마천각 안까지 미친 여파로 각 전체가 요동쳤다. 눈이 벌게진 모두의 망상 속에서 상금의 주인은 모두 그들 자신이었다.

그러나 이들 중 가장 강하다고 평가받고 있던 이들은 좌절할 수밖에 없었다. 그것은 공문에 추가로 붙은 단 한 줄의 문장 때문이었다.

단, 마천각 대장 급은 참가 불가!

당장 몇몇 대장 급들로부터 항의가 들어갔다. 그들 대장 급 인물들에게는 그만한 능력이 있었다. 그러나 어두운 뒷세계에서 산전수전, 공중전까지 다 겪은 돈왕은 그리 녹록한 인물이 아니었다. 그는 그들의 요청을 단호히 거부했다.

"화내지 말아주십시오. 아시다시피 이건 저희의 의사가 아닙니다. 이 마지막 문구를 첨가하도록 요구하신 분은 바로 마천각주 그분이십니다. 이 규칙에 불만이 있으시면 그분께 직접 따지시기 바랍니다. 저 같은 장사치야 일개 전언자에 불과할 뿐이죠. 제가 무슨 힘이 있겠습니까."

마천각주에게 가서 집적 따지라는데 그들이 어쩌겠는가!

"……."

돈왕의 그 한마디에 항의하러 들이닥쳤던 이들은 조개처럼 입을 꾹 다물 수밖에 없었다. 아무리 마천십삼대의 대장 급인 그들이 강하고 위상이 드높다 해도 마천각 최고 권력자의 비위를 거스를 만큼 대단하지는 못했다. 사실 마천각주의 실력이 어떤지 아는 사람은 거의 존재하지 않았다. 직접 그 실력을 목격한 이들 대부분은 이미 이 세상에 존재하지 않았기 때문이다. 그래서 지난 대전에서 살아남은 몇몇 이외에는 그가 지닌 무공의 깊이를 아는 자는 거의 남아 있지 않았다. 그리고 살아남아 있는 이들이 아는 것 역시 백 년 전의 낡은 정보에 불과했다. 또한 그의 비기를 아는 자는 앞으로도 없을 거라는 이야기도 있었다. 그 말인즉, 그 무공을 견식한 자는 곧 죽는다는 의미였다.

"그럼 이만 돌아가 주시겠습니까? 전 아직 정산할 것이 남아 있어서."

돈왕의 집무실에 들이닥쳤던 마천각의 정예들은 소태 씹은 얼굴로 되돌아 나올 수밖에 없었다.

백 년 전 천겁혈세 이후 천겁령의 재발호를 막는다는 취지 아래 마천각이 설립된 이후 이곳의 각주는 한 번도 바뀐 적이 없었다. 몇 번씩이나 관주를 바꾼 천무학관과는 무척 대조되는 일이었다. 그러나 그것이 흑도의 논리였다. 그가 여전히 강자로 남아 있는 이상, 세월이 그의 강함을 부식시키고 풍화시키지 못하는 이상 그 누구도 그를 그 자리에서 끌어낼 수 없었다.

강자존(强者存)!

그것이 바로 흑도를 흑도답게 만드는 비정한 철혈의 법칙이었다. 이 철의 규칙에 정면으로 도전할 용기가 없는 이상 명령에 따르는 것이 현명한 행동이었다. 그리하여 마지막에 첨가된 단 한 줄의 규칙으로 인해 참가자들은 대폭 줄어들게 되었다.

이 일은 어두컴컴한 지옥의 구렁텅이 밑바닥에 갑작스레 비쳐진 단 한 줄기의 구원의 빛에 의지해 단발 기사회생의 기회를 노리고 있는 남궁상에게는 매우 다행스럽고 바람직한 일이었다.

은발의 소년(?)과 지나가던 사람
―찾고 있던 사람

　인연이란 무척 사소한 일에서부터 시작된다. 그것은 별거 아닌 것 같은 우연을 가장하고 우리 곁에 살며시 찾아든다. 보는 눈이 있는 사람은 볼 것이요, 보는 눈이 없는 자는 그것을 영원히 발견할 수 없다. 그러나 그 사소한 일들이 얽히고설키다 보면 종종 엄청난 대사의 전조(前兆) 내지는 발단이 되는 경우도 심심치 않다.
　물경 오십만 냥의 상금이 걸린 거금 투기제에 참가하기 위한 신청자들이 메뚜기 떼처럼 우르르 강호란도로 너 나 할 것 없이 몰려들다 보니 원통투기장 접수처는 업무 폭주로 접수 시작 단 하루 만에 업무 마비 상태에 빠지고 말았다. 몰려드는 신청자들 중에서 자격이 되는 사람들을 걸러내는 것도 그들의 몫이 되었다. 사람도 줄이고 돈도 벌기 위한 일석이조의 목적으로 참가비조로 은자 오십 냥을 받기 시작했다. 덕분에 참가자들이 조금 줄긴 했지만 여전히 창구 하나로는 도저히 수용할 수 없었다. 업무를 분산하기 위해 여기저기에 접수처가 생겨나고, 그 옆에 예선

관문이 설치되었다. 세 가지 관문을 모두 통과하는 사람에게만 예선에 참가할 수 있는 자격이 주어지게 되었는데, 이 세 가지 관문은 다음과 같았다.

첫 번째, 신법 측정—멀리뛰기.

두 번째, 내공 측정—쇠솥 들어 올리기.

세 번째, 파괴력 측정—검으로 돌을 자르던가, 장법, 권법, 각법, 지법으로 바위를 부수거나 손도장을 찍거나 해서 자신의 파괴력을 과시해야만 했다.

이 정도 관문도 제대로 통과하지 못하면 참가해 봤자 생명이 위험하기 때문에 미리미리 쭉정이들을 걸러낸다고는 하지만 속내는 따로 있었다. 참가자의 생명이 귀하기보단 그 정도 실력밖에 안 되는 인간들이 참가하게 되면 재미가 떨어져서 흥행이 되지 않는다는 게 원통투기장 측의 진심이었다. 게다가 이 세 관문을 통과하지 못해도 참가비는 돌려주지 않는다. 참으로 실속이 넘치는 비정한 체계가 아닐 수 없다. 이렇게까지 엄중하게 감별 작업을 하는데도 사람들은 환상에 빠지게 마련이고 이럴 땐 약도 없다. 왠지 그 상금의 주인은 자기밖에 없을 것 같은 기분이 드는 것이다. 이런 착각은 마약 같은 효과가 있어 많은 이들의 망상에 불을 지폈다.

"다들 난리군요. 저 정도 실력으로 참가해 봤자 위험하기만 할 뿐인데."

연비랑 산책차 나왔던 나예린이 대로 양측에 줄줄이 늘어선 신청자의 무리들을 바라보며 말했다. 그녀로서는 그 기제가 이해가 가지 않았다.

"사람들은 착각 속에 사는 걸 좋아하거든요. 다들 쓰디쓴 현실에서 눈 돌리는 덴 선수들이랍니다."

연비가 발랄한 목소리로 대답했다. 바로 그때였다.

"저기… 비켜주세요!"
가녀린 외침이 군중들 사이에서 울려 퍼졌다.
"크크큭, 못 비키겠다면 어쩔 건데?"
음험한 목소리가 뒤따라 울렸다.
"그건… 그건…….'
앳된 목소리의 주인은 무척 난감해하고 있는 듯했다.
"전 아직 참가 신청도 안 했어요. 세 가지 관문을 통과하면 누구나 다 참가할 수 있는 것 아닌가요?"
"어제까진 그럴 수 있었는지도 모르지. 하지만 오늘부터는 안 돼. 크흐흐흐. 왜냐하면 이 접수처는 이 강남삼흉 어르신들이 접수했거든. 오늘 영업은 끝났어. 그러니 다들 돌아가! 좋.은. 말. 할. 때!"
마지막은 거의 협박조였는데 아무래도 한 사람을 겨냥한 것이 아니었던 모양이다. 그 뒤에 길게 늘어서 있던 모든 이들에게 말하고 있는 것이었다. 좀 전까지 곤란해하며 안절부절못하는 소년을 보며 웃고 즐기던 사람들은 자신들까지 표적에 들어간다는 것을 깨닫고 나서야 비로소 안색이 눈에 띄게 어두워졌다.
남이 곤란을 겪을 때는 마음껏 웃을 수 있었는데 자신이 그 처지가 되자 아무래도 웃음이 나오지 않는 모양이었다.
겁나게 값비싼 투기제에 참가하기 위해 강호란도로 수많은 사람들이 모여들자 별별 사람들이 다 생겨나기 시작했다. 그중 한 부류가 각 곳에 산재된 접수처 중 한 곳을 점령하고 자체적인 검열을 통해 사람을 솎아내려는 거친 기질을 가진 참가자들이었다. 이들은 세 가지 관문도 너무 적다고 여기는 부류였다. 그래서 자체적으로 시험하지 않으면 성이 안 차는 모양이었다. 사실 사람이 많아지면 귀찮아질 뿐이기 때문에 협박과 으름장으로 미리미리 솎아내려는 속셈이었던 것이다. 본인들의 실력에

어지간한 자신감이 없다면 이 많은 사람들을 상대로 쉽게 할 수 없는 일이었다. 처음에 길을 비켜달라고 한 어린 소년도 아마 그런 재수없는 상황에 휘말린 모양이었다.

이 세 사내는 강남삼흉이라 불리는 자들로, 강남 지방에서는 흉명깨나 떨치고 다니는 자들이었다. 이들의 명성을 들어온 군중들은 이들의 흉명과 자신의 명성을 이리저리 재보며 승패를 가늠해 보는 일에 착수했다. 그러나 이런 계산적인 일에 참여하지 않는 이가 하나 있었다. 바로 맨 처음 이들 세 사람에 길을 가로막혔던 소년이었다.

"비켜주세요."

다들 이럴까 저럴까 궁리하고 있을 때 소년은 다시 그들 세 사람을 올려다보며 말했다. 대사는 똑같았다. 그 순간 삼흉의 한쪽 눈썹이 동시에 꿈틀거렸다. 말귀를 못 알아먹는 어린애가 이곳에 한 명 있었던 것이다.

나예린과 연비는 자연스럽게 그 소리가 터져 나온 곳으로 발걸음을 옮겼다. 현재 있는 자리에서 목소리만 들릴 뿐 군중들에 가려 소년의 모습이 제대로 보이지 않았던 것이다. 사람들의 무리를 가르며 앞으로 나가자 눈에 확 띄는 소년 하나가 세 명의 장정에 둘러싸여 있었다. 무척 험상궂은 인상의 사내들이 각각 병장기를 보란 듯이 꺼내 들고 있어 분위기가 무척 흉흉했다. 이들이 바로 악명 자자한 강남삼흉이란 이들이었다. 그러나 연비랑 나예린은 그런 데 관심없었다. 그들이 귀담아들을 만한 이름도 아니었다. 그들의 관심을 가져간 것은 다른 것이었다.

다가간 연비와 나예린이 그 웅성거림 때문에 잠시 고개를 돌렸다. 소년의 눈은 크고 새카맸고 피부는 우윳빛처럼 뽀얗게 빛나는 데다 잡티 하나 없었다. 무엇보다 가장 특징적인 것은 그 머리카락 색이었다. 옅은 회색빛이 도는 은가루를 뿌려놓은 것 같은 가느다란 은발이었던 것이다.

"특이하네요, 은발이라니. 아직 어린 것 같은데."

"그러게요."

정말로 거친 사내들 셋에 둘러싸인 소년의 머리카락은 은발이었다. 그 은발은 더럽고 사나운 사내들에 둘러싸여서도 빛을 잃지 않고 있었다.

"은발이라… 혈통 변이일까요?"

거의 주변에 무관심한 나예린도 그 은은한 빛깔에 호기심이 동한 모양이었다. 그냥 흰 머리랑은 느낌이 달랐다.

"글쎄요… 반로환동이 아닌 것만은 분명하군요. 세외 사람도 아닌 것 같고. 하지만 저 은빛이 감도는 듯한 색깔은 아무래도 본인이 익히고 있는 비전무공의 영향 탓으로 봐야겠죠. 뭘 익혔는지는 모르겠지만요."

나예린도 동의하는지 고개를 끄덕였다.

"아직 어린 나이에 대단하군요. 신체적 변이가 나타날 정도로 내공을 익히려면 막대한 시간과 부단한 노력이 필요할 텐데요."

내공이란 한마디로 말해 기(氣)의 축적체다. 기란 자연 만물을 구성하고 있는 가장 근본적인 물질로 그것은 존재를 구성하는 근간이 된다. 존재(存在)란 요동치는 음양의 가운데서 형성되어진 거대한 기가 고도로 압축되어 구성되어진 것으로 보면 크게 틀리지 않기 때문이다. 그러므로 내공 수련을 통해 흡수할 수 있는 기의 양은 신체를 구성하고 있는 육체에 비하면 턱없이 작은 양이다. 다만 육체를 구성하는 기는 기 자체로 사용할 수가 없다. 그러나 특수한 운기조식을 통해 응집한 기는 보다 용이하게 사용하는 것이 가능하다. 그러므로 그 신체에 변화를 일으킬 정도의 내공을 쌓으려면 정말 아득할 정도의 수련이 필요한 것이다.

염도와 빙검, 그 두 사람의 무공 특성이 그토록 뚜렷하게 겉으로 드러나 있는 것만 봐도 그 실력을 어느 정도 가늠할 수 있다. 그래서 그들은 고수라 불리운다. 그 뒤에 다시 평범해지는 반박귀진의 경지가 있긴 하지만 그 경지까지 도달한 자가 몇 명이나 있는지는 알려져 있지 않다.

그러나 아무리 봐도 저 소년은 너무 어렸다. 그렇다면 평범과는 다른 방법을 사용했음이 분명했다.

"저런 특성을 나타내는 무공을 지닌 곳이 있다는 얘긴 들어본 적이 없군요."

있었다면 나예린 자신의 귀에 들어왔을 것이 분명했다.

"이거 갑자기 흥미가 돋는데요."

연비가 재미있다는 어조로 말했다.

"어떡하죠, 연비? 지금 나가서 도와줄까요?"

나예린의 물음에 연비가 흥미진진한 목소리로 대답했다.

"조금 더 두고 보죠. 과연 어떤 무공을 가지고 있는지도 궁금하고 말이에요. 게다가 또 다른 비밀도 있는 것 같거든요."

지나가던 사람이다
―누구시죠?

"딴 데 가서 알아봐, 꼬마야!! 여긴 소꿉장난하는 데 아니다! 그런 젓가락같이 가는 팔로 날붙이를 들다간 크게 다쳐요. '아야' 한다 그 말이지. 그러니 가서 엄마 젓이나 더 먹고 오렴~ 알겠니?"
 삼흉 중 가장 큰 자가 부드럽게 비꼬며 소년을 타일렀다.
 "크하하하하하하!"
 "우하하하하하!"
 그러자 나머지 둘이 커다란 웃음을 터뜨렸다. 대놓고 무시해서 기를 팍 죽여놓자는 속셈이 훤히 들여다보였다.
 "그래도 전 참가 신청을 하겠습니다. 그러니 비켜주세요."
 세 사내의 대놓고 하는 협박에도 굴하지 않고 소년이 당차게 말했다. 순간 비웃고 있던 사내들의 안색이 사납게 일그러졌다. 소년의 당찬 모습을 보자 더욱 흥미가 돋은 연비는 나예린과 함께 좀 더 현장 가까이 다가갔다.

"어허! 이 발랄한 꼬맹이 좀 보게! 어른들이 좋게 생각해서 말해주면 똑바로 알아 처먹어야지! 앙?"

"제발 비켜주세요! 전 꼭 참가해야 해요!"

"헹, 너 같은 꼬맹이가 이런 투기제에 참가하겠다고? 참가하면 뭘 할 수 있는데? 네가 그 무서운 칠상혼의 머리털 하나라도 건드릴 수 있을 것 같냐, 앙?"

황의를 입은 거한이 흉한 얼굴을 들이밀며 껄렁하게 물었다.

"최선을 다하겠어요."

"헛소리! 너 같은 꼬마 애송이가 무엇을 할 수 있단 말이냐?"

"나도 할 수 있어요! 아마도."

"못하겠다면?"

황의를 입은 거한이 흉한 얼굴을 들이밀며 껄렁하게 물었다.

"그… 그럼……."

은발소년이 머뭇거리며 말을 더듬었다. 이런 경험이 무척이나 생소한 모양이었다. 하긴 이들 세 명은 사람들을 꽤나 죽여본 악적들로 실력은 둘째 치고 풍기는 기운이 험악하기 짝이 없었다.

"꺼져!"

삼흉 중 막내가 소년의 몸을 세차게 밀쳤다.

"까악!"

은발소년의 몸이 공중에 붕 뜬 채 뒤로 날아갔다. 금방이라도 엉덩방아를 찧을 태세였다. 그런데 거의 무방비한 자세로 엉덩이부터 떨어졌는데도 생각만큼 요란한 소리가 들리지 않았다. 그 광경을 나예린이 놀란 표정으로 물었다.

"방금 봤어요? 허공에서 순간 멈춘 것처럼 보였는데?"

연비가 고개를 끄덕이며 말했다.

"네, 봤어요. 다행이네요. 엉덩이가 여섯 갈래로 쪼개지는 듯한 고통은 피할 수 있어서."

보이지 않는 손이 소년을 잡아주기라도 한 것 같았다.

"게다가 그전에 밀쳐질 때… 손바닥이 닿기 전에 뒤로 밀려났어요. 마치 민들레 씨앗처럼 가뿐하게 말이에요."

나예린이 본 것을 연비 자신도 보았다는 것을 확인해 주었다.

"바람이라니……. 무척이나 흥미로운 능력이네요."

"역시 연비! 한눈에 알아보는군요."

"린이야말로!"

과연 용안의 소유자. 예리한 관찰력이었다.

"오행에 속하지 않은 바람의 속성이라… 꽤 흥미롭군요."

쉽게 볼 수 있는 것은 아니었다. 그쪽 계통에서 정점에 이르렀다고 하면 가까이는 도성의 표류무상기가 있다. 그것 역시 공기를 다루는 기술이었다.

"어머, 바람은 오행 중 금(金)에 속하지 않나요?"

나예린이 지적했다.

"분류는 그렇게 되어 있죠. 하지만 바람과 금은 무슨 상관관계인 걸까요? 목―화―토―금―수로 이어지는 자연의 순환, 오행의 순환은 이해가 가지만, 바람이 왜 금에 속하는지는 여전히 의문이에요. 쉽게 마음속에 와 닿지가 않네요."

옛 책에 그렇게 쓰여 있다고 해서 무조건 믿을 만큼 순진하진 않았다. 연비는 납득되지 않는 것은 믿지 않는 주의였다. 맹목이 가져다주는 것은 무지와 광신뿐이었다.

"그렇기 때문이라도 확실히 보기 드문 능력이죠."

빙검의 검법이나 나예린 자신의 비기는 모두 수(水)의 속성에 기반을 두고 있었다. 얼어붙을 수, 동결된 수가 그 속성이라 할 수 있었다.

"오행이 아니라면 팔괘를 기본으로 구축한 내공심법일까요?"

연비는 부정하지 않았다.

"그럴 가능성도 있죠. 바람 속성이라면 손(巽) 괘로군요."

그걸 바탕으로 하지 않는다면 바람 속성의 이론적 근거를 찾을 수 없었다. 어찌 됐든 복잡한 것은 다 젖혀두고 한 가지 확실한 것은 은발소년의 능력이 무척 특이하다는 것이었다.

"꽤 흥미롭군요."

"연비는 저 소년이 무척 흥미있는 모양이에요?"

그 말에 연비가 나예린을 바라보며 살풋 웃어 보였다.

"린도 마찬가지 아니었어요? 게다가 저런 식의 기 운용은 상당한 내공이 받쳐 주지 않으면 힘들어요. 저 나이에 쉽게 얻을 수 있는 축적량은 아닐 거예요. 뭔가 사연이 있을 것 같지 않아요?"

"확실히 사연이 있을 것 같은 소년이지만······."

그때 연비가 검지손가락을 들어 올리며 말했다.

"앗, 그런데 린. 한 가지 정정해 주지 않으면 안 되겠네요."

"예? 그게 뭔데요?"

자신이 놓친 게 있었던가? 나예린의 얼굴은 그렇게 되묻고 있었다. 연비의 치켜 들렸던 검지가 은발의 소년을 향했다.

"저 꼬마, 소년이 아니라 소녀예요."

"예에?"

연비의 그 한마디에 나예린의 눈이 동그랗게 떠졌다.

"여자라고요?"

나예린은 아직 잘 믿겨지지 않는 모양이다.

"맞아요, 여자. 왜요? 못 믿겠어요?"

연비가 싱긋 웃으며 물었다.
"그런 건 아니지만……."
나예린은 대답하길 망설였다.
"그럼 가서 확인해 볼까요?"
두 사람은 곧바로 소년인지 소녀인지 확실하지 않은 은발소년을 향해 다가갔다.
엉거주춤하게 일어서는 소년의 앞에는 여전히 흉악한 무뢰배들이 벽이 되어 소년의 길을 가로막고 있었다.

이때 나예린과 연비보다 먼저 나서는 사람이 있었다. 그 사람은 여자였다.
그 여인을 본 나예린의 눈이 찢어질 듯 부릅떠졌다. 잊을 수 없는 얼굴이, 그토록 찾아 헤매던 그리운 이의 얼굴이 눈앞에 있었다.
나타난 이는 바로 영령이었다.
"네년은 또 뭐냐?"
사내 하나가 거칠게 소리쳤다.
"지나가던 사람이다."
무뚝뚝한 목소리로 여인이 짧게 대답했다, 이런 사내들하고는 오래 이야기하는 것조차 역겨운 일이라는 듯이.
"지나가던 년이 웬일이냐?"
불꽃이 번뜩이는 오른쪽 눈으로 삼흉을 쏘아보며 여인이 명령했다.
"꺼져라!"
짧지만 강한 한마디였다.
사내들은 순간 움찔하는 것 같았으나 말 그대로 한순간이었을 뿐이다. 그들은 자신들의 본능을 믿기보단 자신의 사나이다움을 믿었다. 자신들처럼 당당하고 거친 사나이들은 저런 계집의 말 한마디에 움찔할 리가 없었던 것이다. 그건 말도 안 되는 일이기에 없던 일로 치기로 했다. 그 다음 들려온 것은 커다란 비웃음이었다.

"푸하하하하하! 뭐라고 꺼지라고? 지금 이 어르신들께 꺼지라고 한 것이냐?"

"그렇다."

"이거이거! 조금은 예절 교육이 필요하겠구나! 계집이 너무 건방지면 사랑을 못 받지! 으흐흐흐흐!"

흥소를 지으며 삼흉 중 우측의 사내가 말했다.

"네놈들 같은 인간말종에게 받을 것 따윈 아무것도 없다."

여인은 대답은 짧고 차가웠다.

"흐흐흐흐, 그럼 이 어르신들이 여자로서의 기쁨을 알려주마! 바로 복종의 기쁨 말이다."

삼흉이 정신을 차리지 못하고 다시 웃어 젖혔다. 한심스러운 듯한 한숨을 내쉬며 영령이 말했다.

"말종은 말종이구나."

대화란 상대가 준비가 되어 있을 때에야 가능한 것이다. 더 이상의 혼잣말은 의미가 없었다.

"말종들과 말이 너무 길었다. 더 이야기해 봤자 내 입이 더러워질 뿐. 뽑아라! 빨리 끝내자!"

챙!

맑은 검명을 울리며 검이 뽑혀져 나왔다.

앞으로 나서려는 나예린을 연비가 제지했다. 왜 막느냐는 눈빛으로 바라보자 연비가 대답했다.

"조금 더 지켜봐요. 과연 저 사람이 우리들이 아는 그 사람인지 확인해 보자고요."

만일 정말 그 사람이라면 할 줄 아는 게 막말밖에 없는 저런 허섭스레기들에게 당하지는 않을 터였다. 그제야 나예린은 나아가려던 기세를 멈추었다. 그리고는 삼흥과 마주 선 영령을 지켜보았다.

검끝은 여인은 오른쪽 눈동자만큼 흔들림이 없었다.

쉬이이이이잉!
은빛 검광이 허공을 갈랐다.
서걱!
툭! 툭! 툭!

병장기를 꺼내 든 채 영령을 어떻게 요리할까 잡담하며 웃고 있던 강남삼흥 세 사람의 오른팔이 단칼에 잘려 나가며 어깻죽지로부터 피가 분수처럼 쏟아져 나왔다.

"크아아아아악! 죽는다! 죽어! 크아아악!"
"아파! 엉엉! 아파! 엉엉! 엄마야! 엉엉!"
"후헹헹헹헹! 쿠헹헹헹헹!"

삼흥은 눈물 콧물 범벅이 된 채 볼썽사납게 흙바닥을 데굴데굴 구르며 비명을 터뜨렸다. 그러나 그 피를 보는 여인의 눈동자엔 미동조차 없다. 더구나 팔을 베어낸 검신에는 피 한 방울 묻어 있지 않았다.

다시 검을 살짝 들어 겨누며 영령이 차갑게 말했다.

"일단 오른팔을 거두었다. 이 중에 왼손잡이가 있다면 말하라! 아직 싸울 배짱이 남아 있다면 상대해 주겠다."

물론 그 상대는 왼팔마저 잃을 각오를 해야만 할 터였다. 세 사람 중 아무도 앞으로 나서는 이가 없었다. 그들은 이미 고통 때문에 제대로 된 사고를 할 처지가 아니었다.

"꺼져라!"

그들은 팔을 잃은 대신 막혔던 귀가 뚫린 모양이었다. 고통이 채 가시지 않은 얼굴에 범벅이 된 눈물 콧물을 닦을 생각도 못한 채 그들은 자기들의 떨어진 팔을 주워 들고 허둥지둥 도망쳤다.

찰각!

영령이 손을 한 번 가볍게 휘두르자 검은 다시 검집 속으로 들어갔다.

"와아아아아아아아!"

그 순간 주위에서 환호성이 터져 나왔다. 단신으로 강남삼흉을 내쫓은 용맹한 여인에게 쏟아지는 박수였다. 이런 환호가 익숙하지 않은지 영령은 당황하며 얼굴을 붉혔다. 좀 전의 서슬 퍼렇던 모습은 온데간데없이 사라지고 보통의 소녀처럼 보였다. 그때 그녀의 등 뒤에서 한 사람의 목소리가 들렸다.

"령 언니!"

자신을 부르는 소리에 영령의 고개가 뒤로 돌아갔다. 백의를 입은 눈부시게 아름다운 여인이 검은 옷을 입은 또 다른 여자와 함께 그곳에 서 있었다. 두 손을 꼭 모아 쥔 백의여인의 밤하늘처럼 맑고 깊은 눈동자가 바람 부는 호수의 수면처럼 희미하게 떨리고 있었다. 그녀는 바로 영령의 검기를 확인한 후 더 이상 참지 못하고 군중들 속에서 뛰쳐나온 빙백봉 나예린이었다.

나예린을 물끄러미 바라보던 영령의 입이 마침내 열렸다.

"누구시죠?"

"누구라니요? …령 언니? 저예요. 예린이에요."

영령의 반문에 엄청난 충격을 받은 나예린은 목소리가 가늘게 떨리고 있었다.

"제 이름이 령인 건 맞아요. 하지만 처음 보는 분인 것 같군요. 정말 누구시죠? 이름을 알 수 있을까요?"

어리둥절한 표정으로 영령이 대답했다.

"독고 사자……."

떨리는 목소리가 자신도 모르게 붉은 입술 밖으로 새어 나왔다. 혼란스러웠다.

"독고 사자? 이상하군요. 사람을 잘못 보신 것 같네요. 제 성은 독고 씨가 아니에요. 제 성은 몽 씨입니다."

영령이 친절하게 정정해 주었다.

"몽 씨라고요?"

어떻게 된 일이지? 나예린은 믿을 수 없었다. 그녀의 용안으로 흘러들어 온 모든 정보는 그녀가 독고령이라는 것을 말하고 있었다. 비단 생김새뿐만이 아니다. 무의식중에 흘러나오는 사소한 걸음걸이와 근육의 움직임, 목소리의 높고 낮음과 미세한 근육들의 움직임까지 모두 그녀가 독고령이라고 특정 짓고 있었다.

나예린이 어리둥절해하고 있을 때 두 명의 그림자가 달려나오며 나예린과 영령 사이를 가로막았다. 그 두 사람은 바로 몽환산장에서 영령을 따라나온 시녀, 몽환쌍무였다.

"누군데 감히 저와 언니 사이를 가로막는 거죠?"

몽환쌍무의 돌연한 행동에 불쾌해진 나예린이 차가운 목소리로 물었다. 고요하지만 삼엄한 기세가 퍼져 나가며 두 사람을 압박했다. 그녀의 기세에는 만인을 압도하는 위엄이 있어 몽환쌍무도 주춤하지 않을 수 없었다.

그러나 질 수 없다는 듯 성격 괄괄한 몽무가 앞으로 나서며 외쳤다.

"흥, 이분은 당신의 언니가 아니에요! 이분은 우리들의 주인이신 몽환산장의 몽영령 아가씨입니다. 사람 잘못 보셨군요!"

"사람을 잘못 보다니……."

절대로 그럴 리 없었다. 어떻게 자신이 다른 누구도 아닌 친애하는 독고 사저를 못 알아볼 수 있단 말인가? 어떤 모습으로 변해도, 수십 년의 세월이 지나도 자신은 독고령을 알아볼 수 있었다. 저 사람은 분명 독고령이 분명했다. 그런데 어디라고?

'몽환산장?'

나예린으로서는 들어본 적도 없는 이름이었다.

"그런데 몽환산장에서는 시녀가 함부로 주인의 앞을 가로막으라고 가르치나 보죠?"

주인의 대화를 함부로 끊다니, 있을 수 없는 일이었다.

"이유가 있죠!"

몽무가 지지 않고 외쳤다.

"그건 바로 당신이 아가씨의 적이기 때문이에요!"

듣고 있던 나예린으로서는 그보다 더 황당한 이유를 찾을 수 없을 정도였다.

"적이라니? 있을 수 없는 일이에요."

몽무와 환무는 동시에 고개를 가로저었다.

"아뇨. 충분히 있을 수 있어요. 왜냐하면 당신은 검각의 제자죠?"

나예린을 향한 몽무의 질문을 들은 영령의 눈이 크게 떠졌다. 좀 전과는 다른 눈으로 영령은 고개를 홱 돌려 나예린을 바라보았다. 영령의 이 미묘한 변화를 먼저 눈치 챈 사람은 연비였다. 그러나 함부로 끼어들 만한 계제가 아니었다. 숨길 게 아무것도 없는 나예린은 순순히 자신의 출신을 인정했다.

"그래요, 난 검각의 제자예요."

그 말을 들은 영령의 안색이 창백해졌다.

"저… 정말이냐? 넌 정말로 검각의 제자냐?"

약간 떨리는 목소리로 영령이 물었다. 나예린으로선 그것이 너무나 이상한 질문이었다.

"물론이에요, 언니. 저와 언니는 같은 검각의 제자잖아요. 우린 사자매 관계예요. 설마 그 사실을 잊은 건 아니시겠죠?"

영령은 세차게 고개를 가로저었다.

"거짓말!"

영령의 입에서 쩌렁쩌렁한 일갈이 터져 나왔다.

"거, 거짓말이라니요?"

그 말은 무척 충격적이라 나예린은 순간 상심하지 않을 수 없었다. 자신의 사승을 부정하다니, 어떻게 그런 일이 있을 수 있단 말인가? 게다가 사매였던 자신의 일마저 기억하지 못하고 있을 듯했다.

"거짓말! 그건 새빨간 거짓말이야! 내가 어떻게 그 증오스런 검각의 제자가 될 수 있단 말이냐!"

영령의 외침에는 타오르는 듯한 분노와 증오가 서려 있었다.

"그게 무슨… 우린 정말……."

백옥처럼 하얗던 나예린의 안색이 더욱 창백하게 변했다.

"닥쳐라! 지금 날 모욕할 셈이냐?"

검각이란 말에 격발된 증오가 영령의 전신에서 뿜어져 나왔다. 영령의 몸에서 뿜어져 나온 격렬한 살기와 적의에 깜짝 놀란 나예린이 반문했다.

"모욕이라뇨? 그게 무슨 말이죠? 제가 사자에게 그럴 리가 없잖아요?"

그러자 영령의 입가에 차가운 미소가 맺혔다. 검각이야말로 가장 증오하고 가장 배척해야만 하는 것이라고 그녀의 마음속 깊은 곳에서 목소리가 울려 퍼지고 있었다. 검지로 머리카락으로 가려진 왼쪽 눈을 가리키며 물었다.

"나의 이 왼쪽 눈 상처를 만든 곳이 어느 곳인지 아느냐?"

나예린은 고개를 가로저었다. 사실 자신에게 감추는 게 없던 독고령이었지만 저 왼쪽 눈에 관해서만은 알려주지 않았다. 또한 나예린 자신도 묻지 않았다. 그것은 육체뿐만 아니라 마음에도 지독한 자상을 남긴 결코 지워질 리 없는 상처라는 것을 알고 있었기 때문이다. 그 상처를 최대한 건드리지 않는 것이 그녀가 할 수 있는 최대한의 배려였던 것이다.

"나에게 이 지워지지 않는 상처를 입힌 곳이 바로 검각이다!"

그렇게 말하는 영령은 진심으로 검각을 증오하고 있었다.

"서, 설마……!"

그건 있을 수 없는 일이었다. 다른 곳도 아닌 검각이 어떻게 자신의 후계자 중 하나가 될지 모를 인물의 왼쪽 눈을 파냈단 말인가.

"그건 있을 수 없는 일이에요. 분명 잘못 알았을 거예요!"

필사적으로 나예린이 외쳤다. 뭔가 잘못된 게 분명했다.

"그럼 나의 기억이 잘못되었다는 거냐?"

순간 몽환쌍무가 흠칫 안색을 굳혔다.

"그건……"

나예린은 대답하지 못했다. 대답이 없자 영령이 다시 한 번 붉게 충혈된 눈으로 나예린을 쏘아보며 외쳤다.

"다시 한 번 말하지! 난 독고령이란 사람이 아니다. 어찌 내가 철천지 원수 같은 검각의 제자일 수 있겠는가. 내 이름은 몽영령! 몽환산장의 장녀 몽영령이다. 검각은 나의 적이자 원수! 난 검각이 밉다! 나의 이 눈을 앗아간 너희들이 밉다! 나예린, 너 역시 예외는 아니다. 넌 나의 적, 난 검각의 제자인 널 증오한다!"

드러난 오른쪽 외눈에서 짙게 타오르는 그것은 분명 증오의 불길이었다. 용안의 힘을 쓸 것까지도 없었다. 자신을 몽영령이라 칭하며 검각을 적이라 단정한 저 여인의 전신에서 피어오르는 것은 끝없는 증오와 분노였다. 온몸에서 뿜어져 나오는 저 농밀한 어둠은 결코 거짓이 아니었다.

"어떻게 이럴 수가……!"

나예린의 몸이 휘청거렸다. 그 차가운 단어에 충격을 받은 탓이었다. 독고령 본인인지 아닌지를 떠나 독고령과 같은 얼굴을 한 이로부터 자신을 증오한다는 말을 듣게 되다니, 나예린의 마음은 강한 충격으로 산산조각 부서질 것만 같았다. 타인에게는 굳게 마음을 닫고 있지만, 한 번 마음을 연 상대에게는 거의 무방비가 되어버리는 게 바로 나예린의 특성이었다. 슬픔과 아픔에 마음이 부서질 것만 같았다.

그때 곁에서 잠자코 보고 있던 연비가 앞으로 나서며 말했다.

"아하, 이렇게 생각하면 앞뒤가 맞군요. 차라리 그 편이 더 설득력이 있겠는데요?"

나예린은 자신의 어깨를 감싸 쥔 손의 임자를 바라보았다. 궁지에 몰렸던 기분이 조금 나아졌다.

"넌 또 누구냐?"

영령이 차가운 목소리로 물었다.

"친구죠."

연비가 웃으며 대답했다.

"방금 그 말은 무슨 뜻이냐?"

"무슨 뜻은요. 그냥 문자 그대로의 뜻이죠. 당신이 그 독고령이란 사람이 아니라고 생각하는 것보다 기억을 잃었거나 바뀌었다고 보는 편이 더 타당하다는 이야기죠."

"무슨 근거로?"

연비는 망설이지 않고 대답했다.

"당신은 정말로 독고령이 맞으니까요."

"헛소리! 너희 두 사람 다 미쳤군!"

영령의 격렬한 반응에 연비는 살짝 어깨를 으쓱했다.

"뭐, 본인이 믿고 싶지 않은 마음은 이해가 가지만 사실은 사실인 거죠. 원래 진실은 때때로 아픔을 동반하기도 하니까요."

"연비……."

나예린은 만감이 교차하는 눈빛으로 연비를 바라보았다. 좀 전까지 어두컴컴했던 암흑의 밑바닥에 한줄기 광명이 비춰지는 것 같았다. 그런 나예린을 바라보며 연비가 씩 웃었다.

"난 린의 보는 눈을 믿어요. 린이 그렇게 봤다면 그런 거죠. 만일 린이 확신하고 있다면 저쪽이 아니라고 한다고 해서 쉽게 포기하지 말아요. 아직 진실은 아무도 모르니까요. 때때로 억척스럽게 자신의 의지를 관철시킬 필요가 있을 때도 있는 거예요. 누가 맞고 누가 틀렸는지에 대한 판가름은 나중에나 알 수 있겠죠."

상당히 과격한 생각이라고 할 수 있었다. 하지만 연비는 진짜 그렇게 믿었다. 나예린의 용안을 믿었다. 그 눈이 잘못 본 경우는 지금껏 한 번도 없었다. 보지 못하는 경우는 있어도 틀리게 보는 경우는 없었던 것이다. 이렇게까지 자신을 신뢰해 주는 사람이 있다는 사실에 나예린은 감격했다.

"……."

너무 감격하다 보니 무슨 말로 그 마음을 표현해야 할지 알 수 없었다. 그러나 연비는 충분히 그 마음을 느낄 수 있었다.

"린, 저 사람이 정말로 그 독고 사자라고 생각해요?"

끄덕!

나예린이 망설이지 않고 고개를 끄덕였다.

"그럼 난 린을 믿겠어요. 그러니 린도 자신을 믿어요."

구김살 하나 없이 활짝 웃으며 연비가 말했다.

"연비가 그렇게 말해주니 용기가 생겨요. 그렇다면 좀 더 억지를 부려보겠어요. 진실을 확인할 때까지 말이에요."

나예린의 모종의 결심을 한 눈으로 영령을 바라보았다.

"웃기는 소리! 그건 망상이야! 그게 가능하리라 생각해? 어떻게 내가 내가 아닐 수 있지? 어떻게 내가 나 자신이 누구인지 모를 수가 있을 수 있다는 거지?"

그러자 연비가 웃으며 친절하게 말해주었다.

"어멋, 그건 걱정 말아요. 세상 사람들 대부분이 자기가 진짜 누구인지 잘 모른 채 그저 살아만 가고 있으니까요. 다들 자신이 누군지 잘 알고 있다면 자아성찰이나 정체성 확립 같은 말이 왜 나왔겠어요? 다 자기 자신을 잘 모르니까 나온 말들이에요."

"닥쳐닥쳐닥쳐! 지금 날 놀리는 것이냐?"

마치 자기가 놀림당하는 듯한 느낌이 든 영령이 버럭 소리쳤다.

"사실을 말한 것뿐이에요. 뭐, 지금의 경우는 좀 다른 것 같지만요. 하지만 불가능할 것 같진 않군요. 세상은 넓고 이런저런 수상한 기술들이 많으니까요. 사람의 기억을 조작하는 환술이나 최면술이 있다 해도 이상할 건 없죠. 선례가 전혀 없는 것도 아니고 말이에요."

그렇게 일부러 떠보며 유심히 몽환쌍무를 살폈다. 어떤 특별한 반응이 나올지 관찰하기 위함이었다.

"그래요. 그러고 보니 예전에도 그런 일이 있었어요. 이 년 전 무당산에서 합숙할 때……."

그때 그들을 기습했던 갈효봉은 제정신이 아닌 상태에서 어떤 이의 조종을 받고 있었다. 아직까지도 그 배후가 밝혀지진 않고 있었지만 사실은 사실이었다. 그렇다면 독고령에게도 그런 짓을 하지 말라는 법이 어디 있단 말인가. 의심은 점점 확신으로 변했다.

"역시 당신은 독고령, 독고 사자가 분명해요. 제 목숨을 걸고서라도 확신할 수 있어요!"

흔들리지 않는 호수 같은 심원한 눈동자로 영령을 똑바로 바라보며 확신에 찬 목소리로 나예린이 외쳤다.

"그렇다면 목숨을 걸어라!"

더 이상 입씨름하고 싶지 않게 된 영령이 차가운 목소리로 말했다.

"목숨을요? 그건 어떤 의미죠?"

걸라고 한다면 걸 수 있었다. 독고령을 원래대로 되돌릴 수 있다면 어떤 대가도 두렵지 않은 나예린이었다.

"그런 말을 하려면 일단 나를 쓰러뜨린 다음에나 하라는 이야기다!"

나예린은 물러서지 않았다.

"좋아요. 만일 언니가 자고 있다면 그걸 두들겨 깨우는 것이 이 동생의 몫이겠죠. 그렇게 말씀하시니 나의 말을 나의 검으로 증명해 보이겠어요. 승부 방법은 어떻게 하죠?"

결투든 뭐든 할 수 있었다, 독고령을 찾기 위해서라면.

"너도 투기제에 참가하나?"

끓어오르는 증오를 억누르며 고통에 찬 표정으로 영령이 물었다.

"네, 물론이에요. 저도 투기제에 참가합니다."

규칙상 한 번 등록한 선수는 같은 등록 선수끼리 싸울 수 없게 되어 있었다. 비합법적인 승부 조작을 최대한 방지하기 위한 대책이었다. 너무 많은 돈이 걸려 있는 시합에는 종종 시합 전에 부정한 방법으로 대전 상대를 쓰러뜨리는 일이 심심찮게 일어나곤 했던 것이다. 투기제 시작 전에 불신을 주는 것은 올바른 상행위가 아니었다. 누구나 조작이 없다고 믿게끔 해야만 돈덩이가 끊임없이 굴러오는 법이다.

"좋다. 그렇다면 나도 참가하지. 승부는 그곳에서 내주마. 약속하지. 만약 그곳에서 나를 만난다면 넌 나의 검 아래 죽을 것이다."

친애하는 언니의 입에서 그런 잔혹한 말을 듣는다는 것은 무척 잔인한 일이었다. 그러나 나예린은 고통스러움을 참고 입술을 깨물며 말했다.

"저도 약속하죠, 반드시 원래의 언니로 돌려놓고 말겠다고. 제 모든 힘을 걸고! 필요하다면 당신을 쓰러뜨려서라도! 반드시! 반드시 원래대로 돌려놓겠어요!"

나예린의 봉목에서 굳은 의지가 별처럼 빛났다. 물러서지 않는 자기와의 약속이었다.

"아직도 그렇게 당당히 헛소리를 할 수 있다니 믿겨지지 않을 정도로군. 모든 것은 투기제에서 결판나게 될 것이다. 그럼 다시 만나게 되는 것은 투기장에서겠군."

그곳에서 누군가 한 사람은 쓰러져야 한다.

"그래요. 그럼 투기장에서!"

나예린과 영령이 대답했다.

"다시 만나자!"

"다시 만나요!"

영령은 망설임없이 등을 돌려 앞으로 나갔다. 몽환쌍무는 나예린을 한 번 힐끔 노려본 후 그 뒤를 따랐다.

연비는 나예린의 곁으로 다가가 조용히 보일 듯 말 듯 가늘게 떨리는 어깨를 위로하듯 말없이 감싸 안아주었다. 힘든 시기에 이런 조용한 배려가 나예린은 무척 고마웠다.

'그래도 살아 있어줘서 고마워요.'
지금은 그것만으로 만족하자고 나예린은 스스로를 달랬다.
"다시 만나요, 언니."
멀어져 가는 영령의 등을 바라보며 나예린이 나직한 목소리로 인사했다.
'그때는… 그때는 진짜 본모습으로…….'
그러나 나예린은 뒷말을 삼켰다. 그것은 말로 내뱉기보다 행동으로 보여줘야 할 자신의 몫이었다.
"연비……."
시선은 앞을 고정한 채 나예린이 조용히 친구의 이름을 불렀다.
"왜요?"
곁에서 친구의 목소리가 들려왔다.
"저… 울지는 않겠어요."
그러나 목이 메이는지 나예린의 목소리가 떨리고 있었다.
"그래야죠. 린에게 눈물은 어울리지 않아요. 웃음이 훨씬 더 어울리거든요. 훨씬 예쁘기도 하고요."
연비의 말은 나직하지만 따뜻했다.
"그럼 웃어야 되겠네요?"
나예린이 피식 웃으며 말했다.
"그래요. 웃어요, 린."
"하지만 웃어본 적이 많지는 않은데요?"
얼음의 숙녀, 빙백봉이라고까지 불리던 그녀였다. 웃는다는 것은 익숙하지 않은 일이었다.
"걱정 말아요. 앞으로 훨씬 더 많이 웃게 될 테니까요."
연비가 나예린의 손을 꼭 쥐어주며 말했다.

"……."

나예린이 연비를 보며 웃었다. 눈물을 삼키고 지어 보인 웃음이 무척 쓸쓸해 보였다.

"내가 그렇게 만들겠어요, 반드시."

연비가 진심을 담아 선언했다.

나예린은 웃었다. 웃는 그녀의 하얀 뺨으로 수정 같은 눈물이 또르륵 흘러내렸다.

류은경, 우여곡절 끝에 남궁상을 만나다
—남궁상, 위기일발!

"저기… 질문 하나 해도 될까요……?"
한참을 기다린 다음에야 은발소년은 간신히 나예린과 연비를 향해 입을 뗄 수 있었다. 한동안은 전혀 말을 붙일 만한 분위기가 아니었던 것이다. 그러다가 겨우 좀 분위기가 진정되는 것 같자 용기를 내 말을 걸어본 것이다.
"물어봐요."
연비가 대답했다.
"방금 절 도와주신 분이 누구인지 혹시 아세요?"
은발소년의 질문은 조금 의외의 것이었다.
"그걸 왜 묻죠?"
"절 도와주신 분이니 나중에 감사 인사라도 드릴려고요. 경황이 없어 인사도 못 드려서……."
"킥킥, 방금 그 광경을 보고도 우리에게 묻다니 참 이상한 사람이네요. 아니면 순진한 건가? 아니면 단순한 둔탱이?"

어찌 됐든 참 뜻밖의 반응이라는 것만은 사실이었다.

"그분은… 제 사자세요."

대답한 것은 아직도 영령이 사라진 방향을 묵묵히 응시하고 있던 나예린이었다.

"방금 그분은 아니라고……."

그러나 류은경은 말을 끝까지 잇지 못했다.

"아뇨. 저분은 틀림없이 제 사자세요. 이 세상에 오직 그것만이 진실이라는 것을 곧 증명해 보이겠어요."

단호한 어조로 나예린이 말했다.

"저…그럼 한 가지만 더 물어봐도 실례가 안 될까요?"

머뭇머뭇거리며 류은경이 질문했다.

"이번엔 뭐죠?"

연비가 물었다. 은발소년이 머뭇머뭇하며 입을 뗐다.

"저어… 두 분은 누구시죠?"

그러고 보니 아직 통성명도 하지 않은 세 사람이었다.

"지나가던 두 사람이요."

연비가 싱긋 웃으며 대답했다. 소개는 아무래도 자신이 먼저 해야 할 것 같았다. 은발소년이 부랴부랴 포권하며 말했다.

"저… 실례했습니다. 소생은 호북에서 온 류은룡이라고 합니다. 두 분 소저께서는 존함이 어찌 되시는지요?"

그 어색한 말투에 연비는 그만 피식 웃음을 터뜨리고 말았다.

"푸하하하하하!"

연비가 배를 잡고 깔깔거리자 나예린은 그 모습을 보고 묘한 미소를 지으며 난처해했다. 소년의 얼굴이 삽시간에 빨개졌다.

"저… 왜 웃으시는 겁니까, 소저?"

연비는 한참을 웃은 다음에야 겨우 진정할 수 있었다. 그리고는 단도직입적으로 물었다.

"당신 사실 여자죠?"

"예?"

은발소년의 눈이 화등잔만 하게 커졌다.

"여자 맞죠?"

연비가 다시 강한 어조로 추궁했다.

"그… 그건……."

눈에 띄게 당황한 그 모습에 연비가 피식 웃었다.

"같은 여자끼리 숨길 필요가 있을까요? 솔직히 불어봐요. 여자 맞죠?"

연비의 단호한 태도에 은발소년은 하는 수 없이 고개를 끄덕였다.

"맞습… 아니, 맞아요."

어느새 목소리도 어색한 소년의 목소리에서 어린 소녀의 목소리로 돌아와 있었다.

"연비 말이 맞았네요."

나예린이 순순히 시인하자 연비는 엄지손가락을 들어 보였다. 조금은 아까의 충격에서 벗어난 모양이었다.

"그럼 아가씨의 본명이 뭐죠?"

"처음 뵙겠습니다. 세류보의 류은경이라 합니다."

"들은 적 있어요?"

연비가 나예린 쪽을 쳐다보며 물었다.

"아뇨, 처음이에요."

그다지 유명하지 않다는 이야기였다.

"두 분 소저의 성함을 알려주실 수 있을까요?"

우물쭈물한 목소리로 류은경이 물었다.

"난 연비, 이쪽은 린이에요."

연비가 간략하게 자신들을 소개했다. 본명과 별호는 알려주지 않았다.

"한데 참 큰일 날 뻔했었네요. 몸은 괜찮아요?"

연비의 물음에 류은경은 고개를 끄덕이며 말했다.

"네. 다행히 그 여성 분께서 도와주셔서 괜찮습니다."

다시 영령의 이야기가 화제로 나오자 나예린의 안색이 눈에 띄게 나빠졌다. 연비는 얼른 화제를 다른 곳으로 돌렸다.

"그런데 투기제에 참가하고 싶다고요?"

그러자 류은경은 자신이 왜 여기에 왔는지 다시 기억해 냈다.

"예, 맞아요. 전 꼭 투기제에 참가해서 우승해야만 해요."

농담이라고 받아넘기기엔 그 눈동자가 너무나 진지했다.

"아무래도 진심인 모양이네……."

"물론 진심이에요."

"이길 수 있어요, 아가씨가? 그 칠상혼을?"

"그… 그건……."

은발소녀는 섣불리 대답하지 못했다.

"그 실력이 어느 정도인지는 알고 있는 모양이군요."

"사실 소문만 들어봤어요. 직접 본 적은 없어요."

대답하는 소녀의 어깨는 축 늘어져 있었다. 그녀가 들은 소문은 바로 단목세가의 삼가주 철혈창 단목우가 신풍삼영 중 나머지 둘인 호검과 잔도와 함께 덤볐다가 칠상혼에게 패했다는 무시무시한 내용이었다. 직접 보지 않았어도 팔대세가의 삼가주가 어느 정도 실력인지는 어림잡아 짐작할 수 있었다.

"하, 하지만 도와줄 사람만 찾으면 괜찮을 거예요. 사부님이 소개시켜

준 분이니까요."

어째 자신을 북돋우듯이 류은경이 말했다.

"도우미가 있나 보죠? 그 사람이 누군데요?"

"그, 그건……."

류은경이 잠시 망설이자 연비가 말했다.

"말해봐요. 혹시 알아요, 길이 열릴지."

연비가 내보인 그 자신만만한 미소에 류은경의 마음이 움직였다. 그것이 마수에 걸려드는 거라는 것도 알지 못한 채 소녀는 그 이름을 내뱉었다.

"뇌전검룡이라 불리시는 남궁세가의 남궁상 공자님이세요."

의외의 인물의 입에서 의외의 이름이 나오자 연비는 깜짝 놀랐다. 그러나 그에 대한 반응은 다음과 같았다.

"풋!"

연비는 가까스로 폭소를 참아낼 수 있었다.

"그, 그건 또 의외의 이름이네요."

참 신기하다는 투로 연비가 말했다.

"그분을 아세요?"

설마 알고 있으리라 기대하지 않고 있던 류은경은 깜짝 놀라 물었다.

"어느 정도는 좀 아는 편이죠."

오른쪽 눈가를 검지로 긁적이며 연비는 애매한 미소를 지었다.

"그런가요? 그렇게 대단한 사람이었다니……."

그녀는 강호의 세력이나 유명 인사에 대해 그다지 관심이 없어서 잘 모르고 있었던 것이다. 연비로부터 뇌전검룡 남궁상에 대한 이야기를 대충 들은 류은경은 벌써부터 압도되는 모양이었다.

'그렇게 대단한 것 같지는 않은데?'

생각은 그렇게 했지만 굳이 입 밖으로 내지는 않았다. 자기가 쓰고 있는 가면을 벗어서는 안 되었던 것이다.

"하지만 그런 유명한 사람이 저 같은 걸 도와줄까요?"

자신없는 목소리로 류은경이 중얼거렸다.

'그렇게 유명 인사였었나?'

물론 이 말도 입 밖에는 내지 않았다.

"아마 도와줄 수도 있지 않을까요?"

하지만 지금 그쪽 상황도 상황이 상황인지라 쉽게 승낙할 수는 없을 듯하긴 했다.

"하지만 대가는 지불해야 하겠지요?"

"그거야 뭐……."

도움을 받은 다음 그에 대한 보답을 하는 거야 전혀 나쁜 일이 아니었다. 어디까지나 본인이 판단해서 처리할 일이었다. 연비가 보기에 남궁상은 도움을 받고 그 대가를 요구할 만큼 계산 밝은 녀석은 아니었다.

"그럼 전 무슨 대가를 치르면 될까요?"

류은경이 대뜸 물었다. 연비를 뚫어지게 바라보는 그녀의 눈동자는 꽤 심각했다. 왜 이런 심각한 눈으로 자신을 바라보는 건지 연비로선 의아하기만 했다.

"대가요? 글쎄요, 말로 잘 부탁하면 그냥 들어줄 수도 있지 않을까요?"

"아니요. 그럴 리가 없어요. 분명 무슨 대가를 요구할 거예요. 가령 제 몸이라던가……."

"풉!"

하마터면 연비는 각혈할 뻔했다. 입 안에 뭔가를 머금고 있었다면 바로 뿜어내고 말았을 것이었다.

"재밌는 농담이네요."

얼토당토않은 망상에 빠져든 류은경을 보며 연비가 촌평했다. 류은경은 류은경 대로 연비를 같은 여자라 생각했기에 조금쯤 마음 놓고 물어볼 수 있었다. 그런 면에서 인간을 완전히 불신하지는 않는 것 같았다. 아니면 어설프게 불신하거나. 어설프게 불신하는 건 어설프게 믿는 것만큼이나 매한가지로 위험했다. 특히 상대가 연비 같은 사람이었을 경우에는 더욱더.

"농담이라뇨? 전 진담이에요."

저 정도면 확실히 중증이라 할 만했다. 그래도 나름 인연이 있는 처지인지라 변명해 주기로 했다.

"글쎄요? 좀 궁상맞아 보이긴 해도 그런 파렴치한 사람 같아 보이진 않았는데요?"

연비가 보기에 아직도 물렁물렁하기 그지없는 남궁상이라면 이런 어린 소녀의 눈물 어린 부탁이라면 백이면 백 냉큼 앞뒤 재보지도 않고 들어줄 것이 분명했다. 물론 지금 그럴 정신이 있을 때의 얘기였지만 말이다. 아무리 궁상이 사람 좋고 착실하고 성실하고 소심하다고 해도 지금은 사절단의 단장으로서 사절단이 맞이한 대위기―자업자득이라 해야 마땅할―를 어떻게 수습해야 할지에 대한 것만으로도 머리통이 지글지글 익어버릴 지경일 테니 말이다.

"아니에요, 분명 그럴 거예요. 흔한 이야기잖아요! 남자들은 원래 다 그렇지 않나요? 좀 전의 그 세 사람만 봐도 그렇잖아요. 그 사람도 분명 그럴 거예요. 같은 남자잖아요. 게다가 유명 인사라잖아요. 분명 더 그럴 거예요."

"유명 인사라서 더 그렇다니, 그건 좀 편견인 것 같은데요?"

그러나 이미 류은경은 듣고 있지 않았다.

반짝!

그때 갑자기 연비는 장난기가 발동했다. 이렇게 불신에 가득 찬 아가씨를 보자 이런 때 뭔가 장난 한 번 쳐주지 않으면 안 될 것 같은 막연한 의무감 같은 것이 온몸을 지배했던 것이다. 그 강렬한 의무감—유혹이라 해야 마땅할—에 넘어간 연비는 가벼운 손짓으로 류은경을 부른 다음 귓가에 대고 속삭였다.

"그렇다면 그 남궁상이란 사람을 설득시킬 비책을 알려줄게요."

"정말요?"

귀를 고정시킨 채 류은경의 두 눈이 휘둥그레졌다.

"그럼요, 물론이고말고요. 이래 봬도 좀 아는 사이이거든요 그 궁… 아니, 남궁상이란 사람하고는요."

그러나 이미 시선이 연비의 어깨에 닿아 있는 류은경은 귓가를 간질이는 연비의 입김만 느낄 수 있을 뿐, 그 붉은 입술과 긴 속눈썹을 가진 호안의 눈이 짓궂게 미소 짓고 있다는 사실은 전혀 눈치 채지 못했다.

"연비……"

나예린이 약간 당황하며 망설이는 어조로 연비를 불렀다. 그러자 연비는 그녀를 돌아보며 검지를 입술에 가져다 댔다.

쉿!

조용하라는 신호를 보내는 연비의 호박색 눈이 장난기로 반짝반짝 빛나고 있었다.

"정말로 비책을 알려주실 수 있나요?"

다시 류은경에게로 고개를 돌린 연비가 귀에다 바싹 입을 대고 말했다.

"물론이죠. 나만 믿어요. 한마디로 몸을 주지 않으면서도 도움은 얻어낼 수 있는 궁극의 비책이니까요. 이거라면 틀림없이 먹힐 거예요."

"정말요?"

"그럼 정말이죠."

자신만만한 목소리로 연비가 대답했다. 달콤한 속삭임과 알 수 없는 힘에 이끌려 류은경은 귀를 기울였다. 속삭임이 귓속에 울려 퍼졌다.

"그러니까 말이죠, 어떻게 하냐면은……."

연비는 뜨거운 숨결과 함께 류은경의 귓가에 소위 비책이라는 것을 속삭여 주었다. 이 속삭임이 악마의 속삭임이라는 것을 이때까지만 해도 류은경은 눈치 채지 못했다. 그저 눈을 동그랗게 뜬 채 망연자실 듣고 있을 뿐이었다.

몸을 주지 않으면서 도움도 얻을 있는 비책이라는데 어떻게 소홀히 할 수 있겠는가. 그 달콤한 속삭임 속으로 류은경은 정신없이 빠져들었다. 간간이 고개를 끄덕일 뿐 한마디도 놓치지 않기 위해 귀를 기울이는 류은경의 모습에는 가공할 집착이 느껴졌다. 무서운 집중력이 아닐 수 없었다.

"여기가 바로 그 사람이 있는 곳이구나."

강릉객잔이라고 적힌 현판을 올려다보며 류은경이 조용히 뇌까렸다. 잠시 문가에서 망설이던 류은경은 이내 결심을 굳힌 듯 객잔 안으로 발걸음을 옮겼다. 이미 좀 전에 연비라는 처자를 만난 인연으로 남궁상이 어디에 묵고 있는지 들어 알고 있었다. 점원의 안내 없이도 찾을 수 있을 정도였기에 류은경은 자신이 목표하던 곳을 향해 힘차게 발걸음을 옮겼다.

"류 소저께선 이약빙 선배님과 어떤 관계가 되시는지요?"

류은경이 건네준 이약빙의 소개장을 받아 들며 남궁상이 공손히 물었다.

"그분께선 못난 저의 사부님 되십니다. 저에겐 과분한 분이시죠."

그 말을 듣고 남궁상은 놀랍다는 듯 눈을 크게 뜨며 고개를 끄덕였다.

"이 선배님께서도 드디어 제자 분을 구하셨군요. 예전에 가끔 세가에 놀러 오셨을 때 뵌 적이 있습니다. 제 어머님의 친구 분이시죠. 무척 병약해 보이는 분이셨는데, 그분을 겉만 보고 파악해선 안 된다고 아버님께 호된 꾸지람을 들었지 뭡니까. 하하하!"

과거를 회상하며 아련한 눈빛으로 말하던 남궁상은 그때의 일이 생각나는지 하하, 웃음을 터뜨렸다. 그런 다음 소개장을 개봉해 찬찬히 읽어 내려가기 시작했다. 모친의 지인인 것을 떠나 존경하는 검객이기에 결코 소홀히 할 수 없었다.

받아 든 소개장을 모두 읽은 다음 남궁상은 잠시 생각에 잠겼다. 무언가를 고민하는 듯했다. 류은경에겐 그 일각도 안 되는 짧은 시간이 마치 십오 년처럼 느껴졌다. 한참을 고민한 후 마침내 남궁상이 입을 열었다.

"사정은 잘 알겠습니다."

"그럼?"

약간의 희망을 가지며 류은경이 반문했다. 하지만 남궁상은 고개를 가로저었다.

"죄송합니다, 류 소저. 저도 돕고 싶지만 지금은 힘들 것 같습니다. 보통 때라면 모르겠지만 현재는 비상시입니다. 현재 제 앞가림도 제대로 못하는 처지에 남을 도울 자격이 안 되는군요."

현재 자신이 처리해야 하는 일만으로도 남궁상은 허리가 휠 지경이었다. 남을 도와주려고 해도 여력이 있어야 할 수 있는 일이다.

"역시 안 되는군요……."

어깨가 축 처진 류은경이 풀 죽은 목소리로 말했다.
"역시… 그냥은 안 된다더니… 사실이었군요."
들릴락말락 한 작은 목소리로 류은경이 중얼거렸다.
"예? 방금 뭐라고 하셨나요?"
남궁상의 물음은 귓등으로 흘려들은 채 류은경이 결연한 어조로 말했다.
"걱정 마세요. 저도 아무런 대가 없이 도와주시리라 기대하진 않았습니다. 공짜로 도와달라는 것은 어불성설이죠. 대가는 충분히 지불하겠습니다. 여, 여자를 좋아하신다고 좀 전에 만난 어느 여성 분께 들었습니다."
뒷말은 부끄러운지 점점 목소리가 모기처럼 작아졌다.
"예? 여자요?"
중간에 나온 단어 하나에 화들짝 놀라며 남궁상이 반문했다. 뭔가 착오가 있다면 바로잡아야만 했다.
"그건 오해……."
그러나 남궁상은 뒷말을 이을 수 없었다. 눈앞에 펼쳐진 광경에 혀가 마비되고 만 것이다.
스르륵!
약간 망설이던 류은경이 옷고름을 풀었다. 사라락 풀려진 옷고름이 아래로 흘러내렸다. 부끄러움과 수치심을 참으며 류은경이 필사적으로 말을 자아냈다. 눈물이 날 것 같은 것을 가까스로 참았다. 천천히 양손을 고름이 풀려진 상의에 가져간 류은경이 조막만 한 손으로 옷자락을 움켜쥐며 떨리는 목소리로 말했다.
"부디 도와주세요. 도와주신다면… 도와주신다면…… 제 몸이라도……."
느닷없이 양손으로 상의를 벗어젖히려 하자 소심한 사절단장은 심장이 목구멍 밖으로 튀어나올 만큼 깜짝 놀라고 말았다.
"후히엑!"
괴상한 비명을 지르며 기겁하며 달려간 남궁상이 더욱 아래로 내려가려는 류은경의 손을 양손으로 꽉 붙잡았다. 그러나 이때는 이미 류은경의 뽀얀 어깨 속살이 공기 중에 다 드러난 이후였다. 남궁상의 재빠른 처신 덕분에 간신히 더 아래로 내려가는 불상사는 막을 수 있었다. 그래도 다행히 더 이상의 진행은… 이라고 안심하고 있을 때……
벌컥!
기척도 없이 문이 활짝 열렸다.
"허거걱!"
급작스런 돌발 사태에 당황한 남궁상의 두 눈이 경악으로 휘둥그레졌다. 몸은 얼음 조각처럼 딱딱하게 얼어붙었다. 그 모습에 류은경의 얼굴엔 의아함이 떠올랐다. 남궁상의 얼굴은 마치 염라대왕이라도 만난 듯한 얼굴이었던 것이다. 그녀는 천천히 고개를 돌려 방문 쪽을 바라보았다. 한 홍의 비단옷을 입은 여인이 그곳에 서 있었다. 갑작스레 문을 열고 들어온 그 여인도 남궁상과 마찬가지로 석상처럼 딱딱하게 굳어 있었다.
그녀는 바로 진령이었다.

이게 뭘까? 자신이 지금 보고 있는 게 뭘까? 이건 혹시 꿈이 아닐까? 요즘은 꿈도 참 괴상하네? 요즘 의심병이 많아져서 그런가? 하지만 오감으로 느껴지는 이 불길하고 생생한 느낌은 아무리 현실을 부정하려고 해도 이것이 꿈이 아니라고 있는 힘껏 외치고 있었다.
'그럼 도대체 이 말도 안 되는 광경은 무엇이란 말인가?'
진령은 눈을 질끈 감고 귀를 틀어막고 싶었다. 그러나 그녀의 시선은 한곳을 향해 뚫어져라 고정되어 있었다.

처음 보는 여자가 옷고름을 푼 채 남세스럽게 어깨를 모두 드러내 놓고 있었고, 벗겨지려 하는 상의를 움켜쥐고 있는 것은 다름 아닌 자신의 연인의 손이었다. 저 광경은 어딜 봐도 남자가 생판 모르는 여자의 옷을 강제로, 혹은 합의하에 벗기려 하고 있는 광경이었다. 진령의 안색이 파랗게 질렸다. 파랗게 질린 것은 진령뿐만이 아니었다.

"아, 아니오, 령. 이건 그러니까……."

남궁상이 뭐라고 열심히 떠드는 것 같지만 전혀 귀에 들어오지 않았다. 지금 그런 말을 일일이 듣고 판단하기엔 그녀의 머리가 너무 복잡했다.

"오, 오해요, 오해!"

남궁상이 필사적으로 외쳤다.

"오해요? 제가 뭘 오해했다는 거죠?"

떨리는 목소리로 진령이 물었다. 그녀는 지금 무척 혼란스럽기 그지없었다.

"그러니까 령, 그대가 보고 있는 이 광경이 오해라는 거요."

"별로 오해할 건더기는 없을 것 같은데요?"

아무리 봐도 상황은 명백했다.

"류 소저도 뭐라고 말 좀 해보시오!"

남궁상이 다급한 목소리로 구원을 청했다. 이렇게 된 이상 기댈 수 있는 건 류은경뿐이었다.

"저……."

류은경은 남궁상의 기겁한 얼굴과 분노로 인해 파들파들 떨고 있는 여인을 번갈아 가며 바라보았다.

'제발… 제발…….'

자신을 바라보는 남궁상의 시선에는 간절함이 깃들어 있었다.

털썩!

어찌해야 할 바를 몰라 안절부절못하던 류은경은 그만 그 자리에 털썩 주저앉고 말았다. 그리고……

"으아아아아앙!"

류은경의 입에서 어린애 같은 울음소리가 터져 나왔다.

'허걱! 이게 무슨……!'

남궁상의 머릿속이 새하얘졌다. 그 돌발 행동은 남궁상의 얼굴에 그나마 남아 있던 푸른 핏기까지 모조리 빼앗아가 버리고 말았다.

'이래선 변명의 여지가 없잖아!! 끄아아아악!'

속으로 비명을 터뜨려 보았지만 이미 수습할 수준은 떠나 있었다.

남궁상은 식은땀을 뻘뻘 흘리며 두렵다는 듯 머뭇머뭇거리며 진령의 반응을 살폈다. 차마 정면으로 볼 용기가 없어 힐끔 곁눈질하는 게 고작이었지만 사태 파악에는 아무런 지장이 없었다.

키기기기깅!

떨리는 진령의 옥수가 검집으로부터 부들부들 떨리는 검을 힘겹게 뽑아냈다.

"자… 잠깐만! 잠깐! 기다려 주시오!"

기겁한 남궁상이 양손을 세차게 흔들었다.

"문답무용!"

단 한마디로 남궁상의 말을 일축하며 진령은 조용히 자신의 검을 뽑아 들었다.

일단 죽여놓고 생각하자!

진령은 그렇게 결심했다.

"헉헉헉! 왜… 왜 해명해 주지 않았소? 왜? 하마터면 진짜로 죽을 뻔했잖소?!"

연인에게 참살당할 뻔하다 구사일생으로 목숨을 부지한 남궁상이 억울한 어조로 류은경을 책망했다. 자신의 회피 실력이 조금만 더 모자랐더라도 명년 오늘이 그의 제삿날이 되었을 것이다. 사실 살아 있어도 살아 있는 것 같지 않은 기분이었다.

"당장 가서 해명해 주시오. 그건 오해였다고, 사고였다고 말이오!"

이미 진령은 거의 울 듯한 얼굴로 방을 뛰쳐나간 후였다.

"흑흑흑, 꼭 제가 그래야 하나요?"

류은경의 돌연한 반문을 들은 남궁상은 황당하기 짝이 없었다.

"다 아가씨 때문이잖소! 아가씨가 그런 돌발 행동만 하지 않았다면 그런 일은 없었을 거요!"

"하지만 남자한테 부탁할 때는 그 방법이 즉효라고……."

밑져 봐야 본전이라 생각했다. 벗는 시늉만 해도 충분히 당황시킬 수 있으니, 충분히 효과를 볼 수 있을 거라는 연비의 귀띔은 정말로 사실이었던 것이다. 그러나 자신이 연비라는 처자에게 도움을 받았다는 사실은 굳이 알리지 않았다.

"하아, 효과는 개뿔이. 어쨌든 긴말하기 싫소. 빨리 가서 해명해 주시오."

그러자 류은경은 좀 전에 길에서 만났던 검은 옷의 여인이 해준 말이 떠올랐다.

"절대 물러서면 안 돼요. 당황하고 있을 때, 그때가 바로 기회예요. 그걸 잡아요!"

"어떻게 하면 되죠?"

"그냥 콱 울어버려요."

류은경은 속으로 모종의 결심을 했다. 그리고는 다시 바닥에 주저앉아 통곡하기 시작했다.
"우아아아아아아앙!"
서럽고 비통하기 짝이 없는 그 울음을 듣자 남궁상은 당황하지 않을 수 없었다.
"왜, 왜 우는 거요? 울고 싶은 건 나란 말이오!"
그러나 류은경의 울음은 그칠 줄 몰랐다.
"하지만… 하지만… 자꾸 윽박만 지르잖아요…… 으엉엉!"
그 울음소리가 어찌나 서러웠는지 자신이 너무 심하게 몰아붙였나 하는 자책감까지 들었다.
"아, 그만 우시오. 보는 나까지 울적해지네. 알았소, 일단 사정부터 들어봅시다. 뭘 원하는 거요?"
소심하다 보니 남의 감정에 쉽사리 동조되는 경우가 많았다. 때문에 누가 자기 앞에서 슬피 우는 게 정말 싫었다. 그 한마디에 류은경의 울음이 거짓말처럼 멎었다.
"저와 함께 조를 짜주세요!"
류은경이 절실한 목소리로 외쳤다.
"조라니? 설마 투기제 참가조를 말하는 거요?"
류은경이 곧바로 고개를 끄덕였다.
"허허, 이런 기막힌 일이……."
그 소심해 보이던 아가씨가 갑자기 이렇게 당돌하게 나올 줄 몰랐던 남궁상은 그만 당황하고 말았다.
"만일 싫다면 어쩌겠소?"

사실 그는 지금 그럴 만한 상황이 아니었다. 사절단이 하룻밤 만에 진 거대한 도박 빚을 청산하기 위한 유일한 방법인 투기제에 어떻게 누구누구랑 참가할 것인가가 그의 최대 화두였던 것이다.

"흑흑, 할 수 없죠. 그분한테 가서 제가 어떻게 해서 순결의 위협을 느끼게 되었는지 자초지종을 상세히 얘기할 수밖에요. 흑흑흑!"

"누, 누가 들으면 경을 칠 소릴! 그건 사실무근이오!"

한순간 가슴 한구석이 얼음물에 담겨졌다 나온 것처럼 서늘해진 남궁상이 흥분하며 소리쳤다. 류은경은 다시 겁먹은 듯 울음을 터뜨렸다. 그래서 남궁상은 다시 한 번 더 류은경을 달래야 했다. 그에게 이보다 더한 고난은 없었다.

"흑흑흑, 그분은 그렇게 생각 안 하실 수도 있죠. 소녀는 남궁 공자의 판단이 현명하길 기대하겠어요, 흑흑흑!"

"허허… 이거 참……."

아무래도 선택의 여지가 없는 듯했다. 된통 걸리고 만 것이다. 갑자기 허탈해지는 남궁상이었다.

'어쩌다가 이렇게 된 거지?'

이유를 알 수 없는, 누군가의 장난질이 개입된 게 아닌가 의심하게 되는 남궁상이었다.

'누가 내 운명을 가지고 장난이라도 치고 있는 건가?'

삼 년이 지나도록 여전히 그 사실을 깨닫지 못하고 있는 둔한 남궁상이었다. 정말로 이 사건은 배후에서 개입해 장난을 친 장본인이 누군지 안다면 놀라 자빠질 게 분명하리라.

나 혼자 죽을 순 없다
―물귀신 작전

 망연자실해 있던 남궁상의 귀에 문 두드리는 소리가 들리더니 이내 방문이 열리며 한 사람이 들어왔다.
 "이보게, 남궁 대장. 방금 전 진 소저가 무시무시한 얼굴을 하고 밖으로 달려나가던데 혹시 아는……."
 진령에 의해 세게 닫혀진 문을 드르륵 열며 말을 잇던 용천명은 자신이 목격한 광경을 보곤 그만 말을 잃고 말았다. 진령의 등장 때문에 딱딱하게 굳어 있던 남궁상과 류은경의 상태는 진령이 봤을 때랑 거의 달라진 게 없었던 것이다.
 "어흠, 난 이만 돌아가겠네. 방해해서 미안하고. 좋은 시간 되게!"
 용천명은 급히 문을 닫고는 뒤돌아서 사라지려 했다.
 "잠깐! 잠깐 기다리세요, 용 형! 기다려!"
 남궁상의 다급한 외침이 터져 나왔다. 이 이상 오해를 늘려서 좋을 게 하나도 없는 남궁상은 어떻게든 이 사건이 번져 나가지 않도록 처리할 필요가 있었다. 그는 자신이 류은경과 단둘이 계속해서 있는 사태를 어떻게든 피하고 싶었던 것이다. 그러기 위해서라면 다른 나머지 한 사람이 누가 되든 상관없었다. 게다가 무엇보다 혼자 물에 빠지기에는 너무 억울했다. 이 사실을 알 턱이 없는 용천명은 그만 남궁상의 간계에 걸려들고 말았다.

"내가 계속 있으면 곤란한 것 같아 자리를 피해주려 했는데……."

나름대로 신경 써준다고 한 행동인 것 같았지만 남궁상은 전혀 고맙지 않았다.

"그러니까 오해입니다, 오해! 아무 일도 없었어요! 물론 아무 관계도 아니고!"

그러자 회의적인 표정을 하며 용천명이 물었다.

"그 변명, 먹혀들었나?"

침울한 표정으로 남궁상이 고개를 가로저었다.

"말 한마디 꺼낼 기회조차 없었습니다."

"하긴 그럴 것 같았네. 안 그랬으면 그런 표정 지을 리 없었겠지. 엄청난 살기였다네. 나조차도 모르는 새에 한 걸음 물러나며 길을 터줄 정도였으니 말 다했지."

복도에서 진령과 마주친 용천명은 그 서슬 퍼런 살기에 놀라 저도 모르게 벽 쪽으로 한 걸음 물러나며 길을 비켜주고 말았던 것이다.

"그러니 부디 들어와 주세요. 더 이상 절 곤란하게 만들지 말고요."

"그럼 실례하겠네."

그제야 마지못한 듯 용천명이 객실 안으로 들어왔다. 이쯤엔 류은경도 흐트러졌던 옷매무새를 완전히 가다듬고 난 이후였다. 용천명이 들어오자 한동안 어색한 침묵이 흘렀다.

"아, 신경 쓸 필요 없습니다. 이분 용 형은 '창천룡'이라고 불리우는 소림의 촉망받는 기재로 여인의 곤란함을 못 본 척할 만큼 비도덕적인 분이 아니니까요."

즉, 만일 자초지종을 듣고도 일을 거들어주겠다고 나서지 않으면 졸지에 비도덕적이고 메마른 감정의 소유자가 되는 것이었다. 은근슬쩍 이렇게 빼도 박도 못하게 못 박아놓는 물귀신 작전은 원래 대사형 비류연에게서 경험으로 배운 수법으로 오늘 이 자리에서 무의식중에 그 배움이 빛을 발하게 된 것이었다. 된통 걸렸다는 것을 깨달은 용천명은 쓴웃음을 지을 수밖에 없었지만 이미 때는 늦어 있었다.

"자, 그럼 성함이……."

"세류보의 류은경이라고 합니다."

두 사람 모두 이름 정도는 들어본 적이 있는 곳이었다. 정사 중립적인 성격을 띠는 곳이었지만 굳이 따지자면 백도에 속하는 곳이라 할 수 있었다.

"그곳의 금지옥엽께서 이런 곳까지 무슨 일로 오셨습니까? 그리고 도대체 무슨 도움이 필요하신 겁니까?"

어떻게든 이 일을 해결해서 류은경의 해명을 받아내지 못하면 진령에게 끝장날 것 같다는 위기감이 남궁상을 움직였다. 그러니 어찌 되었든 연비가 살짝 귀띔해 주었던 조언은 효과가 있었다고 할 수 있었다.

다시 눈가에 글썽글썽한 눈물을 훔치며 자리에서 일어나 앉은 류은경은 어느 틈에 남궁상이 끓여 내놓은 차를 한 모금 들이켠 후 입을 열었다.

"그럼 지금부터 소녀의 이야기를 들려 드리겠습니다. 그렇게 되면 두 분도 아시게 되겠지요, 제가 이곳에 온 자초지종을."

은발의 소녀는 조곤조곤하게 자신의 이야기를 풀어나가기 시작했다.

구구절절(句句節節)
—소녀의 과거

여자로 태어나는 것도 나쁘지 않다고 생각했다. 예쁜 신을 신고, 예쁜 옷을 입고, 예쁘게 머리를 땋는다. 흙더미에서 뒹굴고 코나 찔찔 흘리며 시도 때도 없이 싸움박질이나 하는 머슴아들보다 훨씬 더 우아하고 멋진 인생이라 생각했다. 그러나 아무것도 모르는 철부지 소녀의 자기 만족은 그런 어설픈 상념을 하루아침에 모래성처럼 무너뜨리고 말았다.

그날 아침, 남동생이 태어났다. 삼대 독자였다. '류'가에 오십여 년 만에 태어난 사내애였다. 그전에 태어났던 사내아이는 바로 소녀의 아버지였다. 집안은 잔치 분위기였다. 그리고 한 달 밤낮을 쉬지 않고 계속되던 그 잔치가 끝난 후 자신의 존재는 어른들의 뇌리에서 까맣게 잊혀져 버렸다. 잊을 수 없는 아침이었다.

어른들은 자신이 없는 것처럼 행동했다. 모든 관심이 새로 태어난 남동생에게 집중되었다. 자신의 생명을 유지하기 위해 붙여진 유모만이 간간이 삼시 세끼를 챙겨줄 뿐이었다. 소녀는 자신이 투명해진 줄 알았다.

그렇지 않고서야 자신을 못 본 척 지나칠 리 없다고 믿었다. 그렇지 않고서야 다가가면 귀찮다고 밀쳐 낸 후 쓰러진 자신에겐 일별도 주지 않은 채 남동생의 방으로 사라지는 엄마의 모습을 설명할 수 없었다. 그러나 어찌 된 일인지 유모에게만은 자신의 모습이 비춰졌다. 유모에겐 특별한 영능력이 있는 게 분명해. 소녀는 그렇게 굳게 믿었다. 그러나 그것이 아니었다는 것을 안 순간, 세계는 다시 한 번 전복(顚覆)됐다.

그다음은 어떻게든 자신의 존재를 인식시키기 위해 싸워왔다. 뭐든지 뛰어나기 위해 싸웠다. 공부도, 무공도, 요리도, 가사도 필사적이었다. 그렇게 하면 비록 여자라 해도 자신의 존재를 알아주리라 생각했다.

그러나 그것이 얼마나 안일한 생각이었던가. 나이가 들면 들수록 남동생이 기고 일어나서 이야기를 시작한 후 남동생과 자신의 격차는 점점 벌어졌다. 객관적으로 봤을 때 모든 면에서 자신은 남동생의 능력을 상회하고 있었다. 게다가 온갖 엄살과 떼를 다 받아주며 키운 남동생에게 지지 않을 자신이 있었다. 모든 것이 무조건적으로 주어지는 지나치게 혜택받은 환경 속에서 나태함 이외에 다른 것을 얻을 수 있을 리는 없었다.

투명한 자신을 어떻게든 채워보기 위해 발버둥 쳤다. 투명한 자신을 선명하게 만들기 위해.

그러나 노력하면 할수록 점점 더 비참해져 가는 자신이 있었다. 아무리 실력이 일취월장해도 조부모와 부모의 눈동자에 여전히 자신의 모습은 비춰지지 않았다. 자신은 여전히 투명한 채 그대로였다. 그래도 포기하지 않았다. 필사적으로 무공을 갈고닦았다. 노력한 만큼 점점 더 강해졌다. 마치 검만이 자신을 알아주는 것 같았다. 그녀의 노력에 보답해 주었다. 그러면 그럴수록 더욱더 수련에 몰두했다. 그러나 그것이 또 다른 불행의 씨앗이 될 줄은 꿈에도 몰랐다.

어느 날 무공 대결이 있었다. 남매 간의 대결이었다. 아무런 어려움 없이 커온, 노력이란 게 필요치 않았던 동생이 자신을 이길 리 만무했다. 단 오 초 만에 자신은 동생을 압도했다. 칭찬해 줄 것이라 생각했다. 그러나 돌아온 것은 입 안이 찢어질 만큼 강한 뺨따귀였다.

소중한 동생에게 상처 입혔다는 것이 그 이유였다. 그 상처의 크기는 손톱만큼 긁힌 정도였다.

무지막지하게 얻어맞은 자신은 지하 골방에 갇혀 삼 일 동안 굶어야 했다. 아무것도 먹지 못한 채 퀭한 눈으로 어둠을 직시했다.

자신의 존재가 참을 수 없이 가벼웠다. 비참했다.

그 후 가출이라는 것을 했다. 멀리는 가지 못했다. 평소 혼자서 검을 휘두르던 곳이었다. 그곳에서 스승을 만났다. 기연이었다. 부모에게서 받지 못했던 사랑을 스승에게서 대신 받을 수 있었다. 소녀는 삼 일 밤낮을 울었다.

돌아오자 집 안은 발칵 뒤집혀 있었다. 아버지는 병상에 누워 있었다. 그토록 강하던 아버지가 거의 폐인이나 다름없었다. 어떤 도객이 벌이는 백인참이라는 비무행에 걸려 비무를 한 결과였다. 목숨은 건졌지만 무공은 건지지 못했다. 류가는 그날 우두머리를 잃었다. 텅 빈 공석은 새로운 주인을 기다리고 있었다. 어른들이 집안의 후계자에 대해 이야기하기 시작했다. 그러나 가문의 후계자로는 둘 다 너무 어렸고, 그중 한 명은 여자였다. 조부모와 어머니는 남동생을 밀었다. 그러나 동생은 너무 어렸고 무공 실력 또한 아직 보잘것없었다. 고작 열세 살짜리 코흘리개한테 너무 많은 것을 바라는 것은 무리였다. 반대자가 나왔다. 그것은 즉, 자신을 지지하는 사람이 하나둘씩 생기기 시작했다는 의미이기도 했다. 결론은 쉽게 나지 않았다. 논쟁은 삼 년을 끌었다. 그러던 어느 날 어머니가 조용히 자신을 불렀다.

원수의 행방을 찾았다고, 가서 원수를 갚으라고. 그 원수만 갚는다면 가주 자리는 네 차지라고. 가서 네 의무를 수행하라고. 그러기 위해 투기제에 참가해 우승해 상금을 타오라고.
 그러나 그렇게 강했던 아버지도 이기지 못했던 상대다. 아직 새파랗게 젊은 자신에게 승산이 단 일 할이라도 있을 리 만무했다. 죽으러 가라는 이야기나 마찬가지였다. 그러나 거역할 수는 없었다. 그리고 원수보다 상금이 강조되는 것은 어찌 된 일일까? 이겨서 상금을 타와도 좋고, 혹은 거기서 죽어도 아무런 상관도 없단 말인가? 그러나 그런 불만을 밖으로 표출하지는 못했다.
 '네, 알겠습니다, 어머니.'
 그것이 자신에게 허락된 유일한 한마디였다.
 이 일만 어떻게든 완수하면 외면하고 있던 시선을 조금쯤 자신에게 되돌릴 수 있을지도 모른다고 생각하며. 그것이 비록 부질없는 희망에 불과하다 해도 지금 자신에게 남겨진 실낱같은 희망은 오직 그것뿐이었다.

　　　　　　　　　*　　　　*　　　　*

 소녀의 이야기를 듣고 난 이후 남궁상과 용천명은 한참 동안 침묵했다. 먼저 입을 연 것은 남궁상이었다.
 "지독한 이야기군요. 인간이란 정말 때때로 깜짝 놀랄 만큼 잔인한 모습을 보여줄 때가 있는 것 같습니다."
 용천명이 납득이 간다는 듯 고개를 끄덕였다.
 "정말일세. 지어낸 이야기라고 하는 쪽이 훨씬 더 현실감있겠군."
 그러나 지어낸 이야기보다 현실은 더 예측불가능하고 잔인했다.
 "분명 남동생의 엄마는 계모겠군요? 맞습니까?"

남궁상이 물었다. 그런 지독한 짓을 저지르는 인간이 친혈육일 리가 없다. 분명 그녀의 어머니는 그녀가 어릴 때 병으로 돌아가셨고, 지금 그 자리를 꿰차고 있는 사람은 부친이 새로 들인 의붓어미가 분명했다. 계모가 전처의 자식을 학대한다. 흔히 있는 이야기였다. 그러나 그 물음에 소녀는 크게 한숨을 내쉬었다. 쓰디쓴 고소를 머금은 소녀의 대답은 그의 예상을 훨씬 빗나가 있었다.
　"저도 그런 의문을 품어보지 않은 건 아니에요. 정말 그랬다면 얼마나 좋았을까요? 그랬다면 차라리 이렇게 가슴 아픈 괴로움은 겪지 않아도 됐을 테니까요. 차라리… 차라리 계모였다면 그나마 마음의 위안이 되었을 텐데……."
　자조 섞인 미소 속엔 괴로운 빛이 역력하다.
　"헉! 서, 설마 그렇다면……."
　소녀는 아픈 미소를 머금은 채 끄덕였다.
　"잘못 안 건 아니고요?"
　"아니에요. 맞아요. 그래요. 그분은 의심할 바 없는 저의 친어머니랍니다. 분명 피와 피가 이어져 있는."
　그렇게 말하는 소녀의 얼굴엔 괴로운 빛이 역력했다. 그것을 자신에게 납득시키는 것은 쉬운 일이 아니었을 것이다.
　자신이라면 분명 갈기갈기 찢겨져 피눈물과 함께 흩어지고 말았으리라. 제정신을 유지할 수 있을지 의문이었다.
　"어떻게 인간으로서 그런 일을……."
　그의 상식에 반하는 일이 이 세상 어느 구석에서 버젓이 일어나고 있다는 사실이 놀라웠다.
　"너무한 이야기군요. 그리고는 마지막엔 동생의 앞길에 방해가 될까 봐 사지로 보냈다 이겁니까?!"

구구절절(句句節節) 157

구역질이 난다는 표정으로 남궁상이 날카롭게 한마디 내뱉었다.
"이보게, 남궁 대장. 그런 심한……."
그러나 안타깝게도 남궁상의 말에 틀림은 없었다. 그러나 듣고 있는 당사자인 소녀에게는 너무나 가혹한 현실이기도 했다. 그것을 다시 한번 상기시켜 줄 필요가 굳이 있을까? 그 점이 용천명은 회의스러웠다.
"진실은 비정하고 현실은 상상보다 훨씬 더 냉엄하죠. 제가 아는 한 인물이 그러더군요. 현실에서 눈을 돌리지 말라고. 그래 봤자 그런 건 임시방편일 뿐이라고요. 현실 속에 사는 이상 현실의 파도로부터 벗어날 수 없다고요."
"누군지 모르지만 엄격한 말이로군. 나도 지난번 화산화겁 이후 좌절했을 때 나 자신의 보잘것없음에 좌절해서 도망치려고 한 적이 있었지. 도망쳐 보고 나서야 알았다네."
"뭘 알아냈습니까?"
남궁상이 물었다.
"아무리 도망쳐도 해결책은 발견할 수 없다는 사실 말일세! 그게 업(業)이란 것인가 하고 생각했다네."
두 사람이 대화를 나누는 동안 류은경은 입을 꾹 다문 채 침묵하고 있었다. 남궁상과 용천명은 자신들에게 선택의 여지가 없다는 것을 깨달았다. 이런 내밀한 이야기를 이렇게까지 깊숙이 알려줬다는 것은 그만큼 두 사람을 믿는다는 말이었다. 고질적인 불신병이 있다는 것을 모르는 두 사람으로서는 그렇게 생각하는 게 정상이었다. 이렇게 된 이상 어떻게든 그 믿음에 보답해 줘야 한다는 사명감 같은 것이 두 사람을 지배했다. 어떻게든 이 가련한 소녀를 도와주고 싶다는 마음이 샘솟았던 것이다. 그리하며 두 사람은 격한 감정에 지배되어 그만 돌이킬 수 없는 약속을 하고 만다.

"도움이 필요하다면 이 두 사람, 약소하지만 힘을 보태 드리지요."
분개한 용천명이 자리에서 벌떡 일어나며 외쳤다.
"정말이신가요? 제가 드릴 건 아무것도 없는데도요?"
"하하하, 대가라니요. 당치도 않습니다. 저 용천명, 도움을 주면서 대가를 바라는 그런 치졸한 사람은 아닙니다!"
"대가를 바라지 않으신다니 믿을 수가 없어요. 이렇게 쉽게 남의 부탁을 들어줘도 되는 건가요?"
부탁을 들어달라는 건지 말라는 건지 모를 반문이었다. 이미 그녀의 불신은 마음속 깊숙이 뿌리 내려져 있는 듯했다.
"이 사람, 그렇게 허튼소리를 하는 사람 아닙니다. 제가 내뱉은 말 정도는 책임질 수 있습니다."
용천명이 호언장담했다.
"믿을 수가 없어요."
그녀가 보기에 이렇게 일이 쉽게 성사된다는 것은 있을 수 없는 일이었다. 게다가……
"두 분께는, 특히 용 공자님께는 아무런 이득도 없는 일인데도요?"
"사람을 뭘로 보고 그러시오! 사나이 용천명, 이득을 보고 움직이는 자가 아니오!"
그 호언장담에 남궁상은 당황하며 용천명을 쳐다보았다.
'이 아저씨가 갑자기 왜 이러시나?'
제 코가 석 자인데 남의 일까지 냉큼 떠맡다니. 용천명이 이렇게까지 적극적으로 나올 줄은 미처 예상치 못했던 것이다. 그러나 이미 취소하기는 때늦은 감이 있었다. 류은경의 두 눈이 이미 별빛처럼 반짝반짝 빛나고 있었던 것이다.
"그런 훌륭한 마음을! 소녀, 감격입니다! 감격!"

아무런 대가도 없이 도와주겠다니, 이 무슨 횡재란 말인가! 감동의 물결에 휩쓸린 류은경의 두 눈이 반짝반짝 빛났다.
'이게 아닌데…….'
남궁상은 용천명이 거부 의사를 밝히기 매우 곤란해진 자신을 대신해 류은경을 설득해 주길 은근히 기대하고 있었다. 그런데 결과는 정반대로 나와서 먼저 도와주겠다고 나서 버린 것이다. 아무리 류은경의 사정이 딱하다고는 하나 현재의 상황을 망각한 행태라 할 수 있었다.
"저… 용 형, 그렇게 되면 좀 곤란하지 않겠습니까?"
용천명이 주먹을 불끈 쥐며 말했다.
"곤란하긴 뭘 곤란하단 말이오, 남궁 대장? 부처님께서는 도움을 구하는 자를 위해 지옥까지 달려가셨습니다. 바로 눈앞에서 도움을 청하는 자가 있는데 자비의 부처님을 받드는 자로서 어찌 외면할 수 있겠소!"
더 반대했다가는 자기만 피도 눈물도 없는 놈이 될 판이었다.
'이 사람, 예전엔 이러지 않았던 것 같은데…….'
그가 알고 있던 용천명은 좀 더 가까이하기 힘든 고고한 한 마리 학 같은 그런 느낌의 사내였다.
'이건 아무래도 최근 사귀기 시작한 마 소저의 영향인가? 아니면 전에 빠졌던 침체 탓인가?'
의식이 마하령에게 미치자 또다시 불쑥 이런 생각이 떠올랐다.
'그런데 이 사실을 알고 마 소저가 가만히 있을까?'
무척 회의적이 된 남궁상은 약간 딱한 시선으로 용천명을 바라보았다.
'역시 아직 연애 경험이 적구려, 용 형. 뒷일을 생각 안 하고 그런 결정을 내리다니. 그 질투를 어찌 감당하려고. 나도 남 말할 처지는 아니지만, 용 형의 미래도 그리 썩 밝지만은 않은 것 같습니다.'
그러나 용천명의 걱정을 하기엔 자기 코가 석 자인 남궁상이었다.

'이거 빼도 박도 못하게 됐는데 어쩌지? 세 번째 선수로 현운이나 청흔 형을 넣을까 하던 계획은 취소해야 하는 건가? 근데 진령에겐 어떻게 해명하면 좋단 말인가? 아니, 그전에 해명이란 걸 할 수 있게 될 때까지 나 살아 있을 수 있을까?'

참으로 회의적인 관측이 아닐 수 없었다. 다가올 앞날에 먹구름이 낀 것처럼 새카맣기만 했다.

갑자기 남궁상은 심히 울적해졌다.

업(業)의 양면
―비책

"연비, 그 아이 잘하고 있을까요?"
마시던 차를 내려놓으며 나예린이 물었다.
"아마 잘하고 있을 거예요, 린. 그러니 너무 걱정하지 말아요."
아마 실패하는 일은 거의 없을 듯했다.
"믿고 싶지 않네요, 제가 살고 있는 현실 한 켠에 그런 일이 존재한다는 사실이."
그녀가 말하고 있는 것은 류은경의 과거에 대한 이야기였다.
"그것이 인간이 지닌 어둠이죠. 가장 고결하게 될 수 있는 만큼, 가장 사악하게 변할 수도 있는 게 바로 인간이 지닌 업(業)이니까요. 무한의 가능성이란 일방통행이 아니라는 거죠."
씁쓸한 일이 아닐 수 없었다.
"업(業)인가요… 피할 수 없는……. 그런 무한(無限)은 필요없는데……."

인간의 추한 모습을 봐야 한다는 것은 같은 인간으로서 무척 괴로운 일이었다.

"뭐, '지나친 혜택'이란 것인지도 모르죠. 인간이 그걸 다룰 수 있을지 없을지 보려는 신의 심술인지도 모르고요. 뭐, 그게 어찌 됐든 중요한 건 지금 바로 이 순간 아니겠어요? 그 아가씨가 여자로 태어난 것도 사실, 그 아가씨의 동생이 남자로 태어난 것도 사실. 그것은 이미 바꿀 수 없는 숙명이죠."

숙명은 운명과 다르게 태어나는 그 순간 정해지며 바꿀 수도 없다.

"하지만 그렇게 우울해할 필요는 없는 것 같아요."

"그건 왜죠?"

"전에도 얘기했잖아요. 숙명은 바꿀 수 없지만 운명은 바꿀 수 있으니까요. 움직일 수 있기에 운명인 거죠."

"사내라는 이유만으로 모든 것을 가져야 하다니…… 정말 불공평해요."

나예린 자신도 지금까지 '만일 여자가 아니었다면'이라고 생각될 만한 상황들을 많이 만나왔었다. 거의 대부분은 좋지 않은 기억이었다. 하지만 부모님만큼은 항상 그녀의 편이었고, 그녀를 아끼고 사랑하고 지켜주기 위해 최선을 다해주셨던 것이다.

* * *

"여자로 태어난 건 잘못인 건가요?"

씁쓸한 어조로 소녀가 자조했다.

무림은 힘이 지배하는 세계. 여자의 가녀린 몸으로 버티기엔 너무도 험난한 곳이었다. 그러나 연비는 류은경의 그런 생각을 꿰뚫어 보고 있었다.

"그렇지 않아요. 그럴 리가 없잖아요? 여자로 태어난 것에 무슨 잘못이 있겠어요? 쓸데없이 폭력만 양산하는 남자보단 여자가 훨씬 나아요. 적어도 아름다움이 있으니까. 인류의 존속은 삼분의 이 이상 여성에게 주도권이 넘겨져 있다고 보면 돼요. 남자 따윈 아이를 낳아 기르는 덴 별로 도움이 안 되거든요."

각자에게 주어진 역할이 다를 뿐이다. 이 세상에 차이란 엄연히 존재한다. 그리고 차이가 없다면 세상은 그 자리에서 정체한다. 완전한 평등이란 있을 수도 없고 있어서도 안 된다. 그래서 연비는 류은경에게 다음과 같이 말했던 것이다.

"좋아요. 이렇게 된 이상 실력으로 손에 넣어주는 거예요. 그런 코딱지만 한 가문은 실력으로 접수해 버리면 그만이라구요. 어때요? 간단하죠?"

전혀 간단하지 않다고 생각한 류은경이 반문했다.

"시, 실력으로요?"

그런 식으로 생각해 본 적은 한 번도 없는 모양이었다. 그녀에게 가문은 언제나 자신을 한입에 꿀꺽 집어삼킬 수 있을 정도로 거대한 존재였던 것이다. 그래서 이렇게 덧붙였다.

"아마, 그 남동생 이런저런 생떼 다 들어주고 키웠다면 어떤 몰골이 되었을지 대충 안 봐도 뻔해요. 그런 허접한 놈에게 패배한다면 그건 근본적으로 문제가 있는 거죠. 내가 보기에 아가씬 그 정도로 약골은 아닌 것 같아요. 다만 사고가 경직되어 있었던 것뿐이죠. 그런 집단 관념이야말로 사람의 운명을 좀먹는 주박(呪縛)이라구요. 고정관념만큼 무서운 저주도 없죠. 사람이 가진 재능의 날개를 꺾고 그 발에 족쇄를 채우니까요. 그런 것 따윈 새로 만들어 보이면 돼요. 어차피 예외란 언제나 존재하는 법. 그렇다면 아가씨 자신이 예외가 되면 되지 않겠어요?"

"그, 그럴 수는……."

류은경은 꽤 충격을 받은 얼굴을 하고 있었다. 연비의 말은 너무나 상궤에서 벗어나 있어 따라가기조차 쉽지 않았던 것이다. 그녀는 그런 식으로 생각해 본 적은 한 번도 없었던 것이 분명했다. 그리고 그런 식으로 생각해 볼 수 있다는 것도 처음 알게 되었다. 그것은 그녀의 세계에는 존재하지 않던 사고방식이었던 것이다.

"그럴 수 없다고 누가 정해줬나요? 한 번 해보기는 했어요?"

"……."

류은경은 침묵했다. 그동안 지녀왔던 상식을 단숨에 부수는 연비의 날카로운 언어의 칼날은 이미 그녀의 정신을 뒤흔들어 버렸던 것이다. 그래서는 안 된다고 되뇌는 모습은 그동안 쌓아놓은 주박의 최후의 발악이 아닌가 하는 생각마저 들게 했다.

"목표가 없다면 지금부터 가지면 되잖아요. '소년이여, 야망을 가져라' 라고 어디 사는 누군가가 말했다지만, 소녀가 야망을 가지면 안 된다고 말한 적은 없는걸요. 게다가 그런 조그만 소원, 야망이랄 것도 없어요. 나처럼 무림정복 정도 된다면 모를까."

"무림정복?! 그 소원 정말이에요?"

"아뇨. 물론 농담이에요."

연비가 싱긋 웃었다. 어쩐지 농담처럼 들리지 않는 게 더 무섭네요, 라면서 은발소녀는 살짝 웃었다.

"가져 봤자 별로 이득이 될 것도 없는 걸 정복해 봤자 손해일 뿐이죠. 무림을 정복하기 위해 소요되는 비용을 계산하고 그 후에 돌아올 이익을 계산해 보면 가격 대 성능비가 너무 나빠요. 그런 소원은 사내들이나 가지는 거예요."

나중에는 무림맹주도 여자로 바꾸자고 할지도 모를 사람이었다.
"음, 충분히 가능성이 있군요."
부친의 미래가 잠시 걱정되는 딸이었다.
"비정한 현실에서 도망치지 않은 것은 칭찬해 주죠. 비록 어리석고 착하긴 해도 말이에요. 자, 어떻게 하겠어요? 이대로 그냥 운명에 굴복하겠어요, 아니면 그것과 맞붙어 그걸 뛰어넘어 보이겠어요?"
류은경은 한참을 고민했다. 어떻게 대답하느냐에 따라 자신이 완전히 바뀔 수도 있다는 것을 자각한 탓이었다.
"…정면으로 부딪쳐 인정받겠어요."
그것은 과거의 속박으로부터 해방되겠다는 선언이었다. 지금까지와는 다른 자신이 되겠다는 선언이었다.
"좋아요. 그렇게까지 말한다면 도와주겠어요. 사실 할 의지도 없는 사람 도와줘 봤자 헛수고거든요. 그리고 난 헛수고가 정말 싫어요."
특히 자신이 도와주기 위해 쏟은 노력이 개무시당할 때는 참을 수 없는 충동이 밀려오기도 한다. 때문에 그런 사태만은 피하고 싶었다.
"내가 길을 열어주겠어요!"
스스로 앞으로 나갈 의지가 있는 사람에게만 길을 가르쳐 주면 되는 것이다. 걸으려고 하지 않는 자에게 길 따위가 무슨 소용이겠는가.
"그럼 어떤……?"
연비가 씩 웃으며 대답했다.
"나한텐 남궁상을 꼬실 만한 비책이 있는데, 관심있어요?"
류은경이 재빨리 고개를 끄덕이며 말했다.
"물론이죠. 그런데 정말 그런 게 있긴 있나요?"
세상에 대해 불신이 깊은 류은경이 두 눈을 빛내며 물었다.
"그럼요. 물론이죠. 이런 일 가지고 농담하는 취미는 없어요. 분명 이 비책을 쓰면 옴짝달싹 못하게 할 수 있을 거예요."
"그 비책, 부디 저에게 가르쳐 주세요."
두 눈을 별처럼 반짝이며 류은경이 말했다.
"흐흠, 어쩔까나……."
연비는 예의상 한 번 튕겨주었다.

            *   *   *

"비책까지 알려줬으니 분명히 성공했을 거예요. 그러니 너무 걱정 말아요, 린."
"정말 잘됐으면 좋겠어요."
"잘될 거예요, 아마도."
꽤나 태평한 대답이었다.
"우리 조의 세 번째 선수로 받아들일 걸 그랬나요?"
나예린이 잠시 생각에 잠겨 있다가 말했다.
"그것도 나쁘지 않은 방법이었겠죠. 하지만 궁상 대장 쪽하고 인연이 있는 것 같으니……. 게다가 우리한텐 이 소저도 있잖아요?"
분명 자기를 끼워주지 않으면 크게 삐칠 게 분명했다.
"아참, 그 아이가 있었죠. 제가 잠시 깜박했어요."
그러나 차라리 깜빡하는 편이 더 좋았을지도 몰랐다.

연비의 고민
―세 번째 사람은 누구로?

비단처럼 긴 검은 머리에 밤처럼 검은 현의를 걸친 이 하나가 의자에 앉아 책상 위에 펼쳐진 종이를 심각한 표정으로 뚫어지게 바라보고 있었다. 종이 위에 적힌 것은 이름들이었는데, 대부분의 이름들에 줄이 그어져 있었다.

<u>이진설</u>
<u>남궁상</u>
<u>모용휘</u>
<u>효룡</u>
……

그 외의 다른 이름들도 모두 줄이 그어져 있었다. 모두 검은 옷의 주인공 손에 들린 붓의 소행이었다.

"흠, 어쩔까나… 아무리 생각해 봐도 인재가 없네, 인재가."

현재 연비에게는 한 가지 고민이 있었다. 이성 문제 같은 시시한 고민보다 훨씬 더 중요한 고민이었다. 투기제의 날은 시시각각 앞으로 다가오고 있는데 아직도 참가 조원의 세 번째 자리는 텅 비어 있었다. 언제든지 그 빈자리를 쉽게 메울 수 있을 것 같았는데 막상 구하려 하니 막막해져 버렸다. 투기제 하루 전까지 세 번째 여자 선수를 등록하지 않으면 계약 위반에 해당된다. 위약금을 내는 것은 있을 수 없는 일이었다. 그런데 그날은 바로 내일이었다.

원래 연비와 나예린은 맨 처음 이진설을 생각하고 느긋하게 있었다. 비록 위험한 일이긴 하지만 이진설이라면 충분히 해줄 수 있을 것이라 믿었다. 꼭 싸울 필요는 없었다. 목숨을 거는 건 연비 자신 한 명이면 충분했다. 다만 머릿수를 채워주고 만일의 사태에서 몸을 지킬 만큼의 실력을 지니고 있으면 충분했다. 유사시엔 기권시키면 그만이었다. 그 유사시란 물론 연비 자신이 대전 상대의 손에 패배하는 일을 의미했다. 그 결과가 죽음이 된다 해도 복수는 필요없었다. 그냥 기권하면 됐다.

물론 나름대로 계산도 서 있었다. 나예린의 부탁이라면 거절할 이진설이 아니었다. 그런데 바로 어제 문제가 발생했다. 이진설은 참가하고 싶어도 참가할 수 없는 상태가 되어버리고 만 것이다.

"어, 언니… 미, 미안해요……."

가냘픈 목소리로 가쁜 숨을 몰아쉬며 이진설은 사과했다. 침상에 누워 있는 그녀의 안색은 무공이 전폐된 사람처럼 핼쑥했다. 뺨은 홀쭉하고 눈은 퀭하다. 입술은 가뭄 날의 논바닥처럼 갈라져 있었고 핏기라곤 찾아볼 수 없었다.

"설아!"

나예린이 침상 맡에 꿇어앉은 채 이진설의 앙상한 손을 꽉 움켜쥐었다.

연비의 고민

"언니, 미안해요… 미안해요……."

두 줄기 눈물이 창백한 뺨을 타고 쪼르륵 흘러내렸다. 나예린은 이진설의 힘없는 사과에 목이 멨다. 그렇게 발랄하고 건강하던 아이가 하루아침에 이렇게 되다니…….

"누가 널 이렇게 만든 거냐?"

이진설의 손을 놓지 않은 채 나예린이 물었다.

"그, 그 사람을 믿은 내가 잘못이었어요."

회한이 서린 목소리로 이진설이 대답했다.

"서, 설마……."

나예린의 얼굴에 믿을 수 없다는 표정이 떠올랐다. 그도 그럴 것이 이진설에게 그 사람이라고 불릴 만한 사람은 한 사람밖에 없었다.

"설마… 효 공자가 그 사람이더냐?"

이진설이 힘겹게 고개를 끄덕였다.

"그 사람이 가져온 것을 먹는 게 아니었어요……."

사람이 안 하던 짓을 할 땐 경계를 했어야 했다며 이진설은 통한의 눈물을 흘렸다.

"순간이나마 감격했던 제가 바보 같아요. 흑흑!"

이진설이 작게 흐느꼈다. 안쓰러워진 나예린은 손을 들어 이진설의 머리를 쓰다듬어 주었다.

"괜찮다. 살아났으니 된 것 아니니."

아직 살아 있다는 사실이 무엇보다 중요하고 고마웠다.

"하지만… 하지만……."

이진설은 아직도 생각만 하면 분하고 억울한 모양이었다.

"그렇게까지 더럽게 맛이 없을 줄 누가 알았겠어요! 으드득!"

이진설이 이를 빠드득 갈며 분노의 일갈을 내뱉었다.

그걸 먹고 난 뒤로 삼 일, 그녀는 끊임없는 복통과 설(洩—)와 싸워야 했다. 그동안 얼마나 생사의 경계를 넘었는지 헤아릴 수도 없었다. 그건 음식이 아니라 독이었다. 아니, 최종 병기였다. 사천당가 최흉(崔凶)의 독(毒)이라는 '절대지독'도 그것보다는 덜 독할 게 분명했다.

어떻게 고작 기름과 설탕과 소금과 고기와 야채들로 그런 무시무시한 맹독을 제조해 낼 수 있는지 불가사의가 아닐 수 없었다. 그 가격 대 성능비를 생각하면 분명 사천당가에서도 눈독 들일 게 분명했다. '틀림없이 그럴 거야!'라고 이진설은 이를 갈며 생각했다. 그런 생각까지 들게 하는 걸 보면 무시무시하긴 무시무시했던 모양이다.

'효룡~ 잊지 않겠다! 이 굴욕! 이 치욕! 내 절대 잊지 않으리! 평생 괴롭혀 줄 테다아! 두 번 다시 부엌에 가까이 가게 하나 봐라! 요리엔 손도 못 대게 해야지. 하지만 그럼 만날 내가 요리해 줘야 하잖아? ……뭐, 그 것도 나쁘진 않은가?'

그래도 끝내 헤어진다고는 말 안 하는 이진설이었다. 그래도 대가는 치르게 할 생각이었다.

"책임지세요, 효룡!"

이진설의 한 맺힌 외침에 효룡이 찔끔하며 반문했다.

"채, 책임 말이오?"

"그래요, 책임! 남자라면 자신이 한 일에 대해 책임을 져야죠."

"하, 하지만 그건 불가항력적인……."

"시끄러워요! 무슨 남자가 그렇게 변명이 많아요. 자신이 벌인 일은 자신이 책임져야죠!"

"조, 좋소! 책임지겠소! 혼인합시다!"

순간 이진설의 얼굴이 새빨간 사과처럼 변했다.

"호, 혼인이요? 갑자기 혼인은 왜요?"

"아, 그거 아니었소? 책임지라길래 반사적으로 그만……."

그리고 보니 다행스러운 건지 불행스러운 건지 그런 건덕지가 지금까지 단 한 번도 없었다.

"저질! 책임이라면 그런 것밖에 몰라요?"

파리하던 안색에 약간 발간 핏기가 돌아온 이진설이 외쳤다.

"그, 그럼 어떤 책임을……."

"효룡 당신이 제 대신 나가세요, 투기제에! 여장 하고!"

"여, 여장 말이오?"

이진설의 요구에 효룡은 그만 당황하고 말았다. 책임지는 것치고는 이상한 방식이 아닐 수 없었던 것이다.

"그래요, 여장! 투기제에 참가할 여자가 필요한데 사람이 없으니 어떡해요. 당신이 여장이라도 해야죠!"

효룡으로서는 청천벽력 같은 말이 아닐 수 없었다.

"하지만 나 같은 남자가 여장 하면 금방 들킬 거요. 그다지 예쁘지도 않을 거고. 게다가, 게다가……."

"괜찮아요. 또 알아요? 볼 만할지?"

약간의 기대감을 품으며 이진설이 말했다. 긍정적으로 보면 그런 모습을 한 번쯤 봐보는 것도 나쁘지 않을 것 같았다. 그러나 효룡은 그게 죽기보다 싫었다.

"그, 그러지 말고 다른 걸로 책임지면 안 되겠소, 설?"

"안 돼요!"

이진설은 단호하게 거부했다.

"제 빈자리를 어떻게든 메워야만 해요."

효룡은 재빨리 머리를 굴린 다음 말했다.

"그, 그럼 이렇게 합시다."

빼도 안 된다는 것을 깨달은 효룡이 다른 타협안을 내놨다.

"나 대신 딴사람이 여장을 하고 거기에 나가는 거요, 어떻소?"

"누가 효룡 당신 대신 나간단 말이에요? 그것도 여장씩이나 하고? 그럴 만한 사람이 있나요?"

"무, 물론이오! 그 사람이라면 실력도 믿을 수 있소."

그 말을 듣자 짐작 가는 사람이 한 사람 있었다.

"아, 그 사람 말인가요?"

"바로 그 사람이오. 실력도 내가 보증하겠소."

"하지만 그래선 더 끔찍하지 않겠어요?"

"뭐, 뭐가 끔찍하단 말이오?"

금시초문이라는 듯 효룡이 눈을 끔벅였다.

"그 아저씨 같은 수염 듬성듬성한 장홍 아저씨가 여장이라니… 상상만 해도 소름 끼쳐요."

몸을 부르르 떨며 도리질 쳤다.

"나, 나도 방금 끼쳤소, 소름. 그, 그럴 리가 없잖소? 어떻게 그 아저씨가 여장 같은 걸 하겠소? 그런 꼴을 봤다가 하루 종일 눈을 씻어야 될 거요."

그건 매우 끔찍한 경험이 될 것이란 걸 장담할 수 있었다.

"그는 키도 나보다 작고 몸매도 여리여리하니 분명 나 같은 것보다 여장도 잘 어울릴 거요. 보증하리다."

"그게 누군데요?"

"누구긴 누구겠소, 준호 군이지."

"아, 화산파의 윤 공자?"

효룡은 고개를 힘차게 끄덕이며 말했다.

"바로 그요."

"흐흠… 윤 공자라……."

확실히 윤준호라면 야리야리해서 여장을 해도 어울릴 것 같았다. 어깨도 효룡보다 훨씬 좁고 키도 아담하게 작았으며 허리도 생각보다 가늘었다. 그리고 피부도 고운 축에 속했다.

"확실히 윤 공자라면 효룡 당신보다 더 어울릴 수도 있겠군요."

"물론이오. 나 같은 것보다 백배는 더 잘 어울릴 거요. 사람들도 분명 잘 속아 넘어갈 거고. 나 같은 건 여장 하고 나가도 바로 들킬 게 분명하오. 그러다 실격당하면 얼마나 당신 언니께 미안한 일이겠소? 안 그렇소?"

이번 설득은 확실히 효과가 있었다. 마음이 움직인 이진설이 반문했다.

"그런데 나가려 할까요?"

"그건 걱정 마시오, 내가 책임지고 나가게 만들 테니!"

효룡이 가슴을 탕탕 치며 자신있게 외쳤다. 그로서는 배수의 진이라 할 수 있었다.

"그리시는 게 좋을 거예요. 안 그러면 여장을 하고 나가야 하는 건 당신이 될 테니까요."

"무, 물론이오. 꼭, 반드시, 결코 내보내겠소! 맡겨주시오!"

이렇게 해서 윤준호는 친구 대신 팔리는 처지가 되었다. 또 하나의 우정이 종언을 구하는 순간이었다.

'자, 어떻게 할까? 역시 아저씨의 힘을 좀 빌려야겠어!'

우선 효룡은 거사의 실행을 위해 믿음직한 장홍에게 도움을 청하기로 했다.

효룡과 장홍의 눈부신 합격술
―윤준호를 여장시켜라!

"저, 여자 아닌데요?"

자초지종을 들은 윤준호가 얼굴을 수줍게 물들이며 한 첫마디였다. 장홍과 효룡은 그 지나치게 귀여운 모습에―요즘 들어 더욱 출중해지고 있었다―엄지를 치켜 올려 보였다. 이 정도면 여장을 해도 충분히 먹힐 것 같았다. 윤준호를 설득시키는 데 실패하면 자신이 여장 하고 참가해야 하기 때문에 효룡은 나름 필사적이었다.

"우리 모두 자네가 훌륭한 사나이라는 것을 알고 있네. 그러니 우리들의 우정을 위해 여장 해주게! 어려운 처지에 처한 소저들을 도와야 하지 않겠나? 그것 또한 훌륭한 사나이의 책무라네."

"그, 그런가요?"

사나이의 책무와 의리라는 말에 약한 윤준호였다. 때는 이때다 싶어 효룡은 연신 힘차게 고개를 끄덕였다.

"그럼, 물론이고말고!"

"하, 하지만 여장이라니……."

안 그래도 남자다운 면이 부족하다는 게 항상 신경 쓰이는 윤준호로서는 썩 내키는 일이 아니었다. 게다가 사나이의 책무로 여장을 해야 한다는 것은 너무나 이상한 논리였다.

"부처님께서도 그러셨지 않나! 내가 지옥에 들어가지 않으면 누가 들어가리오! 라고 말일세! 이제 믿을 건 준호, 자네밖에 없네!"

효룡이 열띤 어조로 윤준호를 설득했다.

"저… 부처님이 여장 하셨단 얘긴 금시초문인데요?"

의아한 표정으로 윤준호가 반문했다.

"어허, 사소한 것엔 신경 쓰지 말라니까. 자, 우리들만 믿어! 금방 끝나!"

그 말을 들으니 어쩐지 더더욱 믿음이 안 가는 윤준호였다.

"저, 정말이요?"

그리고 윤준호는 이 말을 내뱉은 것을 곧 후회하게 되었다.

"호호호, 자, 얌전히 있어. 앙탈 부리지 말고."

"왜, 왜 이러세요, 효룡!"

윤준호는 창백한 얼굴로 뒷걸음쳤다.

"괜찮아, 괜찮아. 이 오빠만 믿어. 이 오빠가 다 알아서 할 테니."

옆에서 장홍이 수염이 듬성듬성한 얼굴을 내밀며 말했다. 두 사람은 점점 앞으로 다가왔고 윤준호는 점점 뒤로 물러났다.

턱!

등이 차가운 벽에 닿았다. 이제 더 이상 물러날 곳도 없었다.

"호호호. 자자, 순순히 말을 듣게. 나쁘겐 하지 않아."

"추, 충분히 나쁜 것 같은데요……."

떨리는 목소리로 윤준호가 말했다.

"걱정 말라니깐. 아까도 얘기했잖아, 오빠들만 믿으라고!"
믿음이 가기는커녕 순결에 위협을 느끼는 윤준호였다.
"자, 그러니 그만 벗으시지."
효룡이 바짝 다가가면 말했다.
"이, 이거 왜 이러세요!"
윤준호가 가슴을 여미며 외쳤다.
"자, 그걸 벗고 이걸로 갈아입으면 돼. 쉽지? 그럼 모든 게 끝나. 앗 하는 순간에."
효룡이 구슬리는 목소리로 속삭였다.
"꼬, 꼭 그래야 하나요?"
"응!"
두 사람이 동시에 고개를 끄덕였다. 완전히 체념한 윤준호는 천천히 눈을 감았다. 앞으로 닥칠 일을 더 이상 보고 싶지 않다는 듯이.
번쩍!
서로 마주 보며 두 눈을 음흉하게 빛낸 장홍과 효룡은 서둘러 작업에 들어가기 시작했다.

처절한 소동이 벌어지고 있는 방문 밖에서는 세 사람이 초조한 마음으로 기다리고 있었다.
연비와 나예린과 아직 회복이 안 돼서 창백한 안색의 이진설, 이렇게 셋이었다.
"다 됐을까요?"
이진설이 초조한 목소리로 물었다.
"좀 더 기다려 보자꾸나."
좌불안석, 안절부절못하는 이진설을 나예린이 진정시켰다. 방문 안에서는 자꾸만 괴상한 소리가 들려오고 있었다. 안 돼요, 그만, 끼악, 같은 소리가 그것들이었다. 듣고 있기에 영 불편한 소리이기도 했다.
"벌컥!"
그때 문이 열리고 장홍과 효룡이 파김치가 된 얼굴을 하고 걸어나왔다.
"끝났나요?"
가장 성격이 급한 이진설이 자리에서 벌떡 튕겨나듯 일어나며 물었다.
"끝났소."
효룡이 크게 한숨을 쉬며 고개를 끄덕였다.
"그런데 왜 안 나오는 거죠?"
들어간 것은 셋인데 나온 것은 둘이었다.
"아, 부끄러워서 그러는 겁니다. 별거 아니에요."
장홍과 효룡이 열려진 방문의 양측으로 가서 시립한 다음 동시에 외쳤다.
"자, 소개합니다! 화산파에서 오신 윤 소저이십니다!"
소개가 끝나자 방 안에서 한 사람이 걸어나왔다. 야리야리한 몸매에 연분홍빛 치마를 걸치고 검은 머리는 틀어 올려 옥잠을 찔러 넣었고 세 송이 매화로 방점을 찍은 아름답다기보단 귀여운 인상의 소녀였다.
"하하하! 어떻소, 진설? 굉장하지 않소?"
자랑스러운 어조로 말한 다음 효룡은 웃음을 터뜨렸다. 이진설은 눈을 동그랗게 뜬 채 눈앞에 나타난 귀여운 아가씨를 아래위로 훑어보았다.
"이야~ 확실히 놀랍군요. 이 귀여운 소저가 그 화산파 순딩이 윤 소협이라니······."
그렇다. 바로 이 매화꽃 소녀는 화산파의 순딩이 윤준호였다. 이렇게 치마를 두르고 보니 자태가 여느 미소녀 못지않았다.
"이제는 윤 소협이 아니라 윤미 소저요."

효룡이 장난스레 웃으며 말했다. 가명 티가 풀풀 풍기는 이름이었다.

직접 현장에 있었는데도 믿기지 않을 만큼 진짜 놀랄 만한 변신이 아닐 수 없었다. 게다가 화장까지 완벽했다.

"화장은 누가 했나요? 혹시 효룡 당신이?"

이진설은 미심쩍은 눈으로 효룡을 바라보았다. 남자의 솜씨치고는 지나칠 정도로 완벽했다. 그것이 마음에 걸렸다. 여자들 중에서도 이 정도까지 완벽한 화장술을 구사할 수 있는 사람은 거의 없었던 것이다.

"아, 그건 내가 아니오. 저 화장 솜씨는 장 형의 작품이오."

그 말에 이진설의 눈이 휘둥그레졌다.

"저 시커먼 아저씨가요? 거짓말!!"

이진설이 경악하며 외쳤다. 도저히 믿기지 않는 일이라고 그녀는 온몸으로 세상을 향해 외치지 않고는 참을 수 없었다.

"아니, 정말이오. 진짜 장 형이 했소."

"화장품은 어디서 났는데요?"

"아, 그것도 장 형이 물론 가지고 왔소."

"화장품까지 가지고 왔다구요?"

저 정도 솜씨면 현재 여성들이 애용하고 있는 화장품을 모두 가지고 있다고 보아야 했다. 그런데 저런 아저씨가 그걸 왜? 더욱더 수상쩍어하는 시선이 장홍을 향했다.

혹시 숨겨진 변태? 그녀의 눈은 그렇게 말하고 있었다.

"어흠, 그냥 예전에 필요해서 배운 것일 뿐이네. 별것 아닐세. 그러니 그런 눈으로 쳐다보는 건 그만둬 주게."

장홍이 항의했다.

"그렇게 대단한 거요?"

문외한인 효룡이 우물쑤물하며 물었다.

"그럼요. 저렇게 했으면서도 안 한 듯하는 게 핵심이자 기술이라구요!"
이진설이 입에 침을 튀기며 말했다. 이런 일을 일일이 설명해 줘야 한단 말인가? 하지만 그렇게 해야만 했다.
"응? 화장을 했는데 왜 안 한 듯 감춰야 한단 말이오?"
그렇게 설명해 줘도 전혀 이해를 못하는 효룡이었다. 역시 그는 대부분의 남자들처럼 여자들의 문화에 대해 어두웠다. 그렇다고 그를 탓할 일은 물론 아니었다. 너무 많이 알면 오히려 이상한 것도 있을 수 있는데 이 경우가 바로 그런 경우였다. 원래 남자끼리도 서로 잘 이해 못하는데 남녀가 서로를 이해하려면 배 이상의 노력이 필요한 법이다. 문화 차를 극복한다는 것은 시대를 막론하고 쉽지 않은 일인 법이었다.
"어흠, 어흠! 부담되게 그런 눈으로 보지 말게들. 별것 아닌 조잡한 재주에 불과하니. 효룡 저 친구가 벗기는 데만 소질이 있고 입히는 데는 소질이 없어서 좀 도와준 것뿐이라네."
장홍이 연신 헛기침을 하며 변명을 늘어놓았다.
"호오, 그랬단 말이죠~"
벗기는 데 소질이 있다는 장홍의 뼈 있는 말에 이진설이 효룡을 위아래로 훑어보며 말했다.
"자, 장 형! 그런 누가 들으면 오해할 소릴!"
"오해? 무슨 오해를 한단 말인가? 다 사실인데."
시침 뚝 떼며 장홍이 말했다. 치졸한 복수극이었다.
그러자 그때까지 조용히 두 사람의 티격태격을 지켜보고 있던 연비가 한마디 했다.
"그러고 보니 그런 말을 들은 적이 있어요. 은신잠행과 특수 임무를 자주 맡는 사람은 변장변복이 일상이라 화장술까지도 완벽하게 소화할 수 있어야 한다고. 그들은 언제, 어디서든 어떤 인물로도 변할 수 있어야 한다더군요."

그 말에 장홍은 잠시 흠칫하는 것 같았으나 이내 웃으며 말했다.

"무슨 말인지 전혀 모르겠소이다. 그냥 어쩌다가 귀동냥으로 배운 것뿐이오. 그렇게 굉장한 기술은 아니지요."

장홍이 조심스럽게 부정했다. 그런 의혹이 덧씌워져 봤자 좋을 건 하나도 없었다.

"흐흠, 글쎄 과연 귀동냥일지 아닐지… 저 정도 실력이면 꽤 본격적으로 배운 것인데? 아니면 혹시 아내한테서 배웠나요?"

연비는 의외로 집요했다. 그것도 장홍의 숨겨진 약점의 정곡을 찌르는 말이었다. 그의 치명적인 단어가 나오자 깜짝 놀란 장홍이 극구 부인하며 말했다.

"아, 아내라니! 난 아직 독신이라오. 아, 아내라니……."

확실히 켕기는 게 있는지 장홍의 태도는 눈에 띄게 당황하고 있었다.

"호오~ 그건 어떨지… 두고 봐야겠죠."

의미심장하게 말을 끝맺는 연비였다.

"크으……."

순간 장홍과 연비, 두 사람의 시선이 허공에서 얽혔다. 그 순간 조용한 불꽃이 튀긴 것 같았다.

"그래도 이 정도면 어딜 내놔도 손색이 없는 규수로군요. 수고하셨어요."

연비는 윤준호의 변신이 마음에 든 모양이었다. 이 정도면 써먹을 수 있겠어라는 연비의 생각은 아무에게도 읽히지 않았다.

"고맙소."

그제야 겨우 제대로 된 장홍의 얼굴에 흡족한 미소가 떠올랐다.

"잘 부탁해요, 윤 소저!"

윤미에게 다가간 연비가 웃으며 인사했다.

"자, 잘 부탁해요, 저… 연 소저."

그 말투랑 행동은 여자로서 손색이 없었다.

"딱딱하게 연 소저는. 그냥 편하게 불러요."

"뭐라고요?"

"그야 당연히 '언니' 죠."

그 말에 윤준호는 물론이고 모두의 눈이 휘둥그레졌다. 따지고 보면 윤준호는 연비의 한참 선배였던 것이다. 일단 겉으로는 그러했다.

"저, 정말이요?"

윤미가 눈에 띄게 당황해서 허둥거렸다. 설마 그런 말을 들을 줄은 짐작 못한 탓이다. 그 모습을 보고 연비는 한숨을 내쉬며 말했다.

"그야 당연히 농담이죠."

그런 걸 진지하게 받아들이는 쪽이 더 이상했다.

"좋군요. 이 정도면 완벽해요."

목소리도 아직 변성기가 오기 전의 소년처럼 가늘다 보니 비록 중성적으로 들리긴 해도 남자라고는 절대로 여겨지지 않을 그런 목소리였다.

"정말 못 알아보겠어요. 그냥 계속 그러고 살아도 될 것 같네."

이진설이 자신보다 더 여성스럽고 조신한 윤준호, 아니, 윤미를 이리저리 뜯어보며 감상평을 늘어놓았다. 그러자 나예린이 동의한다는 듯 고개를 끄덕이며 말했다.

"확실히 너보다 더 여성스럽긴 하구나."

나예린 역시 꽤 놀란 모양이었다. 그런데 그녀는 가끔 너무 진실을 직접적으로 드러낼 때가 종종 있었고, 진실은 때때로 환상과 외면이라는 보호 장벽을 깨뜨리고 사람을 상처 입히는 법이었다. 이진설은 그 진실 어린 말을 듣고는 약간 뾰루퉁해지는 바람에 효룡이 그녀를 열심히 달래야만 했다.

"자, 그럼 축하를 해야겠군요."

연비가 들고 있던 잔을 위로 들어 올리며 말했다. 다른 사람들도 자신을 위해 준비되어 있는 잔을 들었다.

"무엇을 위해서?"

"그야 물론 '미소저 전대(美小姐戰隊)' 결성 축하죠. 상금을 위해!"

"상금을 위해!"

쨍!

잔과 잔이 부딪쳤다. 모두 술 대신 향기로운 차가 든 찻잔이었다.

"자, 그럼 마지막 한 명을 어떻게 채울까 하는 고민도 해결됐고, 처리해야 할 일도 있어서 잠깐 나가봐도 괜찮을까요, 린?"

연비가 나예린에게 양해를 구하며 말했다.

"어딜 가는데요, 연비?"

"아, 잠깐 볼일이 있어서요. 물건을 몇 개 팔기로 했거든요. 오늘 사러 오는 사람들이 오는 날이에요. 먼저 가서 기다리고 있어야죠."

무척 성실한 말이었다.

"뭘 파는데요?"

"배요!"

감출 게 없다는 투로 연비가 싱긋 웃으며 대답했다.

"배요?"

깜짝 놀란 나예린이 반문했다.

"네, 배요."

그리고는 다녀오겠다는 인사를 남기며 웃음을 거두지 않은 채 그대로 문을 열고 밖으로 나갔다.

한밤의 경매장
─어떤 거래

연비는 객잔을 나서기 전에 몰래 현천은린을 숨겨두고 무식하게 생긴 쇠몽둥이를 꺼내 들었다.

"자, 그럼 가볼까?"

오늘 밤은 조금 바쁠 듯했다. 그때 문제가 하나 발생했다.

"…가 아니라 그전에 옷 갈아입을 곳부터 찾아야겠군."

사부의 취향 때문에 이 복장으로는 일을 보러 갈 수 없었다.

"사람 번거롭게 하는 데는 정말 탁월하다니깐!"

연비는 투덜투덜거리면서도 장소를 물색하기 시작했다. 되도록 은밀한 곳이 좋을 것 같았다. 여자란 정말 많은 불편을 감수해야 하는 존재였다.

    *   *   *

누군가의 날씬한 발이 힘차게 부두 위를 박차며 달려간다. 날랜 사슴처럼 재빠른 움직임은 감탄스럽기까지 하다.

"아빠~"

타다다다다닥!

해어화는 아버지 흑룡왕의 그림자가 보일 때부터 도움닫기로 달려오기 시작하더니 땅을 박차고 도약하여 이 장 거리를 붕 날아 아빠의 품에 냅다 안겼다. 딸아이의 열렬한 포옹에 흡족해하던 흑룡왕이 깜짝 놀라 외쳤다.

"아니, 아가야! 우리 예쁜이가 몰골이 이게 뭐냐? 두 눈이 벌겋게 퉁퉁 붓질 않았느냐? 게다가 피부도 푸석푸석하고!"

정말로 해어화의 두 눈은 안와(眼窩) 주위까지 벌겋게 부어 있었다. 딸 사랑이 지극하다 못해 넘치는 흑룡왕은 가슴이 모래밭 위에 세워진 부실공사 누각이 와르르 무너져 내리는 것처럼 삽시간에 붕괴됐다.

아빠가 도착하기 전에 양파로 열심히 문지른 보람이 있자 해어화는 몰래 회심의 미소를 지으며 가증스런 거짓 울음을 터뜨리며 흑룡왕의 품에 얼굴을 묻었다.

"흑흑, 아빠 자꾸만 절… 흑흑… 괴롭히는 애가 있어요. 흑흑."

딸의 뜨거운 눈물이 가슴 섶을 적시자 흑룡왕은 불같이 분노했다.

"아니, 누가 감히 우리 착한 화아를 괴롭힌단 말이냐? 감히 누가!!"

'착한' 이란 말이 심각하게 오용되고 있다는 사실에 죄책감을 느낀 장강수로채의 몇몇 사람들은 속으로 안절부절못했다. 그러나 법은 멀고 주먹은 가까운 처지라 아무도 입을 벙끗하는 이는 없었다. 해어화는 아빠의 분노에 감격하며 다시 품에 얼굴을 묻었다.

"흑흑, 그런 애가 있어요. 크흐흐흐흑. 전 어쩌면 좋아요, 아빠? 이대론 너무 무서워서 계속 못 다닐 것 같아요."

딸의 눈물은 아버지에게 있어서 매우 강력한 무기였다. 게다가 그것이 남들보다 딸 사랑이 지나친 흑룡왕에게는 얼마만한 효과가 있었을지는 상상하기 어렵지 않다.

'도대체 어디가 순진하단 말이냐! '착한'이랑 '순진함'이 다 얼어 죽었겠다!'

이렇게 외치고 싶은 부하들도 많았으리라. 하지만 흑룡왕의 광분이 무서워 아무도 그 사실을 지적할 수 없었다. 전투도 아니고 이런 곳에서 팔불출 아빠의 일격에 돼지는 불명예스런 일은 겪고 싶지 않았던 것이다. 지난 동안의 경험이 그들을 살려놓고 그들 안에 지혜를 전해주고 있었다.

"그러고 보니 그 녀석들 열 명은 어찌 되었느냐?"

그 녀석들이란 물론 딸의 사적인 문제 해결을 위해 급파했던 장강십용사를 뜻했다.

"그 녀석들은 다 쓸모없어요. 다 실패해 버렸다고요. 아마 분명 방심하다가 그랬을 거예요. 아니면 엉뚱한 생각을 했거나. 아빠가 날 위해 보냈는데 제 몫도 못하다니, 정말 병신 같아요. 멍청이들이에요."

흑룡왕은 딸의 험한 입버릇을 추궁하기는커녕 등을 토닥이며 말했다.

"오냐, 오냐! 착한 우리 딸! 울지 말거라. 이 아빠가 다 해결해 줄 테니 잠시만 기다리거라. 아빠가 잠시 이곳 경매장에 볼일이 좀 있어요. 그것만 후딱 끝내고 우리 딸 일을 해결해 주마."

"정말요?"

반문하는 해어화의 두 눈이 반짝반짝 빛을 발했다. 어느새 눈물은 씻은 듯이 사라지고 없었다.

"그럼, 물론이고말고. 아빠가 이번에 좀 처리할 일이 있어서 애들도 많이 데려왔어요. 그러니 걱정할 필요 없단다. 수호 삼호법까지 데려왔단다."

"어머, 정말이네요?"

어깨 너머로 흑룡왕이 가리키는 곳을 보며 해어화가 외쳤다. 수십 명의 부하와 믿음직스런 호강, 호하, 호천 세 명의 수호 삼호법이 그곳에서 아빠의 명을 기다리며 대기하고 있었다.

"그럼. 이 아빠가 우리 딸을 속인 적이 한 번이라도 있었느냐! 걱정 붙들어 매거라."

전투선 세 척을 나포해 간 이들의 힘을 과소평가할 수는 없는 노릇이었다. 그 때문에 소수 정예를 이끌고 이곳으로 온 터였다. 특히 일류고수라고 불릴 만한 세 명의 수호 삼호법, 이들은 장강십용사의 스승들이었다.

제자들이 한심하게 당했다는 말을 들었으니 지금쯤 아마도 제자들을 만나면 호되게 꾸짖어줄 요량으로 벼르고 있을 터였다. 감옥에 갇힌 장강십용사가 이 사실을 알았다면 스승과의 재회를 두려워하며 벌벌 떨었을 것이다. 악귀 같은 사부들을 만나느니 차라리 작두 밑에 목을 디미는 것을 택할지도 모를 일이었다.

"자, 이제 안심이 되지? 우리 딸을 괴롭히는 놈은 누구든 이 아빠가 박살을 내놓으마!"

자신만 믿으라며 흑룡왕은 주먹으로 가슴을 탕탕 두드렸다. 그러자 딸이 아빠를 불렀다.

"아빠."

아빠 흑룡왕이 반문했다.

"왜에?"

"놈이 아니라 년이에요."

"……."

흑룡왕은 딸 해어화와 함께 부하들을 이끌고 그 시건방진, 간이 배 밖으로 나온 간 비대증 환자가 제정신이 아닌 상태에서 쓴 게 분명한 서찰에 적힌 장소에 도착했다. 경매장 옆에 위치한 경매장 전용 항구로, 이곳에는 갖가지 경매품들이 운반되어 오는 곳이었는데, 가끔은 경매물로 나오는 배를 정박시켜 놓기도 했다. 그러나 경매장 역사상 이만큼 위험한 물건이 매물로 나온 적은 좀처럼 없었다. 그러나 그 출처 때문에 그 배의 가치가 실로 대단하고 갖고 싶은 이들이 많았음에도 불구하고 단 한 명의 입찰자도 없었던 것이다.

지금 영업 시간이 끝난 경매장 옆에서 두 척의 흑룡선과 한 척의 해신을 배경으로 검은 옷을 입은 젊은이 하나가 서 있었다. 앞머리가 길어서 그런지 생김새가 잘 드러나지 않는 청년이었는데, 한 손엔 길쭉한 쇠몽둥이 하나를 들고 있었다. 본래 모습으로 돌아온 채 아까부터 기다리고 있던 비류연이었다.

주변에 인적이 드문 것은 다행이었다. 자신이 여기 있다는 것이 들통 날 일이 적기 때문이었다. 그러나 짧아진 왼쪽 앞머리는 조금 불만이었다. 저번처럼 가려보려 하는데 잘 되지 않았던 것이다. 그래도 겨우겨우 중간 부분 앞머리를 가져와 어떻게 가릴 순 있었다. 그러나 여전히 느낌은 영 어색하기 짝이 없었다.

'빨리 끝내고 다른 모습으로 돌아가던지 해야지 원, 적응이 안 돼서.'

그도 그럴 것이 앞머리를 내리고 다닌 지 십 년이 넘었으니 감각이 그곳에 맞춰져 있었던 것이다. 연비의 모습일 때는 변장이라는 느낌이 있어 위화감이 덜했는데 본래 모습으로 돌아오니 위화감이 자꾸만 커져 갔던 것이다. 어색한 이 모습을 빨리 그만두고 연비의 모습으로 돌아가고 싶었다. 그러니 그런 그에게 자신을 기다리게 한 이들이 곱게 보일 리 없었다.

"아함, 이제야 겨우 도착하다니, 정말 행동 한번 굼뜨군요. 기다리다 지쳐서 잠들 뻔했잖아요."

하품을 하며 기지개를 쭉 켠다. 창칼을 든 수십 명의 수적들 앞에서 참으로 태평한 모습이었다.

척!

흑룡왕의 손짓 한 번에 부하들이 일사불란하게 달음질을 멈췄다. 십 장 간격을 두고 한 사람과 십수 명이 대치하는 형국이 되었지만 비류연 은 조금도 두렵지 않은 모양이었다.

흑룡왕은 조금 믿을 수 없다는 표정이 되었다. 저런 애송이 꼬마가 기 다리고 있을 줄을 상상도 못했던 것이다. 사방을 두리번거려 보아도 긴 급 보고에 적혀 있던 '괴노인'의 모습은 어디에도 없었다.

"서, 설마 너냐, 서찰을 보낸 장본인이?"

천하의 장강수로연맹의 총맹주에게 간덩이가 퉁퉁 부은 협박 서한을 보낸 것이 저런 애송이라는 것이 믿겨지지 않았다.

"맞는데요. 뭐가 이상한가요?"

"너 같은 애송이가 그런 싸가지없는 서찰을 감히 본좌 앞으로 휘갈겨 보냈다고?"

"그런데요?"

숨길 이유가 없는 비류연은 순순히 인정했다.

"허, 하, 참……."

흑룡왕은 참으로 어이가 없는 모양이었다.

"뭐냐? 석고대죄하려고 기다리고 있었느냐? 그거라면 이미 늦었다."

그냥 지나치기엔 사건이 너무 컸다. 이럴 때 본보기를 보이지 못하면 최악에는 회 자체가 제거되는 사태가 벌어질지도 몰랐다.

"석고대죄?"

"그래, 석고대죄."

"머리도 나쁘면서 어려운 문자 쓰시긴. 그럴 리가 없잖아요, 잘못한 것도 없는데."

참으로 어이없다는 목소리로 비류연이 반문했다.

"잘못한 게 없다고? 게다가 머, 머리가 나빠?"

기가 막히다는 표정을 지으며 흑룡왕이 반문했다. 그는 자신이 머리가 나쁘다는 사실에 남다른 자괴심을 가지고 있었던 것이다.

"게다가 잘못이라면 오히려 그쪽에 있죠. 조용히 떠내려가던 사람 습격이나 하고, 그러다 되레 빼앗기기나 하고. 쯧쯧, 다 커서 도적질이나 하다니, 부끄럽지도 않아요?"

"도적질이 아냐! 수적질이다!"

"그거나 그거나. 역시 머리 나쁘네요."

이런 인간들은 사실 거짓 따위보다 본인의 성질이 더 중요했다.

"닥치고 용건이나 말해라!"

분노한 흑룡왕이 버럭 소리쳤다. 당장 달려가 사지를 찢어놓지 못하는 게 원통하다는 표정이었다.

"다만 흥정하러 온 것뿐이에요, 손님이랑."

"무엇을?"

"그거야 물론 배 값이죠."

"크하하하하하! 이 어르신과 흥정을 하려 하다니, 배짱 한번 좋구나!"

사나운 맹견이 으르렁거리듯 광소를 터뜨리며 흑룡왕이 한 발짝 나섰다. 물 위에서 그가 나타나기만 하면 모두가 무서워서 벌벌 떨었으니 그가 어디 이런 진귀한 경험을 해보기나 했겠는가!

비류연도 보다 경험의 폭을 넓혀줄 요량인 모양인지 흑룡왕의 우락부

락한 얼굴을 한 번 힐끗 쳐다보며 시큰둥한 어조로 말했다.

"아무래도 그쪽 협상 대표자는 아저씨인 모양이군요?"

진귀하다 못해 황당해진 흑룡왕의 두 눈이 휘둥그레졌다.

"아, 아저씨! 지금 이 몸을 보고 아저씨라고 한 게냐! 감히 이 몸을 보고! 내 앞에서?!"

화가 머리꼭대기까지 난 흑룡왕이 시뻘건 얼굴을 하며 외쳤다. 그러자 비류연은 붉으락푸르락, 빨개졌다 파래졌다 하는 흑룡왕의 얼굴을 한참 뚫어져라 쳐다보다니 이윽고 한마디 툭 던졌다.

"누구신데요?"

정말 누군지 모르겠다는 나름대로 순진무구한 표정이었다.

"하아, 이 몸을 모른단 말이냐?"

기가 막힌 흑룡왕이 주화입마 일보 직전의 상태로 물었다.

"알 리가 없죠, 통성명도 안 했는데. 바보 아녜요?"

"바보 아냐!"

동정호를 쩌렁쩌렁 울리는 괴성이 터져 나왔다. 천둥번개 소리 저리 가라는 듯한 대갈일성에 부하들은 양손으로 두 귀를 틀어막아야만 했다.

'바보네.'

그 행태를 시큰둥한 표정으로 바라보며 비류연은 생각했다. 이럴 때 웃는 사람은 무서워도 화내는 사람은 조금도 무섭지 않았다. 아니, 오히려 가소로울 뿐이었다.

"원래 정곡을 찔리면 더 세차게 반응하는 법이죠. 뭘 부정하고 그래요. 게다가 척 보니 그냥 바보도 아니고 딸 바보 아빠네요."

옆에 함께 서 있는 해어화를 힐끔 본 후 비류연이 말했다.

"뭐, 뭣이라! 말 다 했냐?"

그러나 그 점은 그의 부하들마저도 동의하는 바였다.

"틀린 말은 아닌 것 같은데요? 부하들도 그렇데잖아요."

천천히 올라간 비류연의 손가락이 흑룡왕의 등 뒤를 가리켰다.

휙!

도끼눈을 뜬 흑룡왕의 고개가 질풍처럼 뒤로 돌아갔다. 고개를 주억거리다가 살기등등한 눈빛에 쏘인 수하들의 몸이 벼락 맞은 사람처럼 움찔했다.

'돌아가서 두고 보자!'

흑룡왕의 매서운 눈빛은 그렇게 말하고 있었다. 그 절절한 의도를 감지한 부하들의 얼굴은 금세 푸르죽죽하게 변하며 사색이 되었다. 다시 비류연 쪽으로 고개를 홱 돌린 흑룡왕이 엄지손가락으로 자기 가슴을 가리키며 말했다.

"듣고서 두려워해라! 본좌가 바로 장강의 패자이자 장강수로채의 채주인 흑룡왕님이시다!"

내공이 담긴 목소리로 흑룡왕이 외쳤다.

"아아, 매매자 본인이시군요."

"매매자? 지금 본좌보고 매매자라 했냐?"

"매입자라 해드려요? 그쪽이 매입자, 이쪽이 판매자. 뭐가 이상한가요?"

비류연의 검지손가락이 흑룡왕과 자신 사이를 왔다 갔다 했다. 그는 이 개념에 대해 전혀 위화감을 느끼지 못하고 있었던 것이다.

"이 애송이 놈아! 네놈이 이 세 척의 배 주인이라도 된단 말이냐?"

흑룡왕이 버럭 소리쳤다.

"아뇨. 난 그저 대리인일 뿐이에요. 좋아서 이러고 있는 건 아니니까. 피치 못할 사정이란 게 나한테도 있거든요."

장강십용사가 타고 왔던 '해신'도 연비가 노획한 것이지 비류연이 노획한 것은 아니었다.

"잔말 마라! 그 괴노인은 어딨느냐?!"

보고서에 적혀 있던 주적에게 그는 볼일이 있었지, 여기서 저런 애송이랑 실랑이를 벌일 시간 따윈 없다는 게 그의 입장이었다. 그러나 그게 어디 그렇게 마음대로 되는 일인가.

"괴노인이요? 아아, 그 사람이요. 몰라요. 그 망할 노인네는 지금쯤 또 어디선가 술이나 퍼마시고 있겠죠. 귀찮은 일은 다 나한테 떠맡기고요. 아아, 정말 미워 죽겠어요. 내가 왜 여기서 별로 내 주머니에도 안 들어오는 일이 해야 하는 건지 원! 정말 부조리하다고 생각하지 않아요?"

"그, 글쎄…… 그런 걸 나한테 물어보면 안 되지……."

세상에 가득한 부조리를 향해 외치고 있는 듯한 울분이 흑룡왕 자신을 향하자 그는 어떻게 대답해야 될지 알 수가 없어 잠시 주춤하고 말았다. 그는 어느새 자신의 호흡을 잃고 비류연의 호흡에 말려들어 있었다.

"하아, 역시 안 되는군요. 기대한 내가 바보네요."

"흥, 미안하군."

흑룡왕이 콧방귀를 뀌며 대꾸했다.

"뭐 하세요? 빨리 준비하지 않고?"

한숨을 푹푹 내쉬던 비류연이 대뜸 말했다.

"뭘 말이냐?"

커다란 두 눈을 끔벅이며 흑룡왕이 반문했다.

"어차피 대화를 나눌 생각도 없잖아요? 설득에 넘어갈 생각도 없고."

"물론 그렇다!"

자랑이 아닌 것을 자랑인 듯 외치는 흑룡왕이었다. 잘도 아랫사람들을 다스려 왔구나 하는 생각이 절로 들었다.
"그렇다면 무림인에게 해결 방법은 하나뿐이죠."
"그게 뭔데?"
여전히 감이 잡히지 않은 흑룡왕이 눈을 끔벅이며 물었다.
"힘!"
그것만큼 대중적이고 즉각적인 해결 방법은 따로 없었다.
"힘? 력(力)?"
자신의 불끈불끈거리는 오른 팔뚝을 들어 보이며 흑룡왕이 되물었다.
"그런 흉한 거, 함부로 보여주지 말아요. 눈 버리고 말았잖아요."
인상을 살짝 찌푸리며 비류연이 힐난했다.
"내 근육이 어때서?"
흑룡왕이 항의했다.
"꼭 아저씨 같은 사람들이 있죠. 울퉁불퉁한 근육질의 몸매가 여성들에게 인기가 있다고 착각하는데, 그건 크나큰 오산이에요. 여자든 남자든 그런 땀내 나는 건 별로 좋아하지 않는다구요. 무엇보다 우아함이 없잖아요."
"뭐라고! 감히 나의 멋진 근육들을 무시하다니! 용서할 수 없다! 덤벼라! 작살을 내주마!"
"하아, 역시 그것밖에 없는 건가……."
애초에 매매라는 것은 염두에 안 두고 온 놈들이니 대화가 될 리가 없었고, 대화가 시작도 안 되니 협상에 들어갈 여지도 없었다. 그걸 이미 알고 사부가 자신을 이곳으로 보낸 것이 분명했다. 이런 자잘한 귀찮은 일들을 처리하라고 말이다. 자기가 잔뜩 일 벌여놓고 뒤처리는 제자한테 맡기다니, 정말 사부다운 행동이 아닐 수 없었다. 자기 자신도 비슷한 행동으로 주작단을 달달 볶은 일이 있다는 것은 전혀 기억하지 못하는 비류연이었다.
"우리와 겨루겠다니, 배짱 한번 좋구나. 나중에 저승 가서 울면서 후회해도 소용없다!"
비류연은 고개를 저으며 말했다.
"내가 겨루려고 하는 사람은 당신네들 전체가 아니라 당신 하나예요. 그러니 우리라는 표현은 잘못된 거죠. 귀찮게 번거로운 절차 거치지 말고 일 대 일로 승부를 결정짓는 게 어때요?"
"그 말, 진심이냐? 너같이 어린 꼬맹이가 이 흑룡왕 어르신과 일 대 일로 붙는다고?"
비류연이 맞다는 의미로 고개를 한 번 끄덕였다.
"푸하하하하하하하하! 푸하하하하하하! 푸하하하하하하하!"
흑룡왕의 입에서 폭소가 터져 나왔다. 그러자 그의 삼호법을 비롯한 부하들 모두가 일제히 웃음을 터뜨렸다. 개중에는 배꼽을 잡는 이도 있었다. 비류연만이 웃고 있지 않았다.
"웃을 테면 지금 실컷 웃어두세요. 조금 후면 다시는 웃지 못하게 될 테니."
"흥, 허풍 한번 세구나! 하지만 이 일을 어쩌지?"
"왜요?"
"이 어르신은 워낙 공사다망하다 보니 귀찮게 이런 장난칠 시간이 없거든. 본좌가 좀 바쁘시단다."
흑룡왕이 손을 들어 신호하자 기다리고 있던 수십 명의 부하가 각자의 무기들을 꺼내 들고 한 걸음 앞으로 걸어나왔다.
"비겁하네요."
시큰둥한 목소리로 감상을 내뱉었다. 사실 이들에게 정정당당을 기대한다는 것 자체가 웃긴 일이었다. 흑룡왕이 팔짱을 낀 채 우뚝 서서 말했다.

"비겁한지 비겁하지 않은지는 이긴 다음에 생각해도 돼. 물 위든 땅 위든 이기면 장땡이야. 그게 무림이지!"

일 대 일 대결을 하자!
―녹림왕은 그러지 않았다

원래부터 흑룡왕은 일 대 일 대결을 할 생각이 추호도 없었다. 그는 케케묵고 꽉 막히고 고리타분한 정파 나부랭이가 아니었다. 그러므로 가식적이 되어야 할 필요성을 전혀 못 느꼈다. 약탈에 무슨 법도가 있겠는가! 물 흐르듯, 바람 부는 듯 그냥 내키는 대로 사는 게 그의 방식이었다(이렇게 말하려니 물과 바람에게 미안할 따름이다). 쉽게 빼앗을 수 있는 것을 굳이 어렵게 빼앗을 필요는 전혀 없었다.

원래 그들의 양심이나 의리나 자존심에 손톱만큼의 기대도 품고 있지 않았던 비류연은 자신을 포위하고 있는 사내들의 면면을 찬찬히 훑어보았다. 전혀 두려움이 없는 얼굴이었다. 몇몇은 그를 비웃는 웃음까지 머금고 있었다. 자신을 죽이기 위한 작업을 수행하기 위해 연장을 들고 대기하고 있는 이들을 하나씩 하나씩 다 둘러본 후 마지막으로 흑룡왕과 눈을 마주쳤다.

너무나 침착하고 고요한 그 깊은 왼쪽 눈동자와 마주친 순간 흑룡왕은 흠칫했다. 비류연이 어깨를 으쓱하며 말했다.

"이거 참 실망이네요. 전에 만났던 녹림칠십이채 총채주이신 녹림왕 임 호걸은 이렇게까지 비겁하지 않던데 말이죠. 그분은 참 호탕했는데."

그 말을 듣고 화들짝 놀란 흑룡왕이 눈을 크게 뜨며 반문했다.

"뭣이라! 네놈이 임가 그놈을 만난 적이 있단 말이냐?"

흑룡왕은 비류연이 기대한 그 이상의 과민한 반응을 보였다. 사실 두 사람은 영원한 경쟁 관계 겸 앙숙 관계였다. 사이가 안 좋다는 말로는 설명이 부족할 만큼 적대심과 경쟁심을 품고 있었다. 원래 물과 흙은 섞일 수 없는 법이었다.

"그럼요. 전에 우리 일행의 앞길을 막은 적이 있는데 호기롭게 일 대 일 대결에 응해주셨죠."

틀린 말은 아니었다. 사실은 사실이었다. 그때 녹림의 왕과 일 대 일 대결을 벌였던 이는 비류연 본인이 아니라 녹림왕의 친자인 진성곤 임성진이었지만 말이다.

"그, 그래서 어떻게 되었느냐?"

"한 번 겨뤄보더니 그냥 가라 하시더군요. 배웅까지 받았지요. 그때 이렇게 말씀하시더군요. '우리는 물에서 헤엄치는 장강의 붕어 놈들과는 차원이 달라. 우리 산 사나이들은 유쾌상쾌통쾌하지!' 라고 말이에요."

"뭣이라! 붕어라고! 그 산고양이 놈이 우릴 보고 붕어라고 말했다고!"

비류연의 말 몇 마디에 홀라당 넘어간 흑룡왕이 발끈 성내며 외쳤다.

"그럼요. 확실히 붕어라고 했어요. 뭍에 올라오면 숨도 제대로 못 쉬는 머저리들이라고."

싱글싱글 웃으며 비류연이 대꾸했다. 말 한마디 한마디가 속을 긁지 않는 것이 없었다.

"크… 임가 자식! 그놈이 감히……!"

물론 이것들은 비류연이 지어낸 말이었다. 하지만 아마 짐작컨대 녹림왕은 진짜 그런 마음을 품고 있을 게 분명했다.

흑룡왕은 고개를 숙이고 심각하게 고민하기 시작했다.

'젠장! 저건 십이 할 도발인데……. 임가, 그놈은 왜 그런 쓸데없는 짓이나 벌여서 이 몸을 번거롭게 만들고 지랄이야! 임가 놈 이름이 나왔으니 물러설 수도 없잖아, 젠장! 자존심이 있지! 게다가 애들이 뒤에서 눈깔 부라리고 있는데 여기서 뒤로 뺐다간 어디 위엄이 서겠나!'

그랬다간 앞으로 부하들을 관리, 통솔하는 데 애로 사항이 꽃필 게 분명했다. 도적들이란 원체 태생부터 충성심과는 담 쌓고 사는 놈들이었다.

한참을 생각하던 흑룡왕이 마침내 결심이 섰는지 가슴을 활짝 펴며 말했다.

"좋다! 본좌가 이번만큼은 특별히 네 도발에 넘어가 주도록 하마!"

이미 녹림왕 임가의 이름이 나왔을 때부터 그는 물러날 수 없는 입장이 되었다. 부하들의 시선이 자신을 향하고 있는 가운데 꼬리 마는 모습을 보인다는 것은 어불성설이었다.

"좋아요. 물에 사는 분답게 시원시원해서 좋군요. 그래야 일파의 종주죠!"

겉으로는 엄지손가락을 치켜세워 줬지만 속으로는,

'바보!'

라고 생각하긴 했지만, 비류연으로선 자신의 뜻대로 일이 술술 풀려가니 어쨌든 기분은 좋았다. 그런데 왜 사부한테만은 제대로 먹히지 않는지 그것이 의문이었다.

'설마 저런 애송이에게 질 리가 있겠는가!'

많은 사람이 비류연을 앞에 두고 그랬듯, 흑룡왕 역시 그를 겉모습만 보고 판단하는 우를 똑같이 범하고 말았다. 그것은 비류연이 오히려 원하는 바였다. 자기 밑천 다 드러내 놓고 장사할 만큼 어리석지는 않았다.

"자, 그럼 빨리 준비하세요. 나도 후딱 끝내고 가서 자야 하거든요, 하암!"

하품을 한 번 하고 난 후 비류연은 임시로 들고 나온 쇠몽둥이 정신봉을 자연스럽게 늘어뜨렸다.

"얘들아, 그 걸. 가져와라!"

흑룡왕의 명령에 가마를 매고 있던 네 명의 장정이 끙끙거리며 다가오더니 그의 앞에 가마를 내려놓고는 뚜껑을 열었다. 그리고는 네 명이 합심하여 그 안에서 무언가를 꺼내기 위해 또다시 끙끙거렸다.

"빨랑빨랑 좀 해라. 굼벵이를 삶아 먹었냐?!"

그 느려터진 모습이 답답했는지 호통이 터져 나왔다. 그러자 조금쯤은 더 빨라졌는데 그래 봤자 오십보백보였다. 네 명의 장정이 가마 안에서 간신히 무언가를 꺼내 들어 자신들의 두목에게 가져다 바쳤다.

"웃차!"

네 명의 장정이 버거워하는 그 무지막지한 물건을 흑룡왕은 가볍게 한 손으로 받아 들어 어깨에 걸쳤다. 자세히 보니 그것은 거대한 쇳덩이였는데, 동그란 구멍에 굵은 쇠사슬이 길게 연결되어 있었다.

'어디서 많이 본 모양의 쇳덩인데?'

그건 바로 배를 물 위에서 고정시킬 때 쓰는 닻이라는 물건이었다.

"크하하하하! 놀랐느냐? '철혈묘(鐵血錨)'라는 물건이지. 바로 이 본좌의 독문병기이시다!"

흑룡왕이 오만하게 웃으며 말했다.

"정말 무식이 철철 흐르는 무기네요."

비류연이 짧게 촌평했다.

'꼭 저런 무식한 걸 무기로 써야 강해 보이나?'

그가 보기엔 그저 무겁고 둔한 쇳덩이일 뿐이었다. 울퉁불퉁한 근육으로 다져진 흑룡왕의 몸 역시 저 무기를 다루기 위해 만들어진 것이었다.

"크하하하하하! 이것이야말로 남자의 힘이지!"

흑룡왕은 어깨에 걸쳐 메고 있던 철혈묘를 땅에 힘차게 내리꽂았다.

쿵!

대지가 지진이라도 난 듯 부르르 떨었다. 동시에 그의 가슴 근육과 팔 근육도 함께 실룩실룩, 불끈불끈 요동쳤다.

'보기만 해도 덥네.'

저런 것을 보기 위해 눈이 있는 것은 아니었다. 눈이란 건 보다 많은 것을 보고 느끼게 하기 위해 존재하는 것이다. 보고자 한다면 세계의 본 모습까지도 보여줄 수 있으리라.

'나중에 예린을 보며 씻어내든지 해야지.'

그렇지 않으면 악몽이라도 꿀 것 같았다. 아름답고 좋은 것만 보고 살고 싶지만, 역시 세상은 만만치가 않다.

"자, 시작할까?"

득의만면한 미소를 지으며 흑룡왕이 말했다.

"아빠, 그런 싸가지없는 놈 따윈 그냥 죽여 버려요!"

딸 해어화가 주먹을 흔들며 소리쳐 응원했다.

"으하하하하! 걱정 말고 이 아빠만 믿어라!"

그런 응원도 좋은지 입을 헤벌쭉 벌리며 마주 손을 흔들어주는 모습이 아주 가관이었다.

"하아~ 내 팔자야~ 이래서 무료 봉사는 싫었는데……."

비류연은 한숨을 푹 내쉬었다. 이런 돈도 안 되는 공짜 노동을 한시라도 빨리 끝내 버리고 좀 더 생산적인 일을 하고 싶었다.
"빨리 끝내고 집에 갑시다."
비류연이 한숨을 그치지 않은 채 한마디 했다.

"얘들아! 다들 물러나라! 두목님께서 움직이신다. 가까이 있으면 위험해!"
장강수로십팔채의 세 호법 호강(護江), 호하(護河), 호천(呼天) 중 선두에 서 있는 호강이 명령하자 흑룡왕의 부하들이 모두 슬금슬금 뒤로 물러나기 시작했다. 그들은 무엇인가를 두려워하고 있었다. 그들은 커다란 위협을 피하는 초식동물들 같았다. 마지막으로 세 명의 호법이 물러났다.
찰그랑!
흑룡왕이 쇠사슬을 가볍게 한 번 흔들어본 다음, 근육질로 뭉쳐진 오른손으로 지면에 내려진 닻을 끌어 올렸다. 장강 수천 리 길을 부르르 떨게 만든 철혈묘라 불리는 악명 높은 물건이었다.
그는 이 쇠닻을 사정없이 휘두르며 자신의 앞을 가로막는 모든 적들을 쓸어버렸다. 폭풍처럼 몰아치는 쇠닻의 광풍을 막아낼 수 있는 자는 아무도 없었다. 그것이 가진 엄청난 무게가 속도를 만나며 가로막는 모든 병기를 분쇄했다. 아무리 쇠처럼 질긴 묵린혈망의 가죽을 특수하게 가공하여 만든 현천은린이라 해도 이 닻의 화살촉 같은 양 끝머리에 맞으면 무사를 장담할 수 없었다.
'아참, 지금은 그것마저도 없었지!'
비류연은 신중하게 접근하기로 했다.
"그런 걸 잘도 무기랍시고 들고 다니는군요. 누가 무식한 해적 아니랄까 봐."

일단 말로 시작했다.

"흥, 무서우냐? 지금이라도 땅바닥을 벌벌 기며 용서를 빌면 용서해 줄 수도 있다. 크하하하하!"

"꿈도 크시군요. 그런 일은 절대 일어나지 않으니 걱정 말아요, 해적 아저씨."

비류연이 가볍게 코웃음 치며 말했다.

"본좌를 해적이라 부르지 마라! 본좌는 수왕(水王)이다! 그리고 장강의 지배자다!"

흑룡왕이 분개하며 외쳤다.

"본좌 참 좋아하시네요. 본좌라고 하지 않으면 안 세 보이나 보죠?"

본좌 본좌 해봤자 비류연에겐 아무런 권위도 없는 말이었다. 아니, 웃음거리로나 삼으면 딱 좋을 그런 말이었다. 얼마나 내세울 게 없으면 스스로 부르는 호칭 따위에나 연연한단 말인가. 가진 게 아무것도 없으니 형체도 없는 신기루 같은 호칭에 집착하는 것 아니겠는가.

"본좌가 어때서! 좋다. 그렇다면 힘으로 증명해 주마!"

역시 마지막엔 모두 힘으로 귀결되는 모양이었다. 그는 힘으로 적을 섬멸했고, 힘으로 지금의 자리에 올랐으며, 앞으로도 힘으로 그 자리를 유지할 예정이었다.

"역시 그것밖에 없는 모양이군요. 별로 우아한 방법은 아니지만……."

그것도 어쩔 수 없는 일.

비류연은 자신이 새롭게 이름을 부여한 쇠몽둥이 '구타각성(狗打覺醒)'을 들어 흑룡왕의 얼굴을 정면으로 가리키며 선언했다.

"약속하는데, 아저씨의 그 무식한 쇳덩이는 내 옷자락 하나 스치지 못할 겁니다."

"시건방진 놈! 실로 광오하구나! 본좌도 약속하마! 네놈은 이 철혈묘에 얻어맞아 피떡이 될 것이다!"

누구 말이 맞을지는 직접 부딪쳐 보지 않는 이상 모를 일이었다.

"시작하기 전에 이것 하나만은 확실히 해두죠."

"또 뭘?"

흑룡왕이 신경질적으로 대꾸했다. 언제나 기분 내키는 대로 적들을 때려잡아 온 그로서는 싸우기 전에 왜 이렇게 번거로운 절차를 거쳐야 되는지 이해할 수 없었다. 맨 처음 협박을 하고, 듣지 않으면 죽인다. 그러면 모든 재물은 그의 것이 되었다. 공정은 더할 나위 없이 간단했다. 그는 그렇게 탐욕스럽게 자신의 것을 넓혀왔다.

"성급하긴. 잠자코 들어봐요. 수적 아저씨가 이기면 배를 그냥 주죠. 하지만 내가 이기면 배 세 대분 대금을 확실히 지불할 것. 이의없겠죠?"

"이의없다! 하지만 본좌도 조건이 있다!"

"뭐죠?"

"본좌가 이기면 애송이, 네놈의 목숨도 함께 받아가겠다!"

비류연이 피식 웃으며 말했다.

"좋으실 대로."

어차피 배를 못 팔아 가면 사부가 가만히 있을 리도 없었다.

"아, 그리고 마지막."

"아씨, 또 뭔데!"

비류연이 상큼하게 웃으며 말했다.

"한 번만 더 날 '애송이'라고 칭하면 그 더러운 이빨을 몽창 부러뜨려 주겠어요."

무식(無識), 무참(無慘), 무자비(無慈悲)!

장강수로십팔채의 채주 흑룡왕의 무공을 짧게 표현하자면 이 세 마디로 요약할 수 있었다.

비류연도 이런저런 무식한 무기들을 병기랍시고 쓰는 인간들을 많이 봐왔지만 흑룡왕에 비하면 모두들 조족지혈에 불과했다. 그의 무공은 섬세함과는 가장 머나먼 곳에 동떨어져 있었고, 정묘함과는 헤어진 지 오래였다. 무식함과 무자비함에 있어서 그는 단연 압도적이었다. 비록 무식함이라도 궁극에 이르면 일파의 종주가 될 수 있다는 것을 단적으로 보여주는 사례였다.

'하지만 역시 우아하진 못해!'

붕붕붕!

콰직! 쾅! 콰직! 쾅! 콰직! 쾅!

불끈불끈 근육으로 뭉쳐진 오른손을 높이 들어 쇠사슬을 휘두르자 닻에 걸린 아름드리나무들이 몽땅 부러져 나갔다. 흑룡왕은 환경 문제에 전혀 관심이 없었다. 그러니 그걸 파괴하는 데 일말의 망설임도 없었다.

붕붕붕! 쾅! 쾅! 쾅!

쇠사슬 끝에 달린 닻의 속도가 올라가면 올라갈수록 파괴 행위는 더욱 가속되고 자연은 무참히 도륙되어 갔다. 자칫 잘못하면 부하들까지도 휩쓸고 들어가 버릴 것 같았다. 그의 방식은 간단했다. 자신의 힘이 미치는 모든 곳을 무자비하게 초토화시키면 그 안에 있던 적도 함께 섬멸된다는 식의 생각이었다.

'저러니 다들 도망가지.'

슬금슬금 꼬랑지를 말고 몸을 피한 부하들은 멀찌감치 뒤로 물러난 채 구경만 하고 있었다. 그들도 생존 본능이 있어서 아는 것이다, 저 무식한 지랄발광에 끼어들었다간 뼈도 못 추린다는 것을. 그들의 지배자는 남과 함께 싸울 수 있는 자가 아니었다.

"으하하하하하! 어떠냐? 무섭냐? 무섭지?! 으하하하하! 뼈와 살을 한데 버무려 주마!"

콰과과과쾅!

말하는 도중에도 철혈묘는 쉬지 않고 주위를 파괴해 나갔다. 주변의 경관을 급격토로 변경시키는 파괴의 파도가 비류연을 향해 조금씩 조금씩 점점 더 가까이 다가왔다.

"하암……."

묵묵히 그걸 보고 있던 비류연의 입에서 하품이 터져 나왔다. 참거나 하는 일 없이 편하게 하품을 한다. 그만큼 지루한 것이다. 사부를 만난 여파가 큰 모양이었다. 무언가 극(極)에 이른 걸 본다는 것은 호강이기도 하지만 비극이기도 하다. 이미 최고를 알게 되면 되돌아갈 수 없다. 한 번 높여진 눈높이는 쉽사리 내려가려 하지 않는다. 특히나 그것이 자기 앞 저 멀리 가고 있는 존재일 때는 두 가지로 반응하게 된다. 하나는 감탄과 존경을 표하는 것이고, 다른 하나는 증오와 좌절이다. 자신이 만난 최고의 것을 산이라 생각한다면 그는 그 산을 오를 수 있다. 하지만 하늘에 떠 있는 해와 달이라 생각해 버리면 쫓아가지 못하고 좌절하고 만다. 자기는 절대 따라잡을 수 없다고 마음속에 결정이 나버리기 때문이다. 물론 땅바닥에서 좌절한 채 궁상떠는 취미는 없었다. 그러나 수준 차가 비교되다 보니 지루한 것만은 참을 수가 없었다.

사부를 능가하고 싶다. 오랜 세월 품어왔고, 요 며칠간 더욱 증폭되어 상기된 그 길에 도움을 줄 만한 존재가 아니면 싸울 가치도 없었다. 싸울 가치가 없는 싸움, 서로 도움이 안 되는 싸움, 서로 교류할 수도 이해할 수도 없는 싸움은 그저 지루한 노동에 불과할 뿐이었다.

'힘들겠군.'

저렇게 힘과 수고를 많이 들여 협박을 하다니, 낭비도 저런 낭비가 없었다. 그냥 서 있기만 해도 그 존재 자체만으로 두려운 사람이 있는 반면, 아무리 으름장을 놓고 힘 자랑을 벌여놓아도 콧방귀만 나오는 사람이 있었다.
"으하하하하! 지금이라도 항복하면 목숨만은 살려주겠다!"
너무 눈에 빤히 보이는 수작이라 귀엽지도 않았다.
"그건 즉, 목숨 이외에는 아무것도 보장할 수 없다는 이야기잖아요?"
"그건 그렇지, 흐흐흐흐!"
흉한 괴소를 흘리며 흑룡왕이 대꾸했다.
"눈알을 뽑든 팔다리를 자르든 노예로 팔든 무슨 상관이겠어요? 어쨌든 목숨만은 붙여주는데. 안 그래요?"
눈썹 하나 까닥하지 않은 채 비류연이 말했다.
"어쩜 그리도 이 본좌의 마음을 잘 아느냐? 바로 그럴 생각이다!"
흑룡왕의 외침이 떨어지는 순간 '출렁' 쇠닻이 변화를 보였다.

해폭난파(海暴亂波)!

부우우우우우우웅!
쇠사슬 끝에 매달려 있던 쇠닻이 단두대의 칼날처럼 날카롭게 비류연의 몸을 찢어발기기 위해 무시무시한 파공성을 내며 달려들었다.
"하암, 느려 터졌네요."
아무리 빨라봤자 위력을 위해서 대부분의 빠름을 희생한 철혈묘의 움직임은 비류연의 눈에 하품이 날 정도로 느리고 단순해 보였다. 그런 공격을 피하는 것은 비류연에게 일도 아니었다. 빨리 이 지루하고 영양가 없는 노동을 끝내고 예린이 기다리고 있는 숙소로 돌아가 자고 싶었다.
그때 흑룡왕이 소리쳤다.

"과연 그럴까?!"

그런데 예기치 못한 변수가 발생했다.

파바바박!

단순한 공격이라 생각했던 철혈묘의 그림자가 하나에서 셋으로 분화되었다. 일종의 무기 분신 공격으로 셋 모두 거의 실체와 같은 위력을 발휘한다. 그리고 그 사정권 안에 비류연도 들어 있었다. 이 기술은 순간적으로 유효 사정거리를 광범위화하는 비술이었다.

"……!"

허를 찔렸다. 설마 저런 무식한 공격이 분영(分影)을 만들어낼 줄이야! 그러나 그렇다고 돌발 사태에 멍하니 있다가 갈가리 찢겨져 나가는 것은 취향이 아니었다.

비뢰문(飛雷門) 독문신법(獨門身法).

봉황무(鳳凰舞) 오의(奧義).

삼첩영(三疊影).

이에는 이, 잔상에는 잔상! 분영에는 분영! 비류연의 그림자가 순식간에 셋으로 분리되었다. 상대의 공격 방향이나 시간차에 따라 이 셋 중 어느 것이든 하나가 실체화될 수 있는 것이다. 물론 그렇게 셋 중 하나가 실체화되는 순간 나머지 둘은 허상이 되어 적의 공격에 휩쓸려도 타격을 입지 않는다. 일시적으로 실체를 셋으로 늘여 유효 범위를 넓히는 해폭난파보다 한 실체와 두 허상을 순식간에 바꿔칠 수 있는 삼첩영 쪽이 수준 면에서 보면 한 단계 더 높은 기술이라 할 수 있었다

스르륵!

콰콰콰콰!

삼첩영의 세 번째 그림자는 아슬아슬하게 해폭난파의 유효 범위로부터 벗어날 수 있었다. 역시 거대 흑도 세력의 우두머리답게 병아리 삐약삐약대는 천무학관의 애송이들과는 수준이 달랐다.

"이… 이럴 수가! 해폭난파를 피해내다니……."

저런 나약해 빠져 보이는 애송이가 자신이 자랑하는 무차별 파괴술의 마수에서 벗어날 줄은 상상도 못했던 것이다.

"이런 무식한 기술쯤이야 나처럼 지적인 사람에게 걸리면 무용지물이죠."

사뿐히 지면에 내려선 비류연이 약간 조롱기 섞인 말투로 말했다.

"이익! 겨우 그거 하나 피해냈다고 자만하지 마라! 본좌의 무공이 그게 끝이라고 생각하면 큰 오산이니까. 이번에 더 큰 파도를 보여주마!"

저런 어린 애송이한테 비웃음을 당했다고 생각하니 흑룡왕은 눈알이 까뒤집힐 것처럼 분했다.

'죽여주마, 애송아!'

다시 한 번 내공을 있는 힘껏 짜내며 힘차게 쇠사슬을 돌리기 시작한다.

부웅부웅부웅!

또다시 그의 머리 위에서 무시무시한 풍차가 돌아가기 시작했다. 워낙 큰 기술이다 보니 허점이 많은 것 같기도 했지만, 이외로 기술을 시전 중인 흑룡왕의 몸에는 이렇다 할 허점이 없었다. 지면에 바싹 붙어 무시무시한 파공성을 내며 돌아가는 쇠닻의 풍차가 이 안에 들어온 모든 것을 분쇄하겠다고 선언하며 그것을 가로막고 있었다.

'쳇, 비뢰도만 있었어도 이 정도쯤은 아무것도 아닌 것을…….'

이런 무식한 쇠몽둥이로 구현할 수 있는 무공에는 한계가 있었다. 특히 거리 면에서 문제가 컸다. 마치 자신의 팔이 한없이 짧아진 듯한 그런 느낌이었다.
 '일단 저 간격 안으로 뛰어들어야겠지.'
 물러서면 물러설수록 이쪽의 승기는 없었다.
 '어떻게 하지?'
 우격다짐 힘으로 밀어붙인다 해서 해결될 문제는 아니었다. 그것은 그다지 우아한 해결책이 아니었다.
 "이크, 얘들아, 좀 더 뒤로 물러나라! 파도가 온다!"
 호법 중 볼에 상처가 있는 남자 호하가 외쳤다. 그는 아무래도 이다음에 무엇이 올지 알고 있는 모양이었다.
 후다닥!
 호법의 명령이 떨어지자마자 부하들 역시 재빨리 서 있던 곳보다 훨씬 뒤로 물러났다.
 "흐합!"
 다시 한 번 우렁찬 기합 소리가 터져 나옴과 동시에 쇠닻이 날아올랐다.
 "광풍노도(狂風怒濤)!"
 흑룡왕의 기합성과 함께 수직으로 날아올랐던 쇠닻이 비류연의 머리 위로 급전직하했다. 저런 무식한 걸 이런 쇠몽둥이 하나로 막기엔 무리가 있었다. 공들여 만든 현천은린을 쓴다 해도 멀쩡할 수 없었다. 그것은 날카로움에는 강하지만 저런 무지막지함에는 약했다. 그러나 걱정하진 않았다.
 "풋! 이따위 것, 눈 감고도 피하겠네!"
 아무리 위력이 강맹하다 해도 맞지 않으면 아무 소용이 없었다. 그 말을 몸소 증명이라도 하듯 왼발로 바닥을 살짝 찍으며 몸을 뒤로 물렸다.
 "크하하! 피할 거란 예상은 이미 하고 있었다!"

흑룡왕이 의기양양한 외침을 터뜨리며 회심의 미소를 지었다.

"뭣?"

콰콰— 쿠쾅!

거대한 강철 쇳덩이인 쇠닻이 비류연이 서 있던 장소에 직격했다. 그러자 귀를 먹먹하게 하는 굉음이 울려 퍼지며 흙더미의 파도가 해일처럼 일어나 비류연을 덮쳤다. 조금 전 무식해 보이던 일격은 이 흙파도를 일으키기 위한 수단이었던 것이다.

"이런!"

그제야 비류연은 왜 이 초식의 이름이 광풍노도인지 알 수 있었다. 흙파도와 함께 일어난 먼지폭풍 때문에 시야가 거의 가려져 버렸다. 비류연은 투덜거리며 쇠몽둥이를 머리 위로 들어 올렸다.

"안 보이잖아!"

그대로 내리긋는다. 쇠몽둥이의 궤적이 직선을 그린다.

서걱!

그 일격은 솟구쳐 오는 파도와 불어닥치는 바람을 거짓말처럼 반으로 갈랐다. 비류연은 뒤로 피신하지 않고 날아오는 흙파도를 향해 정면으로 몸을 날렸다.

비뢰문(飛雷門) 독문신법(獨門身法).

봉황무(鳳凰舞) 오의(奧義).

섬전일시(閃電一矢).

갈라진 흙파도의 빈틈 사이로 비류연은 한줄기 섬전이 되어 쏘아져 나갔다.

"헉! 이런 씨발이!"

해석하면 '헉! 이런! 말도 안 되게 바보 같은 일이 벌어질 순 없어!' 라는 뜻의 경호성을 터뜨리며 흑룡왕은 철혈묘를 급히 회수해 방어 태세에 들어갔다. 설마 저 애송이가 이렇게 대담한 방식으로 자신의 간격 안으로 파고들어 올 줄은 상상도 못했던 것이다.

보통 이 광풍노도의 초식에 맞닥뜨린 인간들은 당황하여 본능적으로 몸을 뒤로 빼게 된다. 자신의 키 높이만큼 높은 흙파도를 맞닥뜨리고 보면 자연스레 그런 마음이 들게 된다. 그것이 이 수법이 노리는 바였다. 그렇게 몸을 뒤로 날리는 적의 시야는 먼지폭풍에 의해 어두워져 주위를 쉽게 분간할 수 없다. 그 틈에 사신의 낫이나 사형대 위의 작두처럼 철혈묘의 첨단이 우왕좌왕하는 그 몸에 내리꽂히게 된다. 그때는 이미 때가 늦어 막아도 소용이 없다. 막으면 막는 대로 병기와 함께 적의 신체를 으스러뜨리고 부숴 버리는 게 바로 철혈묘의 진정한 저력이었다.

알아도 소용없고, 막아도 소용없다. 부딪친 자에겐 오직 파멸만을 선물해 줄 뿐이었다. 이 무시한 무공이 흑룡왕 그를 지난 이십 년 동안 장강수로채의 지배자로 군림시킨 가장 강력한 원동력이었다.

그런데 설마 그 초식이 저런 어린 애송이에게 깨뜨려질 줄은 상상도 하지 못했던 것이다.

허를 찔린 흑룡왕은 서둘러 몸을 뒤로 날렸다. 그러나 '기우뚱!' 너무 급히 움직이는 바람에 균형이 무너지고 말았다.

'그런 자세면 다음에 이어질 초식이 제대로 힘을 발휘하지 못하지. 좀 부주의했네.'

흑룡왕이 불끈불끈한 근육을 써서 휘두르는 철혈묘의 위력은 무지막지하게 강맹하지만, 그런 만큼 대지에 굳건하게 발을 디디고 있지 않으면 제대로 부릴 수가 없었다. 중심이 흐트러지면 철혈묘에 되레 끌려 다닐 위험성이 항상 내재되어 있었던 것이다.

"이 승부, 나의 승리인 것 같군요!"

상대가 놓쳐 버린 승기를 잡는 데 주저함이 있을 리 없었다. 이제 두 사람 간의 거리는 일 장도 채 안 되었다. 이미 균형을 잃은 흑룡왕이 흐트러진 자세를 바로잡고 반격에 나서기엔 시간이 부족했다. 그러나…

"아직이다!"

그도 흑도방파의 정점에 서 있는 자였다. 이런 비상사태를 대비한 비장의 한 수가 그에는 존재했다. 그는 어깨에 걸머메고 있던 철혈묘의 첨단 부분을 비류연의 코앞에 갖다 댔다.

"……?"

철컹!

쇠닻의 첨단 부분이 덜컹 열리며 주먹만 한 검은 구멍이 드러났다. 어둡고 깊은 구멍을 본 순간,

오싹!

비류연의 등줄기를 타고 차가운 한기가 뇌전처럼 훑고 지나갔다.

'이건 위험하다!'

본능적으로 비류연은 정신봉을 들어 몸의 중심에 세웠다. 곧추세운 정신봉 너머로 흑룡왕의 회심 어린 미소가 흘깃 보인 것 같았다.

홱!

흑룡왕은 검은 구멍을 연비에게 조준한 채 철혈묘에 달린 끈 하나를 재빨리 잡아당겼다.

쾅!

천둥치는 듯한 굉음과 함께 어깨에 둘러멘 쇠닻의 검은 구멍으로부터 불꽃이 뿜어져 나왔다.

터엉!

휘이이이이이익!

지근거리에서 포탄에 맞은 비류연의 몸이 끊어진 연처럼 훨훨 오 장 밖으로 날아갔다.

"크하하하하하! 어떠냐, 벽력포 맛이!"

발사의 반동으로 이 장쯤 더 뒤로 물러난 후 간신히 자세를 잡은 흑룡왕이 외쳤다. 그의 머리카락에는 먼지와 지푸라기가 여기저기 묻어 있고, 검은 비단옷 역시 먼지로 더럽혀져 있었는데, 그건 불안정한 자세로 대포를 쏜 탓에 바닥에 두어 번 뒹굴었기 때문이다. 그래도 금세 자리에서 벌떡 일어난 흑룡왕은 자신에 찬 광소를 터뜨렸다. 그는 이제 승자였기에 무얼 해도 괜찮았다.

오 장 밖으로 날아간 비류연의 머리는 곧 땅에 거꾸로 부딪칠 운명에 놓여 있었다. 아무리 비류연이라 해도 저렇게 무방비로 추락해서는 뇌수가 튀어나오는 것을 방지할 수 없었다. 그러나 땅에 거꾸로 처박히려는 찰나 휘릭 비류연은 몸을 한 번 뒤집더니 발끝으로 지면에 사뿐히 착지했다. 흑룡왕이 그 모습을 보곤 경악하며 외쳤다.

"마, 말도 안 돼! '벽력포(霹靂砲)'를 정면으로 맞고 멀쩡하다니!"

철혈묘 안에 숨겨진 벽력포는 작지만 그 위력은 대구경 대포 못지않았다. 작은 고추가 맵다는 말도 있지 않은가. 어지간한 큰 배도 그것 한 방이면 측면에 커다란 구멍이 뚫릴 터였다. 그러니 그걸 인간의 몸으로 정면에 맞으면 배에 커다란 구멍이 뚫려야 정상이었다.

"콜록콜록! 우와! 이번 건 진짜 위험했어요. 휴유~ 죽을 뻔했네."

비류연이 연신 기침을 터뜨리며 투덜거렸다. 그 말은 아직 멀쩡하다는 이야기였다. 그러나 확실히 이번 것은 위험했다.

'설마 그런 걸 숨기고 있을 줄이야……'

역시 승부의 세계에선 방심하면 곧바로 죽음으로 직결될 수 있었다.

'이 일은 사부한테 비밀로 해야겠다!'

그렇게 결심했다. 만일 알려졌다가는 무슨 놀림을 당할지 알 수 없는 일이었던 것이다.

"어떻게 살아난 거냐, 이 애송이 녀석? 설마 네놈이 금강불괴라도 된다더냐?"

흑룡왕의 경악 섞인 외침에 비류연은 고개를 가로저었다.

"아뇨. 이런 연약한 몸이 그런 무식한 무공을 익힐 리 있겠어요."

금강불괴로 가는 과정은 무식에 무식을 넘어서는 장대한 과정이라고 했다. 쇠몽둥이로 온몸을 두드리는 건 예사인 것이 그 수련 과정이었다.

"그, 그럼 어떻게?"

"답은 정면으로 안 맞았으니깐, 이죠."

그러면서 비류연은 쇠몽둥이를 들어 보였다. 가운데 부분이 옴폭 휘어져 있었다. 그나마 흘려보냈기에 망정이지 정통으로 맞았으면 멀쩡하기 힘들었으리라.

"휴우, 다행히 부러지지는 않았네요. 손에 느껴지는 압력 때문에 부러지는 게 아닌가 걱정했거든요."

"그런 쇠몽둥이 하나로 이 벽력포를 막았다고? 개소리 하지 마라!"

"바보같이. 정면으로 안 맞았다고 했잖아요. 포탄이 이 철봉에 부딪치는 순간 손목을 살짝 비틀어 회전을 준 다음 방향만 틀었을 뿐이에요. 알겠어요, 멍청한 해적 아저씨?"

그 짧은 순간에 반사적으로 그런 일련의 행동을 할 수 있다니 믿기지 않는 일이었다. 흑룡왕은 쉽사리 믿음이 가지 않는 모양이었다. 이 꼼수를 써서 실패한 적은 이번이 처음이었던 것이다.

"좀 전엔 기습을 당해서 좀 당황하긴 했지만 이제는 통하지 않을 거예요, 그거."

손가락으로 아직도 초연이 피어오르고 있는 쇠닻을 가리키며 비류연이 경고했다.
"이 벽력포가 통하지 않는다고?"
"그럼요. 못 믿겠으면 시험해 보던가."
"오냐! 시험해 보마!"
벽력포의 구멍이 정면으로 자신을 향하는데도 비류연은 다시 똑바르게 편 쇠몽둥이를 늘어뜨린 채 조용히 서 있었다.
"피하지 않는 거냐? 쏜다?"
흑룡왕이 위협했다.
"좋으실 대로."
비류연이 아무렇게나 대꾸했다. 지금 그의 관심은 다른 곳에 가 있었다.
'흐음, 그러니까 어떻게 베는 거더라……?'
사부가 보여줬던 간단한 몇 가지 동작들이 머릿속에 떠올랐다. 맨 처음 보여줬던 작은 비도로 나무토막을 잘라 자신을 놀라게 했던 것부터, 갈댓잎 하나로 쇠를 베어내던 모습까지… 별로 힘도 안 들이고 너무도 자연스럽게 그 일들을 해냈다.

"이런 건 그냥 심심풀이 묘기 같은 거다. 원래는 검을 들기도 전에, 휘두르기 전에 이겨야 하는 거라는 걸 명심해라. 일일이 귀찮게 어떻게 싸우냐? 안 그러냐?"

그때 본 것이 꿈이 아니라면 들고 있는 물건이 무엇이든 검이 될 수 있었다.
'먼저 마음으로 벤다. 몸은 단지 거들 뿐!'
마음속에 한 자루의 검이 생겨났다. 모든 것을 베어내는 날카로움의 정화. 다시 한 번 도화선을 당기는 흑룡왕의 모습이 매우 느리게 보였다.
"네놈의 무모함! 지옥에나 가서 후회해라!"
쾅!
다시 한 번 천둥이 쳤다. 불꽃의 배웅을 받으며 벽력탄이 날았다. 이번엔 특제 뇌탄으로 내부에 화약이 잔뜩 들어간 놈이었다.

斷(단)!

비류연이 늘어뜨려 놓은 쇠몽둥이를 아래에서 위로 수직을 그리며 올려 그었다. 사나운 바람이 비류연이 몸을 때리고 지나가자 그의 머리카락이 파르르 날렸다. 다음 순간, 비류연의 등 뒤 호수 양편에서 콰쾅, 울리는 굉음 소리와 함께 두 개의 물기둥이 솟아올랐다.
오싹!
그것을 본 흑룡왕의 팔뚝에 소름이 돋았다. 이 담 큰 사내의 등골로 식은땀이 흘러내렸다.
'말도 안 돼! 내가 지금 저런 꼬마 녀석에게 두려움을 느끼고 있다고……?'
부정해 봤지만 몸의 반응까지 숨길 수는 없었다. 비장의 수는 이제 바닥이 나버려 더 이상 쓸 게 남아 있지 않았다.
'서… 설마 저런 뭉툭한 쇠몽둥이로 날아오는 벽력탄을 그 자리에서 반으로 가르다니……!'
이게 무슨 귀신 곡할 노릇이란 말인가. 어떻게 저런 허접한 쇠몽둥이로 날아오는 포탄을 가르는 신묘한 재주를 부릴 수 있단 말인가. 저것이 쇠몽둥이의 묘용일 리는 없었다. 저건 순수한 개인의 솜씨였다. 그것도 신기(神技)에 가까운 경지였다. 저건 신공이나 그런 것이 아니었다. 수만

번의 반복 속에서 피어난 깨달음을 토대로 한 기술의 정화였다. 벤다는 것에 대한 이치를 깨닫지 못한 자는 도달할 수 없는 경지였다. 그렇다면 정면으로 싸우는 걸 포기하고 협상으로……

"그럴 리가 있겠냐, 바보야! 아직 안 끝났다!!"

이대로 물러서면 그의 위상은 장강 수면 밑바닥으로 가라앉고 만다. 죽으면 죽었지 물러설 수 없었다.

철컥!

다시 한 번 벽력포를 들어 비류연을 겨누었다. 사실 이 벽력포 안에는 총 세 발의 벽력탄이 장전되어 있었는데, 이것이 마지막이었다. 그러나 이번엔 비류연의 움직임이 빨랐다. 묘기는 한 번으로 충분했다. 그다음은 이길 생각을 해야 했다.

슈욱! 푹!

어느새 쇠몽둥이의 끝은 철혈묘의 검은 구멍 안으로 빨려 들어가 있었다. 기겁한 흑룡왕이 철혈묘를 버리고 몸을 뒤로 날렸다.

그 순간 '쾅!' 하는 굉음과 함께 철혈묘가 부서졌다.

"역시 아무리 단단한 쇳덩이라 해도 내부에서의 폭발엔 견딜 수 없는 모양이군요."

그런 부분은 저런 무기나 거대한 조직이나 마찬가지인 모양이었다.

"이… 이럴 수가……."

그의 분신 같은 독문병기가 허무하게 부서지자 흑룡왕은 망연자실하지 않을 수 없었다. 영업할 때 쓰던 배를 잃더니, 이번에는 그의 상징과도 같은 철혈묘를 잃어버렸다. 밑천이 거덜나고 있는 중이었다.

"이제 끝났죠?"

순순히 패배를 인정하고 항복하란 말이었다. 이 정도까지 했으면 귀머거리가 아니니 알아들을 거라 생각했다. 그러나 그것은 비류연의 오산이었다. 그의 귀는 훨씬 더 꽉 막혀 있었다.

"아직 안 끝났어! 내겐 이 쇠사슬이 남아 있다! 숨겨진 단도도 몇 개 있다! 암기도 있어! 그러니 아직 끝난 게 아냐!"

흑룡왕이 신경질적으로 고래고래 고함을 질렀다.

"추하군요. 물러날 때를 알아야 장부라는 말도 몰라요? 이미 끝난 일을 가지고 발버둥 치다니 볼썽사납군요. 패배를 인정하는 것도 용기죠."

흑룡왕이 바닥에 침을 뱉으며 거칠게 외쳤다.

"카악! 퉤! 뭐라 해도 좋다! 날 땅바닥에 쓰러뜨리지 않는 이상 끝난 게 아냐! 흑도의 끈질김이 무엇인지 보여주마! 최후에 일어서 있는 자가 승리자야!"

"뭐, 그거야 동의하지만……. 그렇다면 소원대로 누가 최후에 서 있는 사람인지 확인시켜 드리죠. 더 이상 수긍하지 않을 수 없을 정도로 완벽하게."

그러면서 쇠몽둥이를 들어 중단세를 취했다. 비류연의 의식이 검끝으로 집중되어 갔다.

"마지막인 만큼 화려하게 장식해 드리죠."

그게 비류연이 해줄 수 있는 최대한의 배려였다.

"쉽게 안 될 거다, 이 애송이 놈아!"

흑룡왕은 마지막 남은 자존심인 쇠사슬을 붕붕 돌리며 비류연에게 맞섰다.

'좀 전에 이렇게 벴었지, 아마?'

비류연은 마음이 가는 대로 몸을 움직였다. 무기에 의지하지 않기 **때**문에 더욱 마음에 집중하게 되었다. 그러나 의식하지 않는 동작을 기억하는 것은 불가능하다. 그저 '느낌'만이 남아 있을 뿐이었다. 그리고 지금 비류연이 하고자 하는 것도 그 '느낌'의 재생이었다. 깨달음이란 이론이 아니라 느낌이며 체험이기 때문에 남과 공유할 수 없는 것이다. 마음이 움직인 궤도를 따라 쇠몽둥이가 지나갔다. 마음이 먼저였는지 몸이 먼저였는지, 아니면 둘이 동시였는지 기억나지는 않는다.

쇠몽둥이가 아름다운 호를 그리며 나아갔다.

투두두두둑!

그 순간 벌어진 일은 흑룡왕의 인지의 범위를 벗어난 것이었다. 무척 쉬운 듯 별 힘 안 들이고 움직이는 곡선에 부딪친 흑룡왕의 쇠사슬이 썩은 동아줄처럼 동강동강 잘려 나갔다.

"이게 뭐지?"

이제는 더 이상 놀랄 힘도 없었다. 그저 의혹만이 가득할 뿐이었다. 이때를 놓치지 않고 비류연은 지면을 박차며 흑룡왕에게로 뛰어들었다. 자랑하던 무기를 잃은 흑룡왕은 거의 무방비나 다름없었다. 특히 그의 마음은 연속적인 정신적 충격으로 공황 상태에 가까웠다. 달려가는 비류연의 손에 움켜쥔 쇠몽둥이가 푸르스름한 빛을 발했다. 흑룡왕에게 비극이었던 건 타격각성 정신봉이라 이름 붙은 이 쇠몽둥이가 개방이 자랑하는 개 패는 막대기보다 훨씬 더 단단하다는 점이었다.

슈우우우우욱!

타격각성 정신봉을 향해 기가 모여들었다. 비류연의 팔 근육이 자유롭고 현란한 매타작을 가능하게 하기 위해 급속도로 이완되기 시작했다.

스스로 유연한 사고방식의 소유자라고 자처하는 비류연은 배울 게 있다면 제자들한테도 배운다는 주의였다. 과거 비류연에게 크나큰 감명을 준 초식이 하나 있었는데, 그것은 바로 노학이 펼친 타구봉법의 최후 초식이었다. 예전에 노학이 쓰는 걸 본 적이 있었다. 그거 마지막 초식 이름이 뭐였더라……? 꽤나 호쾌한 이름이었던 걸로 기억한다.

아마 '천하무견', 아니, '천하무구'라는 이름의 초식이었을 것이다.

하늘 아래에 존재하는 모든 개를 때려잡겠다는 장대하면서도 패기 넘치는(?) 기상이 가득한 궁극의 기술이었다. 그것을 보고 비류연은 비로소 깨달았다, 아직도 자신의 삼복구타공이 부족하다는 것을. 아직도 엄격함이 부족하다는 것에 대해 비류연은 반성했다. 좀 더 발상을 유연히 할 필요가 있었다. 천하의 개를 모두 때려잡겠다는 그 궁극의 타구공에 비해 오직 하나만 팬다는 삼복구타공은 규모나 포부 면에서 너무 작았다. 비류연은 그 사실에 대해 깊이 반성하면서 자신의 삼복구타공을 새롭게 개량해 제자들 겸 사제들에게 다시금 선보일 날을 위해 남몰래 노력을 기울였었다. 그 대상이 비록 제자 겸 사제들은 아니었지만 오늘은 그 노력이 보상받는 날인 모양이었다.

천하무구라는 타구봉의 최후 초식은 매우 변화가 기괴막측한 초식이라 그 요체를 전부 알아내지는 못했지만, 중요한 건 분위기였다, 분위기! 다른 말로는 기세! 휘두르는 노학의 봉끝에는 기세가 부족했다. 천하의 모든 개를 때려잡겠다는 집요한 의지를 겸비한 패도적 기세가 말이다. 초식의 경로는 대충 흉내 냈지만, 기세만은 더했지 덜하지 않았다. 비류연은 자신의 부족한 부분 역시 그런 기세가 아닌가 생각했다. 역시 그동안 너무 마음이 심약했던(?) 것이다. 아끼는 제자이자 사랑하는 사제들이다 보니 너무 봐주면서 다뤄왔던 것이다. 그땐 자신의 나약함을 탓했지만 오늘 같은 경우라면 굳이 손속에 사정을 둘 필요는 없었다.

"미리 경고했는데, 경고를 밥 먹듯 어겼으니 지금 그 대가를 치르게 해주죠. 약속은 약속이니까!"

약속? 아아, 그것은 아마도 또다시 애송이라 부르면 아구창을 박살 내주겠다는 류의 내용이었던 것 같다.

삼복구타봉법(三伏狗打棒法).

말복(末伏).
천하무구(天下無狗) 복사개량판(複寫改良版).
천지무견(天地無犬)!

파바바바바밧! 뚜두두두두두두! 빠바바바바박!
타구봉으로 잠시 역할 전환을 이룬 비류연의 정신봉이 화려한 잔상을 그리며 흑룡왕의 전신에 작렬했다. 엄청난 타작 소리와 함께 흑룡왕의 거구를 향해 비 오듯 봉영이 쏟아졌다. 아무리 흑룡왕이라 해도 심신이 너덜너덜해진 상태에서 소나기처럼 쏟아지는 봉들의 향연을 감당할 순 없었다. 생각해 보라, 천하의 모든 개를 때려잡기 위한 몽둥이질이 단 한 사람의 몸에 쏟아지는 것을.
"꾸웨에에에에엑!"
동정호 내에 위치한 한 섬의 물가에서 한 남자의 처절한 비명 소리가 울려 퍼졌다. 맞는 당사자 본인은 물론이고 지켜보는 이들까지 돌로 만들어 버릴 정도로 무지막지한 구타의 향연이었다.
"항… 꾸웩! 복… 꾸웩! 항복… 꾸에에에에엑!"
더 이상 참지 못한 흑룡왕이 자존심을 꺾고 항복을 외친 것은 어찌 보면 당연한 수순이었다.

"하암, 겨우 끝났나? 오래 끌긴."
멀리서 이 두 사람의 싸움을 지켜보고 있던 사람이 지루했다는 듯 하품을 터뜨렸다. 바로 노사부였다. 사부는 비류연과 흑룡왕의 싸움을 처음부터 끝까지 지켜봤던 것이다. 그러나 그다지 재미있었던 건 아닌 듯했다.
"겨우 손에 익은 무기 하나가 없어졌다고 저렇게 당황하다니. 쯧쯧.

아직 멀었군, 멀었어. 좀 더 발전이 있었는 줄 알았는데 실망이야."
 사부는 제자의 성장이 영 못마땅한 모양이었다.
 "지금 상태에 너무 안주한 모양이군."
 강해질 필요성을 그다지 절감하지 못한 모양이었다. 그렇다면 그걸 뼈저리게 절감시켜 주는 게 스승의 도리일 것이다.
 "겨우 삼 년 정도 눈을 뗐다고 저 모양이라니, 쯧! 좀 더 단련시킬 필요가 있겠어, 좀 더."
 역시 제자란 사부의 관심을 먹으며 자라는 존재인 것이다.
 "아아, 이렇게 제자에게 큰 관심을 쏟는 스승이라니, 이 얼마나 훌륭한 사부란 말인가. 훌륭해, 훌륭해. 훗후."
 비류연이 들었으면 각혈할 만한 말을 태연하게 내뱉으며 노사부는 흡족한 표정으로 고개를 끄덕였다.

보람찬 경매가 끝나고
―풀려 버린 구속구

"크윽! 이 도둑노……."

찌릿!

칼날처럼 날카로운 시선을 받고 움찔한 수호 삼호법의 수좌 호강은 하려던 말을 차마 내뱉지 못하고 황급히 말을 바꾸었다.

"…노련하신 공자님! 우리 수적한테서 돈을 갈취해 가다니. 정말 인간 이십니까?"

위축된 호강의 입에서 저절로 존댓말이 튀어나왔다. 경고를 무시하고 쌍욕을 남발한 흑룡왕이 아구창으로 날아든 상어 입도 뭉개 버릴 만큼의 무자비한 구타 땜에 당분간 입도 벙긋하기 힘든 모습으로 변하는 걸 똑똑히 목격한 그로서는 선택의 여지가 없었다. 조금 전 그를 향한 시선은 이렇게 말하고 있었던 것이다.

'너도 같은 모습으로 만들어주랴?'

이럴 땐 수지타산에 빠른 흑도답게 재빨리 현명한 대응책을 취하는 것이 옳았다.

"빨랑 사라지시죠, 되사간 흑룡선 타고. 아, 거기 딸 바보 아저씨 데리고 가는 것도 잊지 말고요."

한 손으로 돈을 세며 다른 한 손으로 휘이휘이 빨리 꺼지라는 손짓을 하며 비류연이 말했다.

"아참, 잠깐!"

몸을 제대로 가누지 못하는 기절한 총채주 흑룡왕을 둘러메고 슬금슬금 꽁무니를 빼던 장강수로채 사람들의 신형이 비류연의 한마디에 우뚝 멈추었다.

끼기긱!

제일호법 호강의 고개가 힘겹게 뒤로 돌아갔다.

"아직 볼일이 남으셨나요?"

비류연은 자신 앞에 놓인 돈궤를 가리키며 말했다.

"대금은 확실히 맞는 거겠죠?"

이들은 수적답게 어음보다는 현금을 더 선호했다. 그래서 이번에도 흑룡선 두 척과 해신 한 척의 대금을 몽땅 현금으로 지불했다. 그 많은 거금을 단숨에 현금으로 지불할 수 있는 지급 능력은 놀랄 만했다. 그래서 비류연도 아직 받아낸 세 개의 돈궤에 든 돈을 모두 정산하지는 못했다.

"무, 물론이지요. 확실히 요청하는 금액 그대로입니다."

장강수로채의 자금을 총체적으로 관리하는 실무자인 제이호법 호하가 호강 앞으로 나서며 대답했다.

"이런 건 신용이 중요하니까 믿도록 하죠. 하지만 뭐 틀려도 상관없지."

"그건 또 무슨 말씀이신지……?"

"뭐, 모자란 건 그쪽에 '직접' 찾아가서 받으면 되니깐요. 대신 그땐 그 모자란 부분 이외에 귀찮게 한 대금도 치르게 하겠어요. 괜찮겠죠?"
"여, 여부가 있겠습니까."
 말은 그렇게 했지만 속으로는 욕을 퍼부어대고 있었다.
 '이런 미친! 그래, 오냐! 오기만 해봐라! 장강수로채의 심장부에 와서 네놈이 무사한지 어디 두고 보자! 그때야말로 네놈의 제삿날이 될 것이다!'
 지금은 소수 정예만을 끌고 온 상황이라 총단에 있을 때와 똑같을 리 없었다. 그런 미친 짓을 해준다면 오히려 환영할 만…….
 짝!
 순간 호하의 눈앞에서 번갯불이 번쩍였다. 덕분에 그의 장대한 계획은 중도에 중단될 수밖에 없었다.
 멍한 눈으로 뺨에 손을 대보았다. 얼얼했다. 어떤 수를 썼는지 모르겠지만 자신의 뺨을 후려갈겼으리라 예상되는 인물은 어느새 원래 자기 자리로 돌아가 돈을 세는 데 여념이 없었다.
 "바, 방금 혹시 공자께서 그러신 겁니까?"
 "그런데요? 뭐 잘못됐나요?"
 호하를 쳐다보지도 않은 채 비류연이 대꾸했다.
 "왜, 왜 때리는 겁니까?"
 "지금 방금 욕했잖아요, 속으로. 아까 경고하지 않았나요? 천박한 말 쓰지 말라고."
 "내, 내가 언제……."
 그러나 연비는 그의 항의를 가차없이 기각했다.
 "방금 속으로 놈이라고 했잖아요."
 "그, 그걸 어떻게……."
 순간 호하는 이 청년이 혹시 독심술의 능력이 있는 게 아닌가 하는 의심이 들었다.

"뭐, 뻔할 뻔 자니깐."

한마디로 넘겨짚었단 이야기였다.

"자, 그럼 다시 돈을 세볼까?"

언제나 돈 세는 것은 즐거운 일이었다. 다만 참으로 아쉬운 점은 이 돈이 몽땅 자신의 주머니로 들어가지 않는다는 것이었다. 적어도 해신을 판 돈은 자신의 몫으로 지정받아야만 했다. 반드시 관철되어야 할 문제였다.

"흑룡왕인지 검은 도마뱀인지 하는 녀석은 그냥 보내줬냐? 관아에 넘기면 꽤 짭짤했을 텐데……."

특일급 지명 수배자였다. 장강의 두목답게 그의 목에는 값비싼 현상금이 걸려 있었다.

"할 수 없죠. 돈 안 내놓으면 관아에 넘겨 현상금 타버린다니깐 겨우 돈을 내놓던걸요. 그렇게 말하고 나서 다시 관아에 넘길 수가 있어야죠. 그건 상도덕적으로도 그다지 올바른 것 같지는 않아요."

비류연이라고 왜 그 생각을 안 해봤겠는가. 하지만 일단 내뱉은 말은 지켜야 했다.

"다시 복수하러 오면 좋을 텐데 말이다. 안 그러냐, 제자야?"

아쉽다는 듯이 입맛을 다시며 노사부가 말했다.

"싫어요. 오면 제가 또 수고해야 되잖아요."

"당연하지! 그럼 이 늙은 사부가 하리?"

"말을 말죠."

비류연은 말싸움을 포기했다.

"그건 그렇고, 경매 건도 잘 처리했으니까 돌려주세요!"

"뭘?"
시침을 뚝 떼며 사부가 물었다.
"당연히 압수해 간 비뢰도죠."
"난 그런 말 한 적 없는데?"
"원래 일을 잘 처리하면 상을 줘야 하는 거라구요. 그래야 의욕이 더 증가하죠."
"상 받고 싶냐?"
사부의 물음에 비류연은 즉각 고개를 끄덕였다.
"흠… 손목 좀 내밀어봐라."
잠시 생각하던 사부가 말했다.
"손목은 왜요?"
"내놓으라면 내놔봐!"
비류연은 마지못해 손목을 사부 앞으로 내밀었다.
"팔찌는 잘 차고 있는 모양이구나."
이때 그의 팔에 차여 있던 구속구 묵룡환은 금팔찌로 바뀌어 있었다. 무려 순금 팔찌였다. 무게가 바뀐 건 아니었다. 다만 겉모습이 바뀐 것뿐이었다. 금박이 입혀진 팔찌 위에는 봉황이 새겨져 있었다.
"근데 뭐냐? 이 삐까번쩍한 건? 묵룡환에 금칠했냐? 금이 아깝다."
사부가 살짝 미간을 찌푸리며 물었다.
"그렇게 눈에 띄는 장신구를 어떻게 그냥 달고 있어요? 정체 다 들통나게. 그래서 조금 손을 봤죠. 금이야 다시 녹여서 재활용하면 되고, 원상복구도 별로 어려운 건 아니에요."
다른 사람한테 부탁하면 인건비를 내야겠지만 비류연의 경우는 전혀 그럴 필요가 없었다.
"그건 그렇고 상은 안 주세요?"

"보채긴. 기다려라, 지금부터 상을 줄 테니."

도대체 무슨 상을 줄까? 회의와 기대가 약간 뒤섞인 감정으로 비류연은 기다렸다. 사부가 짧게 기합을 넣었다.

"얍!"

장난스런 외침과 함께 금빛 팔찌 하나가 열리며 땅에 떨어졌다.

'쿵' 하고 묵직한 소리가 울려 퍼졌다.

"이… 이건……!"

비류연은 돌연한 사태에 눈을 부릅떴다. 그때 사부의 손바닥이 그의 단전에 가서 닿았다.

'방심했다!'

그렇게 생각한 순간은 이미 때가 늦어 있었다. 막대한 양의 기가 비류연의 몸속으로 흘러들어 왔다. 굴욕스럽게도 비류연은 꼼짝도 할 수 없었다.

잠시 후, 비류연의 배에서 손을 떼더니 사부가 의기양양하게 웃으며 말했다.

"으하하하! 어떠냐. 제자의 몸에 기까지 듬뿍 불어넣어 주다니, 정말 제자 사랑이 넘치는 훌륭한 사부님이지 않느냐?"

그러나 비류연은 전혀 웃을 기분이 아니었다.

"미… 미쳤어……. 이걸 함부로 떼지 말라고 한 건 사부였잖아요? 게다가 이 기는……."

자신의 몸속에서 마구 날뛰기 시작한 기(氣)가 봉인이 풀려진 오른팔을 향해 마구잡이로 달려가기 시작했다. 오른팔이 미친 듯이 떨리기 시작했다. 혈관이 튀어나오고, 근육이 제멋대로 부풀어 오르거나 쭈그러들기를 반복했다.

"오, 빨리 제어하지 않으면 위험할걸?"

사부의 태평한 목소리와 달리 상황은 심각했다. 농담이 아니라 정말로 위험했다. 자칫 잘못하면 오른팔 어깨가 빠지는 건 귀여운 짓이고 근육이 찢어지고, 경락이 갈가리 끊어질 위험이 있었다.

"그런 태평한 소리 하지 말고 빨리 묵룡환이나 돌려주세요! 이 힘을 제어하려면 그게 있어야 한다구요!"

묵룡환은 단순히 무겁기만 한 팔찌가 아니었다. 안쪽에 돌기가 있어 몇 가지 혈도를 지그시 누르는 누름돌 역할도 병행하고 있었던 것이다. 그 무게랑 돌기 때문에 육체의 한계가 넘는 과다한 기가 쏠리는 것을 방지할 수 있었던 것이다. 두 팔과 두 다리에 차고 있는 네 개의 묵룡환 모두 같은 구조로 되어 있었다. 잠시 풀어서 폭발적인 힘을 얻는 것은 가능했다. 하지만 그 시간은 무척 짧아야 했다. 만일 그렇지 않다면 폭주하는 힘에 폐인이 되거나 심지어 죽을 수도 있었다. 그러나 사부는 태평하기만 했다.

"이제 슬슬 네 무공도 한계에 부딪친 것 같은데? 그렇지 않으냐?"

묵룡환을 돌려주는 대신 사부가 조용히 물었다.

"큭, 그… 그걸 어떻게……."

"괜히 네 녀석 사부 하고 있는 게 아니다. 그 정도는 척 보면 알 수 있지."

역시 그걸 알아봐 줄 수 있는 사람도 사부뿐이었단 말인가. 자기가 계속 도망쳐 온 사람만이 자신이 처한 상태를 제대로 알아봐 줄 수 있다니 참으로 비극이 아닐 수 없었다. 아니면 희극이거나.

"뭐, 사실은 네놈이 싸우는 걸 지켜봤다! 한마디로…….

"한마디로?"

"지루했다."

사부의 평가는 냉혹했다.

"그, 그렇다는 건 아직도 거쳐야 될 수련이 또 남아 있다는 건가요?"

"당연하잖느냐. 난 네 녀석이 다 거쳤다고 한 적 없는데? 내가 하산하라고 한 적 있었냐?"

"없죠."

"그런데도 가출해서 멋대로 산을 내려간 건 누구지?"

"그야… 저죠."

"그래, 그런데도 할 말 있니?"

"……없죠."

"그럼 아무 문제 없는 거 아니냐?"

"문제는 없죠, 사부가 미쳤다는 것만 빼면!"

딱!

순식간에 꿀밤이 날아왔다. 비류연의 신법으로도 피할 수 없는 절대의 꿀밤이었다. 사중 분신과 이중 이형환위로 피해보려 했으나 또다시 실패한 비류연은 이마를 부여잡고 울상을 지었다.

"우쒸……."

입을 삐죽 내밀며 투덜거렸다.

"그리고 비뢰도 말이다……."

비류연의 귀가 쫑긋 섰다.

"그걸 제어할 수 있게 되면 그때야말로 한 번 진지하게 생각해 보마."

"맨날 생각만 합니까?"

"그럼 생각조차 하지 말까?"

그렇게 되면 아예 희망은 사라지게 되는 것이다. 역시 악덕 사부, 한번 약점을 잡으면 거머리처럼 달라붙어 놓아주질 않는다. 뼛골까지 뽑아 먹지 않는 이상 말이다.

오십만 냥 대회도 내 알 바 아니라는 태도였다.

이건 상이 아니라 숫제 벌이었다.
"언제까지 도구에 의지할 셈이냐? 비뢰도 없이 우승해 와라."
그리고는 덧붙였다.
"비뢰문의 후계자가 되려면 그 정도는 해야지."
자존심을 확실히 긁는 말이었다. 그 말을 잠자코 듣고 있을 비류연이 아니었다.
"좋습니다! 하면 되잖습니까, 하면!"
아무래도 남겨진 선택지는 그것 하나뿐인 듯했다.
"잘 생각했다."
어째 번번이 사부의 흐름에 휘말려 드는 듯한 기분이 들어 찝찝한 비류연이었다.

마님이라 불리는 여인
—마님이라 부르도록

그 황의사내는 매우 형형한 눈빛을 지닌 검객이었다. 기도를 숨기려 해도 쉽사리 숨겨지지 않는 단련의 세월이 그 사내의 몸에 새겨져 있었다. 그 사내가 묵묵히 서 있는 것만으로도 배 위의 다른 승객들은 감히 옆으로 접근하려 들지 않았다. 그런데 더욱 놀라운 것은 절정의 기도를 소유한 뛰어난 검객이 분명한 이 사내가 단지 호위에 불과하다는 것이었다.

그가 호위하는 이는 지금 배 난간에 앉아 흘러가는 강물을 무심한 눈으로 바라보고 있었다. 당당히 얼굴을 드러내 놓고 있는 여인은 무척 풍만한 몸매를 하고 있으면서도, 어딘지 모를 기품의 소유자였다. 대략 사십대는 넘어 보였는데, 세월도 이 여인의 아름다움을 퇴색시키는 데는 실패한 모양이었다. 승객들 중 다수의 남자들은 이 미부인의 아름다움에 빠져 넋을 잃은 채 바라보고 있었다. 그러나 보이지 않는 장벽을 둘러치고 있는 무시무시한 호위 때문에 감히 정면으로는 쳐다볼 용기가 나지 않아 힐끔힐끔 곁눈질할 뿐이었다. 그러다 어쩌다가 호위랑 눈이 마주치기라도 하면 '앗, 뜨거라' 불에 데이기라도 한 듯 화들짝 놀라며 후다닥 선실 안으로 달려가는 것이었다.

다시 강으로부터 밤바람이 불어와 미부인의 머리카락을 흩날렸다. 물 위의 밤은 차갑게 마련이었다. 지금까지 침묵을 지키고 있던 호위가 그녀에게로 다가가더니 조용한 목소리로 말했다.

"마님, 바람이 찹니다. 안으로 들어가시지요."

그제야 흘러가는 물결에 시선을 고정시키고 있던 미부인이 고개를 돌렸다.

"고마워요, 하지만 됐어요. 그 안에 있으면 숨이 막힐 것 같으니까 그냥 여기 있겠어요."

"그러다가 고뿔이라도 걸리시면……."

그랬다간 자신이 책잡히는 걸 피할 길이 없다. 문제는 이 마님이 너무 대가 세다는 것이었다.

"제가 그렇게 약해 보여요?"

약하다는 말을 가장 싫어하는, 경멸하기까지 하는 그녀에게 그렇게 대답할 수는 없었다.

"아, 아닙니다. 제가 어찌 그런 생각을……."

어찌 보면 그녀는 백도무림 최강이라고 해도 과언이 아니었다. 천무삼성을 제외하고 그녀를 막을 수 있는 사람은 없다 해도 과언이 아니기에.

"그럼 아무 문제 없겠군요. 그냥 여기 있겠어요."

그렇게까지 말하는데 더 이상 할 말이 없었다.

"그이는 지금 뭐 하고 있죠?"

문득 생각났다는 투로 여인이 물었다.

"아직 선실 안에 계십니다."

"그건 이미 알고 있는 거고, 이제는 다른 걸 알고 싶군요."

퉁명스런 어조로 여인이 말했다. 그녀는 매우 심기가 불편한 모양이었다.

"아직 서류 처리 중이십니다."

할 수 없이 그는 진실을 이야기해야 했다. 그 일은 자기가 도와줄 수 없는 일이었다. 왜냐하면 그는 최고 책임자가 아니었고, 그 위치에 따른 의무를 짊어질 사람 역시 그가 아니었기 때문이다.

"흥, 그이는 이런 곳까지 꼭 일감을 들고 와야 하는 건가요?"

미부인이 퉁명스런 어조로 가볍게 투덜거렸다. 그것이 아무래도 지금까지 뚱해 있던 원인인 모양이었다. 이건 호위인 그가 어찌할 수 있는 문제가 아니었다. 아마 그 일로 지금쯤 그의 주군도 안절부절못하고 있을 것이다. 천하에 무서울 게 없는 그의 주군이 두려워하는 유일한 사람이 바로 이 마님이었기 때문이다. 그는 어떻게든 주군을 대신해 변명해 보려고 했다.

"하지만… 그 서찰을 받고 갑자기 뛰어나오신 거라 어쩔 수 없었습니다. 밀린 서류들을 처리하지 못하면 그때야말로 정말 큰일이니까요. 사적인 일로 공적인 일을 소홀히 하실 수 없다는 게 맹주님의……."

"그건 이미 알고 있어요. 그러니 더 말할 필요 없어요."

"예, 마님."

그러나 알고 있다고 해서 화가 풀리는 건 또 아닌 모양이었다. 남궁진은 입을 다물 수밖에 없었다.

"아아, 이거 큰일이네. 여기서 이렇게나 시간을 잡아먹고 있으면 부인이 화낼 텐데……."

노인은 안절부절못하면서도 열심히 서류와의 씨름을 계속했다. 이제는 이 서류들이 자신의 목숨을 노리는 암습자들이 일부러 보낸 게 아닌가 하는 의심까지 들었다. 이렇게 엄청나게 쌓여 있는 서류들과 싸우다가 계속 부인을 홀로 떨어뜨려 두면 분노한 부인의 손에 의해 죽임당할지도 모를 일이었다.

'크윽, 어떤 놈인지 모르겠지만, 이런 악독한 차도살인지계를 쓰다니…….'

그러나 어쨌든 그는 백도무림맹을 짊어지는 맹주였고, 이 서류들은 조금도 지체할 수 없는 일들이었다. 때문에 이렇게 밖으로 나와서까지, 배 타고 가면서도 선실을 하나 통째로 빌려 업무에 매진하고 있는 것이었다.

"으다다다다!"

그러나 시간이 지나도 일은 끝날 기미를 보이지 않으니 나백천으로서는 죽을 맛이었다. 보지 않고도 마누라의 분노 수치가 점점 더 높아져 가는 걸 느낄 수 있었던 것이다.

"아다다다닷!"

절세의 검공도 이런 두뇌를 써야 하는 서류 처리에는 전혀 도움이 되지 않았다.

"이럴 줄 알았으면 문상이나 제갈 군사라도 데리고 올걸……."

좌호법 남궁진은 검에는 조예가 깊지만 서류에는 그다지 조예가 깊지 않았다. 게다가 그는 부인 곁에서 엉뚱한 파리가 꼬이지 않도록 감시하는 역할을 겸하고 있어 이쪽으로 빼기가 곤란했다. 그러다 보니 서류 처리에 비상한 능력을 지닌 맹 내의 두뇌파 두 사람이 못내 그리운 맹주였다. 그러나 배가 동정호 호반 위를 미끄러지는 지금은 이미 때가 늦었다고 봐도 좋았다.

겨우 쌓여 있던 서류 작업을 끝마친 나백천이 서둘러 갑판으로 달려나갔다. 마음이 무척 다급하다 보니 정신이 혼미할 지경이었다. 역시 예상대로 그의 부인인 예청은 삐쳐 있었다. 그는 부인의 기분을 알아채는 데 비상한 능력을 지니고 있었다. 그것은 일종의 생존 본능과도 같은 것이었다. 함부로 거슬리면 가정의 행복은 보장할 수 없었다. 문짝이 부서지는 게 아닐까, 걱정될 정도로 급하게 선실 문짝을 열어젖힌 노인은 서둘러 주위를 둘러보았다. 자신의 부인은 보이지 않았다. 그러나 그는 자신이 가야 할 장소를 알고 있었다. 그의 부인은 그 빼어난 미모 때문에 어딜 가나 사람들의 주목을 받기 일쑤였기에 그는 그저 사람들이 우글우글 진을 치고 있는 곳을 찾기만 하면 되었다.

노인은 사람들이 약간의 거리를 둔 채 딴청을 피우며 모여 있는 장소를 향해 성큼성큼 걸어가더니 이내 사람들을 헤치고 그 안으로 들어갔다. 곧 중년의 미부 앞에 이르자 조금 전까지 근엄하고 엄숙하던 얼굴은 사라지고 방긋방긋한 웃음이 가득 차 올랐다.

"저… 부인… 화나셨소?"

노인이 손바닥을 비굴하게 비비며 물었다. 놀랍게도 이 노인이 이 미부인의 남편인 모양이었다.

"흥, 몰라요!"

미부인은 흥 하고 코웃음을 치며 고개를 세차게 돌렸다. 그럼에도 노인은 조금도 불쾌해하지 않았다. 오히려 사과한 쪽은 그쪽이었다.

"부인, 내가 잘못했소이다. 그러니 용서하시구려."

"무슨 잘못을 했는데요? 진짜 잘못한 건가요? 밀린 업무를 한 것뿐이잖아요? 잘못도 없는데 사과할 필요 있나요?"

날카롭게 쏘아붙이는 목소리가 아니었다면 마음이 찡한 내용이었을 것이나 말하는 투가 날카롭다 보니 그런 효과는 전혀 없었다.

"그, 그건 그렇지만… 당신한테 미안해서 그런 거요."

어떻게든 달래보려고 노인은 노력했다. 무림맹주로서의 체면 같은 건 지금 이 순간 아무래도 좋았다.
"정말 미안하게 생각하는 건가요?"
"무, 물론이오."
"그럼 확실히 놀아줄 건가요? 딴청 안 피우고?"
"내 약속하리다. 지금부턴 딴청 안 피우고 당신과 확실히 놀아주겠소."
노인이 두 손 모아 싹싹 빌자 그제야 이 중년 미부도 조금은 마음이 풀린 듯했다.
"그럼 됐어요."
어느새 봄날 훈풍 같은 미소를 머금으며 부인이 자리에서 일어나더니 남편에게 자리를 권했다.
"자, 여기 앉으세요, 상공. 제가 자리를 데워놨답니다."
우아한 몸놀림으로 나백천의 팔을 감싼 여인이 생긋 웃으며 말했다.
"지금까지 업무 보느라 힘들었죠? 소첩이 차라도 한잔 올리겠어요."
조금 전까지 살기등등했던 모습은 어디에서도 찾아볼 수 없었다. 지금 이곳에 있는 것은 어디까지나 남편의 건강과 안위를 근심하는 현숙한 아내였다.
"하하, 아니, 뭘 그럴 것까지야……. 괜찮소이다, 괜찮고말고. 부인도 긴 여정에 피곤할 텐데, 굳이 당신을 번거롭게 해서야 쓰겠소. 그냥 이곳에 나와 함께 앉아 바람이나 쐬며 달이나 구경합시다."
"역시 절 생각해 주는 건 당신밖에 없군요. 좋아요. 여기서 함께 앉아 구경이나 해요. 혼자 보는 달은 차갑고 쓸쓸하지만 둘이서 보는 달은 필경 따뜻하고 온화한 빛을 띠고 있겠죠."
그러면서 나백천 옆에 바싹 다가가 앉은 중년의 미부는 나백천의 힘찬 팔뚝에 가느다란 팔을 감으며 불어오는 강바람을 쐬며 함께 달을 올려다보았다.

 강바람은 두 사람의 온기를 빼앗지 못했고, 달은 온화하고 따뜻한 빛깔을 띤 채 밤하늘에 조용히 걸려 있었다.

 또 한 번의 전쟁이 극적인 타결을 맞이해 휴전 상태에 들어갔다는 사실을 깨달은 남궁진만이 옆에서 나직한 안도의 한숨을 내쉬었을 뿐이다. 이 싸움의 승리자는 도대체 어느 쪽일까? 주군의 팔을 올려주고 싶은 마음이 전혀 들지 않는 바람에 그는 잠시 깊은 회의에 빠져야만 했다. 그러나 하도 봐오던 거라 이제는 익숙해질 때도 되었다. 그래서 그냥 한숨만 내쉬곤 아무 말도 안 하기로 했다. 저 사이에 자신이 끼어들 자리는 반 치도 없는 게 분명하다는 것을 그는 잘 알고 있었다.

 나백천과 그의 부인 예청이 타고 있던 배가 마침내 목적지에 닿았다. 곧이어 다리가 내려졌다.

 "자, 내리시죠, 마님."

 자연스럽게 사람들을 헤치고 물린 후 남궁진이 말했다.

 "고마워요, 좌호법! 내려가죠, 여보."

 "아, 그럽시다, 부인."

 나백천이 고개를 끄덕이며 왼팔을 내밀자 예청은 자연스럽게 그 팔에 자신의 팔을 감았다.

 너무나 당당한 태도와 뛰어난 미모 때문에 모든 사람이 넋을 잃고 이 중년의 미부를 바라볼 뿐이었다. 개중에는 입을 헤벌리고 침을 질질 흘리는 자까지 있었으니 이 부인의 미모가 얼마나 출중한지 알 수 있다. 지난 세월도 그녀의 미모에 크나큰 손상을 입히지는 못한 모양이었다.

 빙월선자 예청은 초립이나 면사로 얼굴을 가리지 않고 당당히 얼굴을 하늘 아래 드러내 놓고 있었기 때문에 배에서 내려 대로 한가운데를 걸어가는 동안에도 이런 시선 집중 현상은 계속되었다. 길 가다가 멈춰 서서 다시 고개를 돌려 보는 이들도 심심찮게 발견할 수 있었다. 말을 타고 가다가 고개를 잘못 돌려 균형을 잃고 낙마하는 이까지 생겼다. 이렇게 되자 오히려 더 불편해진 쪽은 나백천이었다. 음탕한 시선들이 하나둘 늘어날 때마다 이 노고수의 마음속에서 맹렬한 살기가 뜨거운 용암처럼 부글부글 김을 내며 들끓어 올랐던 것이다.

"저기, 부인."

참지 못한 나백천이 마침내 조심스럽게 예청을 불렀다.

"왜 그러시죠, 여보?"

그다지 안색이 밝지 않은 나백천의 얼굴을 보며 예청이 반문했다.

"저기… 초립이나 면사를 쓰는 게 어떻소?"

"어머, 왜요?"

그 마음을 짐작하면서도 짓궂게 예청이 물었다.

"어흠, 어흠. 뭐 그냥… 그게 좋을 것 같다는 생각이 문득 들어서 말이오."

연신 헛기침을 하며 나백천이 변명했다.

"흐흠, 그게 다인가요? 다른 할 말은 없고요?"

중년의 여인이라 생각할 수 없을 정도로 해맑은 봉목이 장난기로 반짝였다. 보통 때라면 무척 흐뭇한 광경이었을 터였다. 이런 부인이 옆에 있으면 자신도 더 젊어지는 것 같은 기분이 들었던 것이다.

"…남들이 당신의 얼굴을 흘낏흘낏 쳐다보는 게 썩 기분 좋지가 않기 때문이라오. 어흠."

나이 들어서 그런 말 하는 게 부끄러운지 나백천이 불편한 듯 헛기침을 했다. 그러자 예청이 씨익 웃으며 물었다.

"제 얼굴, 보기 싫어요?"

화들짝 놀란 나백천이 한 손으로 부족하다 싶었는지 양손으로 손사래를 치며 말했다.
"그, 그럴 리가 있겠소! 그런 천부당만부당한 일이 어찌 일어날 수 있겠소?"
"정말이요? 그렇다면 굳이 숨길 필요 있겠어요? 부끄러운 얼굴도 아니고 보기 싫은 얼굴도 아닌데. 원래 미인은 어딜 가나 주목받게 돼 있는 법이라고요. 나이 들어서도 아직 젊은 애들에게 지지 않는다고 생각하니 나쁘지 않군요."
"어허, 풋내 나는 어린애들이 어찌 당신의 완숙한 아름다움과 비교될 수 있겠소? 그건 불가능하오."
"어머, 아부도 많이 느셨네요."
짐짓 놀랍다는 시늉에 나백천은 또다시 헛기침을 했다.
"커흠, 당신 덕분에 많이 연습했다오. 어흠."
봄에 뭇 꽃이 만개한 듯 활짝 웃으며 말했다.
"당신이 그렇게 말해주니 정말 기뻐요."
그러면서 더욱 나백천에게 몸을 밀착했다. 따뜻한 온기가 전해져 오자 저절로 기쁜 마음이 일어 큰 소리로 노래라도 부르고 싶었다. 그러나 체통이 있는지라 그럴 수는 없었다.
"당신이 보기 좋다고 하니 계속 내놓고 다니겠어요. 사실 이곳에서 한 번도 얼굴을 가리고 다닌 적은 없거든요."
이십여 년 전에도 그녀는 여전히 미인이었고 수많은 이들의 시선을 한 몸에 받았다. 그러나 그녀는 그 시선을 두려워한 적이 한 번도 없었다. 흑심을 품고 자신에게 접근하는 남정네들에게 따끔하고 뼈저리고 눈 아픈 교훈을 주는 것도 잊는 법이 없었다. 그러니 지금 다시 이곳으로 돌아온 마당에 소심하게 초립이나 면사로 얼굴을 가리고 싶지는 않았다.

"당신이 그렇게 원한다면, 원하는 대로 하시구려."
 역시 자신의 부인은 보통의 여자들과는 차원이 다르다는 것을 나백천도 인정하지 않을 수 없었다. 물론 그런 앙칼진 성격까지도 나백천은 좋았지만 말이다.
 "자, 그럼 우린 이제 어디부터 가면 되는 겁니까, 부인?"
 정중한 어조로 나백천이 물었다. 예청의 대답은 간단했다.
 "일단 두노이 집부터 들러야겠어요."
 "두노이는 또 누구요?"
 "이곳 강호란도에서 가장 오래된 늙은 정보상이에요."
 그때 모든 이들이 경악할 만한 일이 일어났다. 어디선가 늙수그레한 목소리가 들려왔다.
 "얼씨구, 나이 먹고 잘하는 짓이다. 아주 살림을 차렸구나, 살림을 차렸어. 나이 백 살이나 먹어 오순도순 소꿉장난하니 기분 좋으냐?"
 두 사람을 조롱하는 그 소리에 발끈 화가 난 예청은 소리가 났다고 짐작되는 방향으로 몸을 홱 돌리며 날카롭게 소리쳤다.
 "누구냐?"
 물컹!
 순간 예청은 기절할 듯 놀랐다. 웬 정체불명의 손 하나가 자신의 엉덩이 한 짝을 와락 움켜잡았던 것이다.
 '어, 어느새?!'
 정체불명의 노인은 괴소를 지으며 말했다.
 "오효효~ 이야, 궁뎅이가 정말 토실토실하구나. 구워 먹으면 맛있을 것 같은데."
 좀처럼 이런 모욕을 받아본 적이 없는 예청은 몸을 돌개바람처럼 회전시키며 노인의 면상을 향해 빙월장 중 일초인 한월침침을 암암리에 전개했다. 장심에서 뻗어나간 차가운 한기가 노인을 향해 뻗어나갔다. 정면으로 맞으면 오장이 한순간에 얼어버리는 무서운 장법이었다.

그러나 정체불명의 노인이 가볍게 손사래를 한 번 하자 차가운 빙장의 기운은 씻은 듯이 사라지고 말았다. 어느새 노인은 다시 예청의 엉덩이 쪽으로 신형을 옮겨놓고 있었다. 언제 움직였는지 알아볼 수조차 없을 정도로 신출귀몰한 신법이 아닐 수 없었다. 노인이 탄식하며 말했다.

"허참, 뭘 그리 화내고 그러느냐? 만진다고 닳는 것도 아닌데."

그러면서 부비부비 엉덩이에 얼굴을 비비는 만행을 저지르는 게 아닌가.

"이 노색마!"

분개한 예청은 다시 한 번 장법을 출수했으나 역시 맞히지 못했다. 비록 변태라곤 하나 일신상 지닌 무공의 깊이가 범상치가 않았다.

"부인, 물러서시오!"

사랑하는 부인이 모욕을 받자 대노한 나백천이 뇌성장의 일초를 전개하며 노인의 전신을 압박해 나갔다.

우르르르릉!

미약하게 벽력 치는 소리가 나며 쌍장에서 뿜어져 나온 장세가 노인의 전신을 덮어나가는데, 그 기세가 용 같기도 하고 범 같기도 하여 실로 위력적이었다. 명색이 무림맹주인 나백천이었다. 당금 강호에서 그의 일장을 제대로 받아낼 수 있는 사람은 손가락으로 꼽을 수 있을 정도였다.

"어허, 이놈 보게. 장난 한 번 한 것 가지고 사람을 잡으려 드는구나!"

이 일장은 실로 무시무시한 거력이 담겨 있어 이 괴노인도 쉽게 생각할 수 없었는지 제대로 자세를 잡고는 천천히 쌍장을 내밀었다. 무척 느릿느릿한 일초였는데도 그 안에는 기묘막측한 힘이 담겨 있었는지 나백천의 쌍장에서 뿜어져 나온 뇌성장의 거력을 한데 끌어 모아 손 안에서 동그랗게 구를 만들더니 천천히 합장하듯 양 손바닥을 마주 댔다. 그러

마님이라 불리는 여인

자 뇌성장의 거력이 씻은 듯이 사라졌고, 우렛소리 또한 언제 그랬냐는 듯 그쳐 있었다.

"이, 이럴 수가! 비록 칠 할 공력이 담긴 일장이지만 이토록 간단하게 장세를 소멸시키다니……!"

나백천의 눈이 휘둥그레지는 것은 당연했다. 그때 벽력 같은 전음성이 그의 고막을 때렸다.

"이 망할 공처가 녀석아! 맹에서 나올 때 눈깔을 빼두고 왔느냐?"

"누, 누구?"

두리번거릴 것도 없이 이 전음을 보낼 사람은 저 괴변태 노인 한 명뿐이었다. 그런데 기억이 잘 나지 않았다. 어디선가 많이 들은 목소리 같기는 했지만 말이다.

"얼빠진 상판 하고는! 여긴 사람 눈이 많으니 날 따라오너라!"

그 말을 남기고 괴노인은 재빨리 벽과 건물을 넘어 어둠 속으로 몸을 감추었다.

잠시 얼이 빠진 채 서로를 바라보던 나백천과 예청은 이내 고개를 끄덕인 후 남궁진과 함께 노인이 사라진 방향을 향해 몸을 날렸다.

네 사람의 절정고수가 한바탕 어울린 다음 갑자기 사라진 터라, 조금 전 무슨 조화가 일어났던 것인지 아는 사람은 아무도 없었다. 그저 멍하니 그들이 한바탕 어울리다 사라진 장소를 바라보며 자신들의 눈앞에서 미모의 여인이 사라졌다는 사실에 대해, 다시 그 미모를 보기 힘들 것이라는 사실에 대해 입맛을 다시며 아쉬워할 뿐이었다. 그리고 조금 전의 일이 일장춘몽이라도 되는 듯 그들은 다시 원래의 걸음대로 길을 오가며 자신들의 일상으로 되돌아갔다.

*　　　*　　　*

"확실한가?"

급보를 받은 붉은 옷의 사내가 다시 한 번 확인했다.

"확실합니다. 부인인 빙월선자 예청과 함께였습니다."

돈왕이 보고했다.

"뭐라고? 예청이?"

이번에는 이 사내도 조금 놀란 듯했다.

"예, 그렇습니다."

"호오, 그건 또 뜻밖의 소식이로군."

희소식이라도 들은 것처럼 붉은 장삼의 외팔이사내의 입가에 잔인한 미소가 번져 나갔다.

"드디어 오셨구려, 형님. 이 아우는 얼마나 이날을 기다렸는지 모르오. 게다가 형수님까지 함께라니……."

이렇게 되면 입장상 가만히 있을 수가 없었다.

"보다 화려한 축제를 벌여 드리겠소이다. 지금까지 본 적이 없는 화려한 피의 축제를."

이제 그동안 지긋지긋하게 이어져 왔던 인연의 실을 끊어야 할 때였다.

"형님, 당신은 살아서 이곳을 벗어나지 못할 거요. 가장 지독한 절망과 비통을 맛보며 죽으시오. 자리는 이 아우가 마련해 드릴 테니 말이오."

그러려면 준비가 필요했다.

"두 사람의 동향을 한시도 놓치지 마라."

"존명! 명심하겠습니다."

어두운 계획이 차근차근 굴러가기 시작했다.

피노인의 정체
―강호 최강의 변태

피노인은 일부러 추적자들이 따라올 수 있도록 적당히 속도를 조절하고 있었기 때문에, 나백천 부부는 쉽사리 노인의 등을 따라잡을 수 있었다. 어느 정도 거리가 되자 이 두 집단은 무언의 약속이라도 한 듯 팔 장 거리를 유지한 채 인적이 드문 변두리 장소로 향했다. 어느 아름드리나무 밑에서 노인의 신형이 멈추었다. 그러자 정확히 팔 장 거리를 두고 나백천 부부와 남궁진의 신형이 내려섰다.

"노인장은 누구시오? 정체를 밝히시오!"

여전히 뒤돌지 않은 노인의 등을 바라보며 나백천이 외쳤다. 부인에게 한 짓은 치가 떨리고 이가 갈렸지만 지금 우선순위는 노인의 정체를 밝혀내는 것이었다.

"쯧쯧, 눈깔만 놓고 온 게 아니라 귀까지 두고 온 게로구나."

노인이 혀를 차며 말했다. 그러고 보면 확실히 어디선가 들은 목소리였다. 그리고 그것은 나백천과 예청 두 사람 모두에게 해당되는 말이었다. 그때 남편보다 먼저 목소리의 정체를 깨달은 예청의 눈이 화등잔만 하게 휘둥그레졌다.
"서, 설마 할아버지?"
그 말에 충격을 받은 건 나백천이었다. 예청이 할아버지라 부를 만한 사람은 딱 한 사람뿐이었던 것이다.
"그래, 나다!"
노인이 빙그르르 몸을 돌렸다. 그러자 그 이목구비가 뚜렷이 드러났다. 백이십 세가 넘었는데도 노인의 두 눈에는 정기가 가득했고, 전신에선 만인을 압도하는 기운이 뻗어 나왔다. 그것은 무림맹주 나백천조차도 뛰어넘는 놀라운 기도였다. 강호상에서 이런 압도적인 기도를 가진 사람은 단 한 사람뿐이었다.
"갈 대형!"
깜짝 놀란 나백천이 거의 비명을 지르다시피 소리를 빽 질렀다. 설마 이곳에서 만날 줄은 전혀 예상도 못했던 인물이 그의 눈앞에 떡하니 나타났으니 그가 어찌 놀라지 않을 수 있겠는가.
"이제 좀 보이나 보지? 눈이 침침했던 건 좀 나은 게냐?"
노인이 혀를 끌끌 차며 말했다.
"두 사람 다 오랜만이구나."
이 사람이야말로 과거 천겁혈세 때 강호를 구한 두 명의 영웅 중 하나인 무신마 패천도 갈중혁, 그 사람이었다.

"어이쿠! 오랜만에 만난 할아비를 죽이려 하다니, 정말 큰일 날 뻔했잖느냐!"
노인이 짐짓 엄살을 떨었다. 하마터면 목이 떨어져 나갈 뻔했다는 둥, 불능이 될 뻔했다는 둥, 사지 중 하나 잃어버리면 책임질 거냐는 둥등이 바로 그것이었다. 듣고 있는 나씨 부부로서는 기가 막힐 노릇이었다. 어느 쪽이 가해자고 어느 쪽이 피해잔데, 이래서는 주객전도가 아닌가! 화를 참지 못한 예청이 성깔있는 목소리로 날카롭게 소리쳤다.
"거짓말하지 마세요!"
원래 흑도에 몸담고 있던 그녀에게 무신마란 존재는 신이나 다름없었다. 하지만 두 사람 간의 관계는 그것만이 아니었다.
"아니, 거짓말이라니? 저 녀석의 검이 뽑히면 얼마나 빠르고 무서운지 너도 잘 알지 않느냐? 이런 다 늙은 노인네는 바로 황천행 아니겠느냐."
은근슬쩍 남편을 치켜세워 주니 기분이 좋긴 했지만 그 정도로 넘어갈 수는 없었다.
"홍! 이이의 검이 비록 번개처럼 빠르다곤 하나 할아버지를 죽이는 데는 아직 부족함이 있죠. 할아버질 죽이는 게 얼마나 힘든 일인데요. 이 강호 흑백을 통틀어도 그만한 능력을 지닌 이는 찾아볼 수 없을 거예요. 이이도 거기서 예외는 아니죠."
"허허, 우리 예쁜이가 기특한 소릴 다 하는구나."
노인이 너털웃음을 터뜨리며 말했다.
"저도 이제 다 컸답니다. 딸아이가 곧 천무학관을 졸업할 나이인걸요. 예쁜이라 불리울 나이는 이미 지나도 한참 전에 지났답니다."
"노부가 보기엔 아직 새파란 어린앤데 참으로 신기하기 짝이 없는 일이구나. 정말 신통방통한 일이야."
"애 한번 나아보시면 훨씬 더 신통방통한 경험을 하실 수 있을 거예요."
그러자 노인이 고개를 가로저었다.
"노부가 이 강호에서 거의 무소불위의 힘을 지니고 있고, 이제껏 불가능한 일은 거의 없다고 생각하며 천하를 오시했지만 그것만은 이번 생에선 가능할 것 같지 않구나. 그러니 아쉽지만 그 신묘함은 포기하는 수밖에."

"하긴, 할아버진 육아도 해본 적이 없잖아요. 훗!"

마지막 웃음은 우월감에 찬 승리의 미소였다. 하긴 무신마에게 젖먹이를 안겨놓는 위험천만한 짓을 할 사람이 있다면 그의 정신 상태를 의심해 봐야 할 것이다.

"마누라가 고생 좀 했지. 하지만 내 두 손에 피 묻은 두 자루 칼 말고 젖먹이 어린아이가 들린다는 게 도무지 상상이 안 가더구나. 그때만큼은 무서울 게 없던 노부도 무서웠다. 살짝만 건드려도 퍽 하고 터져 버릴 것 같이 위태위태하니 어찌 마음을 놓을 수가 있어야지."

"아항, 그래서 애를 내팽개쳐 두고 도망쳐 나온 거군요."

"도망이 아니라 작전상 후퇴인 거야. 그때 노부가 그 녀석을 들었으면 그 녀석이 지금 사지 멀쩡하게 혹도의 맹주 노릇을 할 수 있었겠느냐? 그것도 다 부모의 사랑인 것이야."

찔리는 게 없잖아 있는지 저 노인이 저토록 정색하면 반박하자 우스운 생각이 들어 예청은 그만 키킥, 웃고 말았다.

그 모습을 보고 혁중 노인이 작게 한숨을 내쉬며 나백천의 어깨를 두들겼다.

"자네도 고생 좀 하겠어."

"뭐, 그렇죠."

애매한 미소를 지으며 나백천이 대답했다.

"잠깐만요! 그건 무슨 뜻이죠? 간과할 수 없는 대화인데요?"

쌍심지에 불을 켠 예청이 매서운 기세로 추궁했다.

"아, 아무것도 아니오, 아무것도."

"정말 아무것도 아니에요?"

나백천을 바라보는 눈빛이 매섭기만 했다. 그 위대한 무림맹주조차도 쩔쩔매게 만드는 힘을 지니고 있었다.
"자네 정말 꽉 잡혀 사는구만."
그 모습을 보고 안됐다는 듯 혁중 노인이 고개를 저었다.
"할아버지와 상관없는 일이에요!"
예청이 소리쳤다.
"아, 알았다. 누가 뭐랬니? 그러다 잡아먹겠다."
짐짓 무섭다는 시늉을 하며 혁중 노인이 대꾸했다. 나백천이 중간에 나서서야 겨우 흥분한 예청을 진정시킬 수 있었다.
"난 네가 많이 변했다고 생각했는데, 지금 보니 꼭 그렇지도 않은 것 같구나."
"흥, 싫으세요?"
"아니, 왠지 그리운 느낌이 들어서. 언제나 똑같을 수야 없지만, 몽땅 다 변해 버리면 재미없지 않느냐. 너는 여전히 너인 것 같아 기쁘구나."
혁중 노인의 허허 웃으며 말했다.
"그럼 제가 저이지, 제가 아니겠어요?"
"하하, 그런가? 그것도 그렇구나."
다시 한 번 혁중 노인이 허허 웃었다.
"아참, 언니는 잘 있나요, 할아버지?"
예청은 일부러 화제를 돌리기 위한 질문을 던졌다. 혁중 노인은 고개를 갸우뚱하며 대답했다.
"글쎄다, 그거야 중천이 녀석이 알지 않겠느냐? 노부야 알 수 없지."
중천이란 당연히 그의 아들인 흑도무림 연합회 맹주인 갈중천을 가리켰다. 그리고 예청의 언니는 바로 그 흑도맹주의 부인인 비향선자 예림이었다. 한마디로 말해 이들 세 사람은 매우 복잡다단한 관계라 할 수 있었다. 촌수랑 서열 매기기가 애매하다 보니 애초에 포기하고 옛날부터 부르던 버릇 그대로 부르고 있었다. 그리고 셋 다 그런 호칭에 관해서는 크게 신경 쓰지 않는 이들이었다.

자매가 모두 각 맹의 맹주와 결혼했으니 대단한 위력이라 해야 마땅할 것이다. 사실 전략적인 혈맹이었다. 갈중천에게 누나나 여동생이 있었다면 문제없었겠지만 아쉽게도 그렇지가 못했다. 현재 노인의 자식 중에 살아남은 자는 갈중천 혼자뿐이었다. 때문에 혈족의 인연을 강조하기 위해 나백천에게 소개한 이가 바로 부인 예림의 동생인 빙월선자 예청이었던 것이다.

사실 할아버지라 부르는 것이 맞는 것은 아니었으나 촌수로만 그럴 뿐 훨씬 어렸을 때는 만날 할아버지라 불렀기 때문에 입에 배어 있었던 것이다.

"그런데 요즘은 어디 가 계셨습니까, 대형? 통 소식을 들을 수 없어 궁금해하던 참이었습니다."

노인의 행보에 궁금증이 인 나백천이 물었다. 이 노인의 거동은 손가락 하나 까딱하는 것 같은 미세한 움직임도 강호에 엄청난 여파를 미칠 수 있기 때문에 무림맹주라는 입장에선 심각하게 주시하지 않을 수 없었다.

"아, 애 하나를 키우고 있지."

가벼운 말투로 혁중 노인이 대답했다. 그러나 그 내용은 나백천에게 거의 경천동지할 만한 내용이었다.

"새로 제자를 들이셨단 말입니까?"

다른 누구도 아닌 무신마의 제자라는 자리는 그리 녹록한 자리가 아니었다. 경우에 따라서는 엄청난 힘을 발휘할 수도 있는 일이었다. 그리고 그것은 자칫 잘못하면 부림의 균형을 깨뜨리는 일로까지 발전할 수 있는 중차대한 사건이었다.

혁중 노인이 갈씨 혈족 이외에 무공을 전수한 예는 거의 없었다. 딱 세 명 있었을 뿐인데, 한 명은 죽고 나머지 두 명은 모두 행방불명 상태였다. 특히 장래가 촉망되던 마지막 제자는……

"'그날 일' 이후로 제자는 안 받지 않으셨습니까?"

무거운 안색이 된 나백천이 조심스럽게 입을 열었다.

"그날 일은 입에 담지 말게."

갈중혁의 나직한 경고에 나백천은 입을 닫았다.

"넘겨짚지 말게. 뭐, 정식 제자라곤 할 수 없으니까. 옛 친구의 비전을 전수해 주는 것일 뿐이니 내 제자가 아니라 그 녀석 제자라고 해야 맞을지도……."

두 눈이 휘둥그레진 나백천이 저도 모르게 입을 열었다.

"그 녀석이라시면… 설마 태극……."

혁중 노인은 손을 들어 그 말을 막았다.

"뭐, 안달하지 말게. 나중에 차차 알게 될 게야. 아직 걸음마 중이라 보여줄 만한 상태는 아니거든. 이 일은 나중의 즐거움으로 남겨두도록 하게."

혁중 노인이 그렇게까지 말하니 더 캐물을 수 없게 된 나백천은 아쉬운 마음에 입맛을 다실 수밖에 없었다. 그렇다면 다른 목적이라도 알아내지 못하면 수지타산이 맞지 않을 것 같은 기분이 들었다.

"찾아뵈려고 만방으로 소식을 넣어봤지만 소식이 없던 분이 이렇게 갑자기 나타나다니, 솔직히 놀랐습니다."

"아까도 말했지만 좀 볼일이 있어서 온 것뿐일세. 자네 부부를 본 건 우연이고. 노부야말로 깜짝 놀랐지. 쯧쯧, 늙은이 심장마비 걸리게 할 일 있나? 지금쯤 정천맹 집무실에서 서류나 붙잡고 끙끙거려야 할 자네가 마누라랑 함께 흑도의 한복판인 이곳 강호란도를 어슬렁거리고 있었으니……."

도대체 무슨 일인지 알아보지 않을 수 없어 몰래 뒤를 밟았던 것이다. 나백천의 거동이 지닌 영향력 역시 결코 가볍지 않았던 것이다.

"딸아이 일 때문에 왔습니다."

"하긴 자네 같은 벽창호를 움직이려면 그 일이 아니면 안 되겠지. 그런데 무슨 일로?"

"제가 듣기론 얼마 후 이곳 투기장에서 오십만 냥의 상금을 건 투기제를 개최한다고 하더군요."

"그런데?"

"제 딸아이가 이번에 그 대회에 출전하게 되었습니다."

그 말에는 이 대단한 노인도 조금 놀랐다.

"응? 설마… 진짠가?"

나백천이 어두운 안색으로 한숨을 내쉬며 말했다.

"농담이면 얼마나 좋겠습니다. 저도 그렇게 여기고 싶습니다."

그의 가슴은 아직도 타는 듯했다.

"대형께선 그럼 이곳에 그 제자 분 일로 오셨습니까?"

물론 여기서의 제자는 혁중이 최근 새로 들였다는 아이를 지칭하는 것이었다. 그러나 혁중은 무겁게 고개를 가로저었다.

"아니, 제자는 제잔데 딴 제자 일 때문일세."

나백천은 순간 잘 이해할 수 없었다. 새로운 제자가 아니라면 짐작 가는 사람이 딱 한 명뿐이었던 것이다.

"하지만 '그 사람'은 구 년 전 '그날' 이후로 행방불명되었지 않습니까?"

이 행방불명 사건은 그전에 터진 더 큰 사건(갈효봉의 광란 사건) 때문에 묻혀져 버리긴 했지만 적지 않은 반향을 던졌던 사건이었다. 그렇기에 나백천으로서는 잊으려야 잊을 수 없는 사건이었다. 소식이 끊어진 지 여러 해라 이미 무림의 각계 각층에선 죽은 사람 취급 하고 있었다.

"그랬지. 한데 최근에 실마리를 찾아서 말일세."

"아직 그 친구가 살아 있단 말입니까?"

"노부는 시체엔 관심없네. 게다가 이곳은 시체가 걸어다니기엔 너무 휘황찬란하게 밝은 곳 아닌가?"

나백천은 쉽게 믿기지가 않았다.

"서, 설마 그 사람, 혈염쌍도 이벽한이 이곳에 있단 말입니까? 이곳 강호란도에?"

"노부는 그렇게 생각하고 있네."

"하지만 너무 가깝지 않습니까? 여긴 마천각과 엎어지면 코 닿는 데인데요?"

"등잔 밑이 어둡다는 게 괜한 이야기가 아니더구만. 노부도 요즘은 옛 것에서 이것저것 배운다네. 낡았다고 다 쓸모없는 건 아니더군. 뭐, 노부도 남 말할 처지도 아니지만 말일세."

"하지만 그 친구는 전 마천십삼대의 총대장이었습니다. 그는 그 지위를 모두 던져 버리고 도망쳤잖습니까?"

그것은 마천각과 흑도로서도 매우 뼈아픈 상처였다. 그리고 크나큰 오점이기도 했다.

"아픈 기억 다시 한 번 헤집어서 무엇 하겠나. 그만 하게."

나백천은 입을 다물었다. 그러나 꼬리에 꼬리를 무는 생각까지 멈출 수는 없었다.

혈염쌍도 이벽한이 누구던가. 당시 젊은이들 사이에서 적수를 찾아볼 수 없었던 자였다. 게다가 무엇보다 그 사람의 존재가 중요한 것은 그가 바로 촉망받던 후기지수이자 무신마 갈중혁의 후계자로까지 거론되었던 갈효봉의 사형이자, 갈효봉이 광기에 빠져 미쳐 날뛰던 그날의 진상을 알고 있을지 모를 거의 유일한 인물이기도 했기 때문이었다. 그러나 그 후 홀연히 종적을 감춰 사실 그 '혈야비사'를 일으킨 범인이 그가 아닌가 하는 소문도 돌았던 것이다. 그 후 엄청난 사람들을 풀어 강호를 이 잡듯 뒤졌지만, 그의 행적은 묘연하기만 했다.

그때 사랑하는 큰손자와 아끼던 제자를 동시에 잃은 혁중 노인의 충격도 매우 컸다고 했다.

'그런데 그가 다시 나타났다고? 그것도 이 강호란도에?'

그리고 우연찮게 그 순간 자신이 이곳에 불려왔다고? 그 순간 나백천의 등줄기를 타고 오싹한 한기가 흘러갔다. 이 우연이 결코 우연이 아닐지도 모른다는 기묘한 예감 때문이었다. 이것이 운명이 자아낸 최악의 조합일지도 모른다는 의구심이 흰 화선지 위에 뿌려진 먹물처럼 그의 마음속 구석구석까지 번져 나갔다.

'자칫 잘못하면 더 큰일이 벌어질 수도 있겠구나.'

불안한 바람이 나백천의 가슴속 한 켠을 훑고 지나갔다.

"그러고 보니 자네 동생은 어찌 되었나?"

이번엔 혁중 노인이 감추고 싶은 과거의 일을 건드렸다. 나백천으로서는 좀처럼 떠올리고 싶지 않은 일이지만, 떠올리지 않으면 안 되는 일이기도 했다. 다른 사람 모두가 잊어도 그는 잊으면 안 되었다. 그는 어찌 되었든 사천멸겁의 부활과 관련되어 있었기 때문이다.

"그런 녀석은 제 동생이 아닙니다."

나백천이 얼굴을 굳히며 말했다.

"자네가 부정한다 해도 그 사실이 사라지는 건 아닐세."

"……."

"아직도 못 찾았나?"

"송구스럽습니다."

"이상하군. 정천맹의 거의 모든 정보력을 동원했는데도 십 년 동안 모습을 숨길 수 있다니……."

"어떤 힘이 그를 숨겨주고 있는 게 아닌가 하는 의심이 듭니다."

나백천이 진중한 얼굴로 대답했다.

"그렇지 않으면 불가능하다?"

혁중 노인의 반문에 나백천은 확신을 가지고 고개를 끄덕였다.

"그렇습니다."

그것 이외의 다른 경우를 생각할 순 없었다. 거의 정천맹에 필적하는 힘을 가진 세력이 그자를 비호하지 않는 한 이미 그는 정보망의 그물 안에 들어왔어야 했다.

"사실 나도 그런 의심이 들어서 묻는 것일세. 혹시나 그들은 우리들과 너무 가까운 곳에 있는 게 아닌가 하는 의심이 들어서 말이야."

"등하불명(燈下不明)이란 말씀입니까?"

"그런 셈이지. 이 경우 어느 쪽 등잔이냐가 문제겠지만 말이야."

결코 가벼이 넘겨 들을 수 없는 이야기였다.

"하하, 이야기가 너무 무거워졌나? 뭐, 이 이야긴 나중에 계속하도록 하지. 보아하니 당분간 이쪽에 머무를 셈인 것 같은데? 한데 자네들은 이제 어디로 갈 셈인가?"

혁중 노인이 물었다.

"일단 두노이라는 정보 상인 집에 갈 예정입니다."

나백천이 곧바로 대답했다.

"두노이 집에? 그곳엔 무슨 일로?"

어투로 보아 혁중 노인도 그 정보 상인에 대해 알고 있는 모양이었다.

"별거 아니에요. 딸아이 일로 알아볼 게 좀 있어서요."

예청이 대신 대답했다.

"함께 가시겠습니까?"

혁중 노인이 함께 있다면 어떤 돌발 상황에서도 당황하지 않고 대처할 수 있을 것 같았다.

"아닐세. 그 입싼 녀석한테 얼굴 보여봤자 좋을 것 없지. 그 녀석이 입이 무거울 때는 눈앞에 돈이 준비 안 돼 있을 때뿐이거든."

"두노이도 여전한 모양이네요."

"나중에 숙소를 정하면 그때 보도록 하지. 어차피 이번 투기제도 볼 생각 아닌가?"

"하아, 사실 제가 이곳에 온 이유도 그 일과 관련이 있습니다."

그러면서 품 안에서 자기에게 날아온 서찰을 보여주었다. 그 내용을 본 혁중 노인의 표정이 잔뜩 찌푸려졌다.

"함정일 가능성은?"

혁중 노인의 물음에 나백천이 대답했다.

"배제하진 않고 있습니다."

"그 편이 훨씬 현명할 걸세."

혁중은 일단 나백천 부부의 볼일이 끝난 후 다시 만나기로 하고 헤어졌다. 겨우 혁중에게 해방된 예청은 나백천을 한곳으로 끌고 갔다. 그녀의 발걸음에 망설임은 없었다. 그런데 길을 걷던 도중 묘한 느낌을 받았는지 나백천이 좌우를 두리번거렸다.

"왜 그러세요, 여보?"

"아, 누군가 우리를 지켜보고 있는 듯해서 말이오. 상당한 실력자요."

"할아버님일까요?"

"아까 만났는데 굳이 그런 수고를 할 필요가 있겠소? 아무래도 마천각 쪽 사람인 것 같소. 상당한 거리를 두고 쫓아오고 있기 때문에 사로잡긴 힘들 것 같구려. 따돌리는 게 좋겠소?"

"아뇨, 굳이 그럴 필요는 없을 것 같아요. 일단 안으로 들어가죠."

그러면서 한 으리으리한 기와집의 정문을 가리켰다.

"여기가 바로 당신이 말하던 그 늙은 두노이가 살고 있는 집이오? 정보 상인치고는 꽤 눈에 띄는 곳에 사는구려."

예청이 고개를 끄덕였다.

"두노이의 집 겸 사업소죠. 그의 말로는 나무를 숨기려면 숲에다 숨겨야 한다고, 너무 은밀한 곳에 있으면 오히려 눈에 띈다더군요. 뭐, 이곳이 어떤 곳인지는 이미 아는 사람은 다 알지만 말이에요. 이곳 주인인 두노이는 '구이십안(九耳十眼)'이라는 별호를 가지고 있는데, 늙긴 했지만 그 이목은 꽤 쓸 만해요."

"왜 하필 눈은 열 갠데 귀가 아홉 개요?"

사소하게 넘어갈 수도 있었지만, 묘하게 신경 쓰이는 건 어쩔 수 없었다. 그러자 예청이 피식 웃으며 말했다.

"전에 두노이가 말하길, 귀 한 짝은 순풍산부이 나대이가 가져갔기 때문이라더군요."

"재밌는 농담이구려."

그 말은즉, 자신은 나대이보다 열 배나 더 뛰어난 능력을 지니고 있다는 의미였기 때문이다.

"순풍산부이 나대이보다 아홉 배의 능력이 있는지는 잘 모르겠지만 적어도 떨어지지는 않죠. 이곳이라면 분명 쉽게 예린의 행방을 찾을 수 있을 거예요. 게다가 마침 오늘은 제일휴식일이니 이곳 강호란도 안에 있을 확률이 높아요."

접객실에서 이 강호란도 최고의 정보상이라 불리는 사람이 기다리고 있었다. 그런데 예청에게 듣기론 이제 칠십 먹은 노인네라고 했는데 나백천이 보기엔 너무 젊어 보였다. 아무리 많이 쳐줘도 삼십대 후반으로밖에 보이지 않았다. 요즘은 정보상들도 신공을 수련해 반로환동하나? 그런 엉뚱한 생각을 하고 있을 때 예청이 물었다.

"두노이는?"

"예에? 두노이라뇨?"

삼십대 후반의 사내가 의아한 얼굴로 반문했다. 아버지를 두 노대나 두 노야로 칭하는 사람은 있었어도 한 번도 두노이라 칭하는 인물은 본 적이 없는 탓이었다.

"아홉귀 두노이 말이야. 넌 무슨 관계지?"

"아… 아들입니다."

사내가 얼떨결에 대답했다. 이상하게 명을 거역할 수 없었던 것이다.

"두노이한테 아들이 있었군. 그런데 두노이는?"

주위를 두리번거리며 예청이 다시 물었다.

"아버님께서는 이미 은퇴하셨습니다. 전 아들인 두칠로 이곳 구이관의……."

"죽었어?"

두칠의 말을 끊으며 예청이 대뜸 물었다. 그 무례한 질문에 두노이의 아들 두칠은 좀 황당했지만 화를 억누르며 대답했다.

"아뇨, 아직 살아 계십니다."

감히 거짓을 아뢰지 못하고 사실대로 대답했다.

"당장 불러와. 빙월희(氷月姬) 적예가 오랜만에 찾는다고 전해."

그 말을 듣는 순간 아들 두칠의 눈이 휘둥그레졌다.
"서… 설마 부인께서… 그… 악명……."
"방금 뭐라고 했지?"
호수처럼 맑고 깨끗한 두 눈에서 한기가 번뜩이자 갑자기 몸이 으슬으슬해진 두칠은 서둘러 자신의 주둥이를 책망하듯 찰싹찰싹 때렸다. 그 순간 아버지가 해준 충고가 기억났던 것이다. 혹시나 그런 별호를 가진 여성을 만나게 되면 절대로 신경 건드리지 말라고. 까불다간 저승 왕복 운동할 수도 있다고.
"아, 아닙니다. (찰싹!) 그저 소인의 정신 나간 혼잣말이었을 뿐입니다. (찰싹!) 이놈의 주둥아리가 주제를 모르고 떠벌렸지 뭡니까! (찰싹!) 제가 당장 가서 아버님을 모셔오겠습니다. (찰싹찰싹!)"
"그렇게 해."
예청은 더 이상 추궁하지 않고 두칠을 보냈다. 겨우 목숨을 건진 두칠은 재빨리 바람처럼 달려가 곤히 오수를 즐기고 있던 아버지를 두들겨 깨웠다. 잠에서 깨어난 두노이는 우선 험하게 잠을 깨운 대가로 아들을 주먹으로 몇 대 팬 다음 자초지종을 듣고는 엉덩이에 불난 황소처럼 정원을 가로질러 집무실로 나는 듯이 달려들어 갔다. 그리고는 재빨리 손바닥을 비비며 비굴한 미소를 지어 보였다.
"어이쿠, 이게 누구십니까! 고, 공주님… 오랜만에 뵙습니다."
"아, 두노이. 오랜만."
예청이 가볍게 손을 들어 올리며 말했다. 마치 하인을 대하는 듯한 모습이었으나 두노이는 당연하다는 듯 그녀의 태도에 개의치 않았다.
"이십 년 만입지요. 여전히 아름다우시군요, 공주님께선."
예청이 웃으며 대꾸했다.
"두노이, 댁은 더 쭈글쭈글해졌군. 그땐 그래도 정정했었는데 말야."

"사람은 속여도 나이는 속일 수 없더군요. 어떻게든 늙어가는 걸 감춰 보려 했으나 손바닥으로 하늘을 가리는 격이니 그만두었습니다."

"그래서 요즘은 덜 속이나?"

지나가듯 묻는 말에 칼날이 숨어 있었다.

"하하, 그때 공주님한테 약조했지 않습니까. 다시는 사람을 속여 거짓 정보를 팔지 않겠다고요. 요즘은 정직을 생명으로 장사하고 있습니다. 이놈한테도 그렇게 가르치고 있고요."

아버지가 그렇게 신용과 정직을 강조하던 게 다 눈앞의 이 미부인 때문이라는 사실을 알게 된 두칠은 그저 놀랍기만 했다. 누군가에게 거짓 정보 팔다가 반죽을 뺀할 뻔한 적이 있다는 이야기는 들었어도 그 장본인이 이런 미인일 줄은 꿈에도 몰랐던 것이다. 이 험한 강호란도에서 잔뼈가 굵어 아홉귀라고까지 불리는 아버지가 마치 독사 앞의 개구리처럼 벌벌 떠는 것도 이해가 갔다.

"아, 공주님, 그런데 저분께서는……."

두노이가 나백천 쪽을 힐끔 쳐다본 후 조심스럽게 질문했다. 이미 이쪽 방면으로 짬밥을 먹을 만큼 먹은 그는 노인이 범상치 않은 인물이라는 것을 직감적으로 알아챘던 것이다.

"공주님?"

자신의 부인이 왕족이나 황족과 연관이 없다는 것을 알고 있는 나백천에게 두노이의 호칭은 무척 생소하고 낯설게 들렸다. 예청이 간단하고 짧게 대답했다.

"아, 우리 남편."

그러나 그 한마디에 두노이의 두 눈이 화등잔만 하게 커졌다. 저 도깨비 공주님이 남편이라 부를 사람은 한 사람밖에 없었다.

"헉! 그… 그럼 이분이……."

그도 명색이 정보 팔아먹고 사는 정보상이었다. 이런 거대한 정보덩어리를 보자 그만 본능적으로 군침이 흐르고 말았다.

그때 섬섬옥수 하나가 두노이의 시야 위로 올라왔다.

"그만."

예청은 함부로 나불거리려는 두노이의 입을 단 한 마디로 조용히 시켰다.

"그 이상은 말하지 마."

자신의 실수를 깨달은 두노이는 얼른 허리를 반으로 접었다.

"어느 분 분부시라고요. 알겠습니다, 공주님."

최대한 공손하게 대답하려는 기색이 역력히 드러나는 태도였다. 의아함을 참지 못한 나백천이 물었다.

"한데 아까부터 계속 이 사람을 공주님, 공주님 하고 부르는데 어떤 연유로 그러는 건가?"

두노이가 얼른 대답해 올렸다.

"아, 그건 아가씨께서 예전에 칠공주파에 계실 적에… 저희들에게 그렇게 불리웠습니다. 그땐……."

정말 만인을 공포에 떨게 만들었다고 말을 이으려던 그의 혀가 순간적으로 얼어붙었다. 보이지는 않지만 살기가 그의 노구를 직격했던 것이다.

"그만 하지, 두노이?"

나직하지만 조용한 살기가 응축된 그 한마디에 두노이는 찔끔하며 황급히 입을 봉했다. 두노이가 치매가 오려는지 쓸데없는 말을 자꾸 지껄이려 하자 예청은 다시 한 번 조용한 목소리로 경고했던 것이다.

―그날의 일을 잊지 마라! 그날을 다시 기억해 내라!

예청이 두 눈으로 그렇게 충고하고 있었다. 그녀는 여자의 과거는 비밀로 묻혀 있는 게 아름답다고 생각하는 주의였다.
 "아참, 그런데 무슨 일로 예까지 어려운 걸음을 하셨습니까? 제가 도울 수 있는 일이라면 뭐든지 돕겠습니다. 물론 공짜입니다, 헤헤."
 손바닥 지문이 벗겨지는 게 아닌가 걱정될 정도로 열심히 양손을 마주 비비며 두노이가 말했다. 자린고비 구두쇠 두노이가 이렇게 자청해서 공짜 일을 맡으려 들다니, 아는 사람들이 봤다면 참으로 희한하게 생각했을 광경이었다.
 "찾을 사람이 있다."
 예청이 짧게 용건을 말했다.
 "누구를 찾으면 되겠습니까?"
 두노이의 반문에 예청이 짧게 대답했다.
 "우리 딸."

장모님 습격 사건
―시름에 잠긴 미녀

시름에 잠긴 채 창가에 앉아 한숨을 내쉬며 하늘에 외로이 떠 있는 달을 바라보는 이가 있었다.

달은 저 공허한 텅 빈 하늘에 홀로 떠 있으니 외로울까, 아니면 해가 있기 때문에 덜 외로울까? 하지만 해와 달은 거의 서로를 만나는 일이 없다. 있다 해도 아주 잠깐만 함께 서로를 마주 보며 떠 있을 뿐이다. 그때도 달은 해의 광휘 때문에 그 존재가 희미해질 대로 희미해지고 만다. 그런데도 달은 훨씬 덜 슬플까? 서로가 있다는 것을 그 짧은 시간에나마 확인할 수 있으니 훨씬 덜 외로울 것 같았다. 자기를 알아주는 이가, 자신의 쓸쓸함을 알아주는 이가 적어도 하나는 있으니 말이다.

그리고 자신에겐 비류연이 있고, 지금은 연비가 있었다. 그전에 자신을 알아줬던 이는 바로 손윗사자 독고령이었다.

"령 언니……."

강호란도에서 영령을 만난 그 사건 이후 나예린의 머릿속엔 온통 그 문제뿐이었다. 투기제 일도 이 일에 비하면 아무것도 아니었다. 그래서인지 근심 고민에 빠진 그녀의 안색은 어둡기만 했다. 그녀가 우수에 잠기자 마치 아름다운 백옥상에 어두운 먹구름이 드리워진 듯 쓸쓸함을 자아냈다.

나예린은 혼란스러웠다. 왜 영령은 자신을 부정하고 있을까? 왜 나를 못 알아볼까? 가슴이 답답하고 근심이 첩첩이 쌓이니 마음은 점점 무거워져만 갔으나 그 무게를 덜 길이 없었다. 연비는 시름에 잠긴 나예린을 어떻게든 달래주고 위로해 주고 싶어했지만, 결국 이 문제는 근본이 해결되기 전까지는 근원적인 말소가 어려운 고민이었다. 그걸 알고 있기에 연비가 할 수 있는 일은 무척 한정되어 있었다.

그러나 그런 속사정을 알고 있는 사람이 있어, 단순히 옆에 함께 있어 주는 것만으로도 조금은 위안을 받을 수가 있었다. 혼자 근심을 안는다는 것은 태산을 짊어지는 것처럼 무겁고 고통스럽기 때문에 그 근심을 거들어준다는 것은 태산의 반을 들어준다는 것과 같았다. 그러니 여전히 고통스럽다 해도 그 도움이 적은 것이 결코 아니었다. 그랬던 연비도 지금은 일이 있어 잠깐 자리를 비운 터였다. 정말로 혼자 남게 되자 외로움이 파도처럼 밀려와 가슴속을 쓰리게 만들었다.

외로움?

예전에는 알지 못했던 감각이었다. 아니, 더욱더 외로워지고 고독해지길 바랐었다. 사람과 떨어져 그 누구와도 소통하지 않는 외딴 섬이 되고 싶었다. 그렇게 되면 상처 입지 않을 수 있을 거라 생각했던 것이다. 착각이었다. 그건 도망이었다. 그것이 도망이라고 가르쳐 준 것이 류연이었다. 그는 자신에게 타인과 함께하는 기쁨, 소통하는 기쁨을 알려주었다. 나눌 수록 커지는 것이 있다는 것, 가까워질수록 깊어지는 것이 있다는 것을 가르쳐 주었다. 그러나 지금 그는 여기에 없다. 하지만 멀리 있다고 느껴지지도 않는다. 이 감각의 모순은 어째서 생기는 것일까? 그건 아마도 연비 때문인 것 같았다. 연비가 있었기에 그녀는 비류연의 빈자리에 대해 잠시나마 망각할 수 있었던 것이다. 그때 그녀의 감각 안으로 소란스러운 기척이 들려왔다.

빠르고 다급하게 계단을 올라 성큼성큼 복도를 가로지르고 있었다.

'연비가 돌아왔나?'

어둡던 나예린의 안색이 순간 환하게 빛났다. 발걸음의 크기나 보폭으로 미루어볼 때 여성이 분명했다. 이렇게 당당하고 씩씩하게 걷는 사람은 많지 않았다. 평소답지 않은 것은 뭔가 화나는 일이 있었기 때문일 수도 있었다. 소리로 미루어보아 이 발걸음의 당사자는 지금 무척 화나 있는 게 분명했기 때문이다.

벌컥!

문이 열렸다. 기쁜 얼굴로 돌아보던 나예린의 눈이 경악으로 크게 떠졌다. 분명 그리운 얼굴은 그리운 얼굴이었다. 보고 싶던 얼굴이기도 했다. 하지만 이곳에 있을 얼굴은 아니었다.

"엄마 왔다!"

사정없이 문을 열고 들어온 미부인이 외쳤다. 나예린이 너무 놀라 외쳤다.

"어, 어머니?!"

그런데 놀람은 그걸로 그치지 않았다. 그 뒤를 따라 헐레벌떡 달려들어 오는 사람 때문에 나예린은 또 한 번 놀라야 했다.

"아, 아버님?"

부인, 같이 갑시다, 라고 외치며 들어오는 그는 다름 아닌 자신의 아버지인 무림맹주 나백천이었던 것이다.

"어, 어떻게 두 분이 여기에……?"

얼떨떨함이 가시지 않은 채 서둘러 인사를 하며 나예린이 물었다. 그러나 예청은 그 인사를 받는 둥 마는 둥 하며 무언가를 찾는 듯 주위를 연신 두리번거렸다.

"……?"

나예린은 어리둥절할 수밖에 없었다. 그러나 아버지는 어머니 뒤에 선 채 입을 꾹 다물고 있었다. 어머니의 용건이 끝나기를 기다리고 있는 것이다. 언제나 보던 광경이라 그다지 신기할 것은 없지만, 시시각각 궁금증이 쌓이고 있는 나예린으로서는 답답하기만 했다. 한참을 두리번거리던 예청이 그제야 나예린을 똑바로 바라보았다. 엄격한 시선을 한 예청의 미간엔 푸르스름한 분노가 서려 있어 의아함을 자아냈다.

"그 아인 어디 있느냐?"

예청이 물었다.

"어머니, 그 아이라니, 누구를 말씀하시는지요? 소녀는 잘 알 수가 없습니다."

나예린이 공손하게 대답했다.

"널 꼬신 그 아이 말이다."

화가 섞인 목소리로 예청이 내뱉듯 말했다.

"꼬시다니요?"

그런 기억이 전혀 없는 나예린으로서는 예청의 분노가 생경하기만 했다.

"벌써 감싸주려 하다니! 그런 아일 감싸줄 필요 없다. 연비라는 아이 말이다! 널 투기제로 몰아넣은, 그 나쁜 년 말이다!"

마침내 예청의 입에서 욕설이 튀어나왔다.

"꼬시다니요? 연비는 그런 적 없습니다."

나예린은 이게 어찌 된 일인가 갈피를 잡을 수 없었다.

"꼬신 게 아니라고?"

번뜩이는 눈으로 예청이 나예린을 바라보았다. 딸을 깊이 사랑하긴 하지만 딸 앞에서 한없이 약해지는 부친에 비해선 훨씬 더 엄격한 모친이었다. 부친의 부족한 부분을 자신이 메워야 한다고 생각하고 있는 것인지도 몰랐다.

"예, 어머니! 그건 어머니가 잘못 알고 계신 거예요. 연비는 절 속인 적이 없습니다. 꼬신 적도 없고요. 제가 자진해서 연비를 돕겠다고 했어요."

"왜?"

"그냥 제가 그러고 싶었으니까요."

"그냥 그러고 싶었다고?"

"예!"

"믿을 수가 없다! 믿을 수가 없어!"

예청이 고개를 세차게 저으며 외쳤다.

"안 되겠구나. 너랑은 더 이상 말이 통하지 않을 것 같다. 어미는 그 아이랑 직접 이야기해야겠구나. 그 아인 지금 어디 있느냐?"

"볼일이 있다고 잠시 나갔습니다."

나예린은 그렇게 대답하며 속으로 간절히 빌었다, 연비가 당분간 돌아오지 않기를. 어머니의 괄괄하고 칼 같은 성격을 잘 알고 있는 그녀로서는 두 사람이 부딪치지 않기만을 간절히 바랄 뿐이었다. 게다가 여기엔 부친 나백천도 함께 있었다. 어머니가 자신에게 엄격하게 대할 때는 조금 진정하고 차근차근히 흥분하지 말고 말을 들어봅시다, 우리 예린이도 사정이 있었겠지요, 라고 부드럽게 말하는 부친이지만, 당사자인 연비를 만나면 어떻게 돌변할지 알 수 없었다. 오히려 연비에게는 모친 이상으로 불같은 분노를 토해낼 수 있는 인물이 바로 그녀의 부친 나백천이었다. 모친에게는 백전백패지만 실질적인 무공 수위는 역시 부친 쪽이 높았다. 그러니 그의 분노를 산다는 것은 연비의 신상에 그다지 이롭지 않은 일이었다.

그런데 일이 한 번 꼬이기 시작하면 끝없이 꼬이는 모양이었다. 공교롭게도 하필이면 복도 먼 곳으로부터 기척이 느껴졌던 것이다. 제발 연비가 아니라 이곳 객잔에서 일하는 시녀의 발자국 소리이기를 간절히 바랐지만 그런 헛된 기대는 빨리 버리는 게 좋을 것 같았다. 이번 발자국 소리는 의심할 여지 없이 연비의 평소 발자국 소리였다. 그 발걸음 소리가 가까워지면 질수록 나예린의 가슴은 더욱더 작게 오그라들었다. 나중에는 숨도 제대로 쉬기가 힘들었다.

'연비, 제발 오지 말아요. 돌아가요. 이곳은 위험해요!'

하지만 남의 마음은 들을 수 있어도 자신의 마음은 타인에게 전할 수 없는 모양이었다. 나예린은 오늘따라 이 반쪽짜리 능력이 그렇게 원망스러울 수가 없었다. 혹시 범인이 도망갈까 봐 그 기척이 느껴질 때부터 예청과 나백천은 어느 틈엔가 말을 멈추고 살기를 끊은 채 기척을 감추고 서로를 마주 보며 의미심장한 시선을 교환하고 있었다. 두 사람의 기척을 느끼고 상대가 도망가는 것을 방지하려는 속셈이었다. 이럴 때는 정말 부부가 일심동체라도 되는 듯 손발이 척척 맞았다.

'제발… 제발……'

끼이이이익!

그러나 나예린의 기대는 헛되게도 객잔의 방문은 너무나 쉽게 열렸다. 그리고 그곳으로부터 들어온 것은 바로…….

연비는 어찌 된 일인지 평소의 활기차던 그녀와 전혀 다르게 안색이 어두웠다. 게다가 약간 당황하고 있는 것 같았다. 얼마 전에 강호란도에 처음 내렸을 때 이후로 저렇게 당황한 모습은 본 적이 없었다. 그런데 그게 처음 보는 손님 두 사람 때문은 아닌 것 같아 더욱더 의문이었다.

"오호라! 네가 바로 우리 아이를 꼬신 년이냐?"

단숨에 용의자를 알아본 예청이 힐문했다.

"글쎄요?"

그렇지 않아도 사부에게 말도 안 되는 짓을 당해서 기분이 나빠져 있던 연비가 예청의 무례한 질문을 듣고 삐딱하게 대답했다.

"무슨 대답이 그러느냐. 확실히 대답해라!"

이도 저도 아닌 것을 무척이나 싫어하는 예청은 무엇이든 딱 부러지는 것을 좋아하는 사내 같은 성격이었다. 딸 문제에 있어서 항상 우유부단한 나백천 역시 그때마다 예청의 빗발치는 비난에 몸을 사려야만 했던 것이다.

"그런데 처음 뵙는 것 같은데 누구시죠? 질문할 땐 먼저 자기 자신이 누군지부터 밝히셔야 하는 것 아닌가요?"

역시 걸고넘어질 건 확실히 걸고넘어지는 연비였다. 신분을 밝히라고 하니까 왠지 더 밝히기 싫어진 예청이 사나운 목소리로 대답했다.

"밝히기 싫다면 어쩔 테냐?"

"그럼 대답 듣기는 영영 틀린 것 같네요. 그만 포기하고 돌아가시는 게 어떨까요?"

나예린은 연비의 말 한마디마다 가슴을 졸이며 몸을 움찔거렸다. 모친의 분노가 얼마만큼 거대한지, 한 번 터지면 부친까지도 감당할 수 없다는 것을 잘 아는 그녀로서는 점점 더 분노 수치가 높아져만 가는 모친과 그것을 종용하고 있는 듯한 연비를 보며 위태위태한 느낌을 감출 수가 없었다.

"힘으로 듣겠다면 어쩌겠느냐?"

착 가라앉은 듯한 차갑고 조용한 목소리로 예청이 물었다.

"핏, 가능하시겠어요?"

피식 웃으며 연비가 대답했다.

'안 돼요, 연비! 위험해요!'

연비의 도발을 본 나예린은 깜짝 놀랐다.

그녀의 모친인 예청의 씩씩거리던 거친 숨은 어느덧 차분해져 있었고, 분노의 불길로 이글거리던 두 눈도 차가운 얼음 호수처럼 고요하게 식어 있었다. 이 상태가 정말 위험한 상태였다. 그녀의 모친은 뜨겁게 분노하기보단 항상 차갑게 분노했다.

스르릉!

옥구슬이 은 쟁반 위를 굴러가는 맑고 청명한 소리가 울려 퍼지며 예청의 도가 뽑혔다. 가느다란 도신을 지닌 푸르스름한 한광을 뿌리는 그 도는 마치 밤하늘에 걸린 삭월을 떼어 붙인 것처럼 우아한 곡선을 그리며 휘어져 있었다.

'빙월(氷月)!'

그 아름답고 고혹적이며 마력적인 도신을 보며 나예린은 경탄했다. 언제 보아도 아름다운 도다. 마치 사람의 영혼까지 매혹시킬 정도로 은은한 광채를 뿌리는 그 도는 어찌 보면 요사스럽기까지 했다. 이 휘어진 하얀 도신에서 차가운 한광을 뿌리는 도가 바로 예청에게 빙월선자란 명호를 안겨준 언월도, '빙월'이었다. 이 도에서 뿜어져 나오는 차가운 도기로 그녀는 이십여 년 전 마천각에서 여중제일의 자리에 올랐었다. 그녀가 약관의 나이에 세웠던 최연소 교관 기록은 아직도 깨어지지 않고 있었다.

파라라락!

마치 나비가 춤을 추는 것처럼 우아하게, 가늘고 날카로운 곡면이 살기를 뿜은 채 달을 흩뿌렸다. 변화무쌍하게 무리 지어 어지럽게 나타난 삭월의 그림자가 연비의 전신을 휩쓸고 들어갔다.

갑작스런 기습에 연비는 얼른 왼손으로 현천은린을 들어 날아오는 달 그림자를 막아냈다. 우아하면서도 날카로운 예기가 실린 도기였다. 정면으로 부딪치면 위험할 수 있다고 판단한 연비는 현천은린을 비스듬하게 휘두르며 정면으로 부딪치는 것을 일부러 회피했다. 현천은린의 피부는 묵린혈망의 가죽을 특수 가공하여 만든 특제라 무척 질기고 단단해 웬만한 보검에도 상처 하나 입지 않았지만 이처럼 날카롭고 예리한 검기에는 어찌 될지 알 수 없는 노릇이었던 것이다. 그런데 나예린은 연비의 이런 움직임을 보고 어색함을 느꼈다.

'왜 평소보다 반응이 느리지? 게다가 왜 왼손만?'

나예린이 알기로 연비는 왼손잡이가 아니었다. 그리고 평소의 연비라면 훨씬 더 움직임이 부드러울 터였다. 자세히 연비의 움직임을 살펴본 나예린은 그제야 어색해 보이는 원인을 발견할 수 있었다. 그것은 바로 연비의 오른팔이 거의 통나무처럼 몸에 붙은 채 움직이지 않고 있다는 것이었다. 아마 나예린 정도의 안력이 아니었으면 이런 미세한 차는 금세 놓치고 말았을 터였지만, 그녀의 눈을 벗어날 수는 없었다.

"꽤 하는구나?"

언월의 춤을 멈추지 않은 채 말하는 예청의 얼굴에는 미미한 놀람의 기색이 어려 있었다. 아무리 전력이 아니라지만 자신의 도기를 이토록 안정적으로 막아낼 줄은 꿈에도 짐작치 못했던 것이다.

"당신이야말로요."

대답이야 그렇게 담담하게 받았지만 연비는 속으로 무척 당황하고 있었다. 생각보다 이 아줌마의 움직임이 너무 좋았다. 어찌 보면 흑룡왕보다 더 강할지도 몰랐다. 어떻게든 간신히 막고는 있는데 아무리 봐도 전력은 아니었다. 여기까지는 문제없었지만 그다음이 문제였다. 도대체 이 정도 도기를 보유한 인물이 누군지 자꾸만 궁금증이 치밀어 올랐다. 게다가 저기 뒤에서 안절부절못하고 있는 아저씨도 무척 눈에 익은 아저씨였다.

"갑자기 당신이 누군지 궁금해지는군요."

"이제 와서 말이냐?"

빙월을 연신 휘둘러 연비의 사방을 압박하며 예청이 외쳤다.

연비는 맞다며 고개를 끄덕였다.

"좋다! 그렇다면 이 기술을 막으면 알려주마!"

그렇게 외치는 예청의 빙월이 차가운 냉기를 뿜어내기 시작했다. 나예린은 그것이 모친의 성명절기인 기술의 기수식임을 알아차렸다.

빙월십이도(氷月十二刀).

절기(絶技).

빙월난무(氷月亂舞).

기술이 발동된 순간 온 방 안이 얇고 날카로운 달 그림자로 뒤덮였다. 반은 달처럼 차갑게 빛나고 있었고 나머지 반은 그 언월의 그림자처럼 어두웠다. 일반적으로 빛나는 것이 실초이고 그림자가 허초였으나 개중에는 허실이 뒤섞인 것들이 있기 때문에 결코 방심할 수 없었다.

"우왁! 갑작스럽게 이런 걸 쓰면 어떻게 해요, 방도 비좁은데!"

깜짝 놀라면서도 자기 할 일을 잊지 않은 연비는 우산을 활짝 펴 급작스럽게 회전시키면서 자신의 사방을 감쌌다.

현천은린(玄天銀燐).

회천(回天).

무서운 속도로 회전하는 우산의 벽에 가로막힌 달 그림자가 이리저리 사방으로 튕겨 나가기 시작했다. 한 번 돌기 시작한 현천은 멈출 기미를 보이지 않았다. 마침내 달이 지자 검은 하늘도 회전을 멈추었다.

"그걸 막다니 놀랍구나!"

솔직한 심정으로 감탄했다. 이 초식을 상처 하나 없이 막을 수 있는 사람은 많지 않았다.

"그렇게 놀라실 필요는 없어요. 그걸 막는다고 이쪽도 엄청 무리했거든요. 하마터면 피부에 상처 날 뻔했어요."

그렇게 말하는 연비의 안색은 정말로 창백해 보였다. 기술을 쓴 왼팔도 왼팔이지만 내공이 전신을 폭발적으로 달려나가는 바람에 잠잠히 눌러놓았던 오른팔이 격발되고 만 것이다. 그 때문에 의식을 집중해 오른팔을 눌러놓지 않으면 안 되었다. 솔직히 더 이상 싸운다는 것은 위험했다.

"여기서 멈출까요? 더 싸우면 위험할 것 같은데?"

솔직한 심정으로 연비가 대답했다.

"네가 말이냐, 내가 말이냐?"

예청이 물었다.

"그거야 물론 당신이죠."

이번에도 연비는 솔직히 대답했다.

"호오? 간이 부었구나. 하지만 그런 터무니없는 자신감도 싫진 않아! 특히 여자애가 그러면 말이야!"

호승심이 남달리 강한 예청이 그 말을 듣고 물러설 리가 없었다.

"그래도 방금 전 초식은 막았으니 약속은 지키셔야죠."

"무슨 약속? 아, 그 약속 말이냐? 이 초식을 막을 수 있다면 내 정체를 가르쳐 주겠다던?"

쉐애애애액!

사정없이 베어 들어오는 차가운 초승달의 검격을 왼손에 든 현천은린으로 막아내며 연비가 고개를 끄덕였다. 중년 미부의 얼굴에 살짝 미소가 떠올랐다.

"내가 누군지 궁금하냐? 그렇다면 가르쳐 주마."

한 호흡 잠깐 쉰 다음 예청이 말을 이었다.

"난 저 아이의 엄마다!"

연비의 눈이 동그랗게 떠졌다.

"진짜예요, 린?"

분명 뛰어난 미모이긴 하지만 모녀지간이라고 하기엔 성격이 정말로 하늘과 땅 차이라 연비는 린에게 확인 절차를 거치지 않을 수 없었다.

"저, 저희 어머니 맞으세요. 미안해요, 연비."

나예린의 확인까지 받자 의심할 여지는 더 이상 없었다.

'이거 곤란하게 됐네? 이런 모습으로 만날 예정은 없었는데……'

만날 때는 또 하나의 나의 모습으로, 진짜 나의 모습으로 만나리라고 계산하고 있었던 것이다. 그런데 일이 꼬였는지, 운명이 꼬였는지 연비의 모습을 하고 있을 때 나예린의 엄마와 만나고 만 것이다. 게다가 갑작스럽게 통성명도 하기 전에 검부터 휘두르다니……. 일이 꼬여도 단단히 꼬인 모양이었다. 게다가 곤란한 일은 그것만이 아니었다.

"그런데 린의 어머니께서 이런 먼 곳까지 어쩐 일이시죠?"

"누가 우리 아이를 속였는지 알아보러 왔다!"

"속인 적 없는데요?"

연비가 솔직하게 말했다.

"네가 꼬시지 않았다면 우리 예린이가 어떻게 그런 대회에 참가하게 됐을까?"

"그걸 왜 저한테 물어보세요? 저도 잘 모르는걸?"

문답 도중에도 예청은 여전히 허공중에 어지러이 달의 그림자를 그려내며 공격을 멈추지 않고 있었다.

"그럼 누구한테 물으란 말이냐?"

"그야 물론 본인한테 물어야죠."

당연한 것을 왜 굳이 물어보느냐는 투로 연비가 대답했다. 예청이 황당해하자 친절하게 보충 설명도 잊지 않았다. 나예린의 엄마인 만큼 더욱 친절하게 대하려는 의도인 모양이었다. 물론 그 의도가 곡해없이 제대로 먹혔는지는 알 수 없지만 말이다.

"그 답을 가지고 있는 건 제가 아니에요. 그러니 딸한테 물어보세요. 그 답은 린이 가지고 있으니까요."

연비가 술술 대답했다. 위축되는 모습은 조금도 없었다. 무림맹주의 이름을 들었을 때도 꿈쩍하지 않던 연비가 무림맹주 부인이란 직함에 꿈쩍할 일은 없었다. 하지만 예린의 아빠라는 말에는 꿈쩍하지 않았는데 예린의 엄마라는 말에는 조금쯤 꿈쩍한 연비이기도 했다. 나중에 찾아갈 때를 대비하려고 무의식중에 준비하고 있었던 것인지도 몰랐다. 하지만 이럴 경우 보통 아빠 쪽을 경계해야 했다. 원래 남자의 적은 남자고 여자의 적은 여자인 경우가 대부분이기 때문이다.

"아, 계속 공격하시면 저 곤란하거든요."

여전히 공격이 멈추질 않자 연비가 완곡하게 말했다. 물론 방어는 잊지 않았다.

"곤란하라고 공격하는 것이다!"

당연한 것 아니냐는 듯 예청이 대꾸했다.

"아니, 저, 정말로 곤란해질 수 있어요, 어머님!"

연비의 얼굴은 정말로 곤란해하고 있었다. 그 표정을 보고 나예린은 의아함을 느꼈다.

"뭐가 곤란해질 수 있는데? 그리고 누가 네 어머님이란 말이냐?!"

예청이 발끈하며 대답했다.

"어멋, 그럼 '저 같은' 아들은 어떠세요?"

"그건 내가 인정 못해!"

지금까지 잠자코 두 사람의 대결을 지켜보던 나백천이 빽, 소리쳤다. 그딴 건 인정 못해, 라는 기운이 그의 배후에서 뭉게뭉게 먹구름처럼 피어오르고 있었다.

"날 놀리는 거냐?"

쉑쉑!

자신이 놀림받았다고 생각한 예청의 검이 더욱 빨라지고 사나워졌다.

"어멋, 농담 아니었는데. 그리고 진짜로 곤란하다고요."

연비가 참지 못하고 하소연을 터뜨렸다.

"아까부터 곤란곤란 하는데, 도대체 뭐가 곤란하다는 것이냐?"

연비는 다시금 자신의 목과 어깨를 향해 날아오는 두 개의 달 그림자를 피하며 말했다.

"아, 이대로 잘못하면 당신을 상처 입힐 수 있거든요. 예린의 엄마를 다치게 하고 싶진 않아요."

그 말을 들은 예청은 기가 막혔다.

"네까짓 어린 계집이 나를 상처 입힌다고? 나 빙월선자 예청을?"

연비는 숨 가쁘게 날아오는 삼검을 차례로 막은 다음 망설이지 않고 고개를 끄덕였다.

"저 지금 절 제어할 수 없는 사태에 직면할 수 있거든요? 때문에 안전을 보장할 수 없어요. 그러니 어서 그만둬 주세요. 사실 이제 한계거든요."

공격을 받고 방어를 하게 되자 억눌러 뒀던 기가 활성화되면서 구속이 풀린 오른팔로 맹렬히 흘러들어 가기 시작하고 있었다.

'너무 이른데?'

아직 제어하지 못할 때는 아니었다. 한데 너무 진행이 빨랐다. 이대론 정말 위험했다. 미친 듯이 날뛰려고 하는 팔을 억누르는 연비의 심정은 장마철에 물 불어난 둑을 맨몸으로 떠받치고 있는 기분이었다. 둑이 터진 다음은 연비도 자신할 수 없었다.

"난 믿지 못하겠구나. 정말 할 수 있다면 해보거라!"

오기가 생긴 예청은 검법의 기세를 늦추기는커녕 더욱더 증가시켰다. 그러자 차가운 달 그림자가 냉기를 품고서 북풍한설처럼 연비를 조각내기 위해 날아들었다. 봉인이 풀려 오른손을 쓸 수 없게 된 연비는 왼손 하나로 힘겹게 날아오는 빙월검을 막아냈다. 그러나 막기만 할 뿐 공격으로 이어가진 못했다. 그러기엔 여력이 부족했다. 현재 연비는 오른팔의 폭주를 막기 위해 대부분의 힘을 쓰고 있는 상태였다. 그 때문에 신경이 분산되어 힘을 원활하게 사용하지 못하고 있었다.

'몹쓸 사부! 내 이럴 줄 알았다니까!'

오른손의 묵룡환이 풀렸지만 마냥 기뻐할 수만은 없는 일이었다. 그냥 두면 엄청난 파괴력을 일회성으로 얻는 대신 영원히 오른팔을 못쓰게 될 가능성도 있었다. 이런 미친 짓을 하다니… 역시 사부는 제정신이 아닌 게 분명했다. 제정신이 아닌 것까진 좋은데 겸사해서 제자를 잡으려 드는 게 문제였다. 하지만 이미 엎질러진 물이라 현재 연비가 할 수 있는 일은 어떻게든 엎질러진 물이 홍수가 되어 범람하는 것을 막아야 했다.

"왜 아까부터 계속 왼손만 쓰고 있지? 좌수검이라고 하기엔 움직임이 어색한데?"

역시 예청은 눈이 날카로워 미세한 차이도 놓치지 않았다. 그래서 연비의 움직임이 어딘가 매끄럽지 않다는 것을 발견하곤 물은 것이었다.

"아, 원래는 왼손잡이였습니다, 라고 말하고 싶은 게 지금의 솔직한 심정이에요. 하지만 그럴 수 없다는 게 참으로 안타깝군요."

고소를 머금으며 연비가 대답했다. 두 사람의 공방은 아직도 계속되는 중이었다.

"그럼 왜 오른손을 안 쓰느냐? 다쳤느냐?"

연비는 고개를 가로저었다.

"아니요. 이걸 쓰면 다치시거든요."

연비가 순순히 대답했다.

"누가 다친단 말이냐?"

"물론 당신이죠."

"웃기는 소리! 그런 헛소린 인정할 수 없다!"

분개한 예청이 외쳤다. 물론 저렇게 되리라 상상했는데 그대로였다.

"냉큼 오른손을 써라! 제 실력도 아닌 애를 잡았다는 말은 듣고 싶지 않다!"

그런 일은 그녀의 드높고 고고한 자존심이 용납하지 않았다.

"좀 전에 말씀드렸던 것 같은데요, 오른손은 쓸 수 없다고요. 큰일로 만들고 싶지 않아요. 정말 다치신다고요."

그 말 안엔 진심이 담겨 있어 더욱더 기분이 언짢아진 예청은 공격을 중단하고 우뚝 멈춰 섰다. 연비도 자연스레 거리를 유지하며 멈추었다.

"정말로 오른손을 쓸 생각이 없느냐?"

살짝 고개를 숙인 채 예청은 나직한 어조로 물었다.

"없습니다."

연비의 대답은 한결같았다. 그 마음이 바뀔 것 같지 않자 예청은 이내 결심했다.

"좋다! 계속 쓸 수 없다고 고집을 피운다면 강제로라도 쓰게 만들어주마!"

찰칵!

예청이 빙월을 몸 한가운데 세운 다음 왼손을 손잡이에 가져다 대고 살짝 조작하자 쇠 부딪치는 마찰음과 함께 하나였던 조각이 스르륵 갈라지며 두 개의 달로 변했다.

분리되는 달. 하나의 달은 두 개의 언월이 되었다. 나뉘어진 두 개의 언월을 양손에 든 채 양쪽으로 교차했다. 두 개의 달이 예청의 주위를 감싸 안았다. 교차한 양손이 정적 속에 빠져들었다.

양손에 각각 하나씩 초승달 조각을 교차해 든 채 최강 절기의 기수식을 취하며 쌍월의 주인은 마지막으로 차갑게 경고했다.

"죽기 싫으면 그 오른손의 실력을 내 보이는 게 좋을 것이다."

경고를 발하는 예청의 눈빛이 예사롭지 않았다.

'이런, 진심이신가 보네.'

연비가 보기에 이번 것은 상당히 위험할 것 같았다.

"하아, 정말 안 되는데……."

걱정스럽게 한숨을 쉰 다음 연비가 말했다.

"그렇게까지 나오시면 할 말이 없죠. 후회하시면 안 돼요. 아아, 다치게 하기 싫은데……."

그러나 연비는 끝끝내 검은 우산을 오른손으로 옮겨 잡지 않았다. 대신 전신을 긴장시키며 공격에 대비했다. 할 수 있는 데까지 버텨볼 생각이었다.

스윽!

춤을 추듯 예청의 발이 스르륵 앞으로 미끄러지듯 움직였다. 버드나무 가지처럼 부드러운 허리가 앞쪽으로 쑤욱 내리꽂히듯이 깊숙이 파고들었다. 그 재빠른 변화에 당황하지 않고 연비는 지면을 박차며 몸을 뒤로 뺐다. 예청이 기다리고 있던 것은 바로 그 순간이었다.

사락!

선풍처럼 몸을 돌리며 왼쪽의 초승달을 그어 올렸다. 그 뒤로 오른쪽의 초승달이 따라 들어왔다. 척추를 축으로 몸을 사선으로 회전시키며 연속적으로 도를 베어 올린 것이다. 예리한 면도날 같은 공격이 자신의 얼굴을 휩쓸고 들어오자 연비는 재빨리 현천은린으로 이격을 막아냈다.

챙그랑! 챙챙챙챙!

달과 현천은린이 부딪치는 순간 초승달이 깨어지면서 그 조각으로부터 수십 개의 달 그림자가 어지러이 날리었다.

빙월십이도(氷月十二刀).

최종오의(最終奧義).

쌍월야(双月夜).

두 개의 달이 예청의 손아귀 안에서 춤을 추기 시작했다. 수십 개의 달무리가 바람을 타고 춤을 추듯 연비의 몸을 쇄도해 들어갔다. 도의 수발이 자유자재한 경지에 이르렀는지 이런 복잡한 초식을 전개하면서도 조금의 흐트러짐이 없었다. 춤추는 초승달의 그림자 속에서 연비는 낭패 섞인 표정을 짓지 않을 수 없었다.

자신의 주위를 나비처럼 날아다니는 이 초승달 조각들이 언제 이빨을 내밀고 자신을 물어뜯을지 알 수 없었다. 그렇다고 완전히 포위된 마당에 어디 따로 빠져나갈 구석이 있는 것도 아니었다.

'이런! 이번에야말로 정말 궁지에 몰렸는지도……'

평소 같았으면 이 지경까지 오지도 않았겠지만 정체를 숨긴 데다 오른손의 묵룡환까지 제거당한 연비는 미친 황소처럼 날뛰는 힘을 억누르느라 평소 힘의 반의반도 제대로 발휘하지 못하고 있었다. 달의 나비가 움직임을 멈추었다.

"연비, 저건 정말로 위험해요! 그만 항복해요!"

가공할 위험을 감지한 나예린이 다급한 목소리로 외쳤다.

"여기까지 와서 그만둘 순 없죠."

연비가 씩 웃으며 대답했다.

폭풍 전의 고요란 이런 것을 두고 말함이리라.

촤라라라락!

마침내 쌍월이 펼치는 최후의 군무가 시작되었다.

쌍월야(双月夜).

최종변환(最終變幻).

십이야(十二夜).

멈춰 있던 달의 조각이 강풍에 휩쓸려 떨어지는 꽃잎처럼 일제히 연비를 향해 달려들었다. 연비는 당황스러웠다. 당하는 게 문제가 아니었다. 현재 네 개의 묵룡환 중 하나가 풀려 있는 상태에서 시간이 한참 지난 후라 자신이 힘을 적절히 통제할 수 있다고 장담할 수 없었다. 자칫 잘못 출수해서 린의 엄마에게 상처라도 입히게 되면 큰일이었다. 잘못하면 죽일 수도 있었다. 물론 그 후에 자신의 오른팔도 무사하지 않을 것이다. 그야말로 최악의 사태가 야기될 수도 있었던 것이다. 그러나 점점 더 예청의 공세가 무자비해지고 검세가 면면부절히 이어지니 막는 것만으로도 벅찰 지경이었다.

적당히 하다가 끝내겠거니 했는데 나예린의 엄마는 딸과는 다르게 호승심과 승부욕이 남다른 모양이었다. 하나의 달이 두 개로 갈라지는 순간 연비는 확신했다. 이 사람은 적당히, 라는 것에 그다지 관심이 없는 게 분명하다고. 그리고 그때 어두운 밤 속에서 두 개의 달이 춤을 추기 시작했다.

수백 개로 갈라진 달의 조각이 밤하늘로 날아올라 연비의 주위를 감쌌다. 피하는 것은 불가능할 것 같았다. 그리고…

'역시 오른손을……'

그렇게 생각하고 있는 순간 위험하다고, 그만 항복하라는 나예린의 외침이 들려왔다. 그러나 연비는 멈출 수 없었다. 항복할 수는 없었다. 용서를 구할 것도 없었다. 미안해해도 예린에게 미안해하고, 고마워해도 예린에게 고마워할 일이었다. 예린의 엄마로서 존중해 줄 수는 있지만, 엄마가 예린인 것은 아니었다. 그러니 절대로 항복할 수 없었다.

'제발 죽진 마세요, 장모님!'

연비는 마침내 오른손으로 현천은린을 들었다.

빙월십이도의 최후 절초인 쌍월야의 위력은 대단했다. 특히 그 최종 변환이라 할 수 있는 십이야는 오감을 현혹시킬 정도로 현란했다. 열두 줄기로 갈라진 달의 조각들이 질풍처럼 사납게 연비의 전신을 향해 쇄도해 왔다.

현천은린을 오른손으로 고쳐 잡은 연비가 외쳤다.

"조심하세요. 정말 잘못되면 책임 못 져요!"

그렇게 경고해 주는 게 연비가 할 수 있는 최선이었다.

두근!

연비의 오른손이 맥동 쳤다. 억지로 막아놓았던 힘이 바깥을 향해 뛰쳐나가려 날뛰고 있었다.

두근! 두근!

연비의 얼굴이 순간 고통스럽게 일그러졌다.

오싹!

그 모습을 본 나백천은 순간 이유없이 등골이 오싹해졌다. 연비의 호박색 눈동자가 황금빛을 내며 타오르기 시작했다.

쾅!

그 순간 연비의 몸에서 무언가가 폭발했다.

현천은린(玄天銀燐).

오의(奧義).

현천포월(玄天包月).

파바바바바바바바밧!

연비의 오른손이 흐릿하게 사라지며 그곳으로부터 검은 번개가 수백 줄기 유성처럼 사방으로 쏘아졌다. 검은 밤은 희미한 달빛들을 한순간에 집어삼키며 자신의 영역을 확장했다. 열두 줄기로 나뉘어진 달의 조각들이 순식간에 소멸되고 빛나던 그 길은 어둠보다 더 깊게 덧칠되었다. 실로 무시무시한 기술이 아닐 수 없었다. 검은 번개로 오로지 파괴밖에 모르는 듯했다. 그것은 인정도 없고 사정도 없이 그저 순수한 힘으로 주변을 파괴해 나갔다.

"이, 이럴 수가!"

자신의 최강 초식을 무력화시키며 날아오는 검은 뇌광을 예청은 그저 넋이 나간 채 멍하니 바라보고만 보았다. 찰나처럼 짧은 순간이 영원처럼 길게 느껴졌다. 이대로라면 검은 뇌광은 사정없이 예청의 전신을 휩쓸어 버리고 말 터였다. 그렇게 되면 아무리 예청이라도 무사할 수 없었다.

"위험하오, 여보!"

상황이 심상치 않게 돌아감을 느낀 나백천이 다급하게 검을 뽑아 들고 검초를 전개했다.

쉐에에에엑!

진천뢰벽검이라는 별호답게 섬전처럼 빠른 검초가 측면에서 검은 뇌광을 뒤덮었다.

팅팅팅팅팅!

그러나 놀랍게도 약한 측면을 찌르고 들어갔는데도 오히려 파훼된 것은 나백천의 검기였다.

"이, 이럴 수가!"

나백천이 당황하고 있을 때 나예린이 예청과 검은 뇌광 사이로 뛰어들었다. 이대로 두면 어머니가 큰 위험에 처하게 되기 때문이었다.

"안 돼, 린!"

퍼뜩 정신을 차린 연비는 어떻게든 검은 뇌광을 제어해 보려 했다. 오른팔을 통해 단전의 기가 썰물처럼 빠져나가고 있었다. 마치 그 오른팔이 자신의 것이 아닌 것처럼 통제에서 벗어나 미친 듯이 날뛰고 있었다. 그 힘은 가장 소중한 사람의 엄마를 상처 입히려 하더니 이제는 가장 사랑하는 사람마저 상처 입히려고 날뛰고 있었다.

"그렇겐 못해!"

퍽!

연비는 왼손으로 오른쪽 어깨 부위의 혈도를 세게 때리며 있는 힘껏 쏘아지는 힘의 방향을 비틀었다.

쾅콰콰콰쾅!

아무것도 없는 땅바닥에 검은 뇌광이 직격했다. 무시무시한 굉음과 함께 땅이 패이고 흙먼지가 구름처럼 일어나며 질풍이 불었다.

"꺄악!"

그 여파를 감당하지 못한 예청의 몸이 뒤로 날아갔다. 연비의 희생적인 움직임 덕분에 공격 영향권 밖으로 벗어날 수 있었던 나예린의 입에서 다급한 비명이 터져 나왔다.

"어머니!"

"부인!"

뜻밖의 사태에 기겁한 나백천이 비조처럼 몸을 날려 예청의 몸을 받아냈다. 그러나 아직 여력이 남아 있어 그 힘을 흘려 버리기 위해 계속 뒤로 뒷걸음쳤으나 다 해소하지 못하자 예청의 몸을 보호하기 위해 몸을 구부려 그녀의 몸을 감싸 안으며 호신강기를 일으켰다.

쾅!

예청을 안은 나백천의 등이 건물 벽에 부딪치자 사방으로 금이 가며 움푹 파였다. 바닥에도 두 줄기 자국이 밭고랑처럼 패어 있었다.

"괜찮소, 여보?"

머리 위에서 떨어지는 먼지와 돌멩이들에 아랑곳하지 않고 나백천이 걱정스런 어조로 물었다. 자신을 내려다보는 남편을 바라보며 예청이 대답했다.

"당신이 받쳐 준 덕분에 전 괜찮아요. 당신은 어때요? 다치지 않았어요?"

차갑기만 하던 그녀의 어조에 다정한 정이 한가득 묻어 있었다. 그가 자신의 몸을 돌보지 않고 몸을 날려 그녀를 위험으로부터 구해줬으니 어찌 감격하지 않겠는가. 금방이라도 눈물을 글썽거릴 것 같은 예청을 보며 나백천이 호탕하게 웃으며 말했다.

"허허, 걱정 마시오. 이래 봬도 명색이 무림맹주인 사람이오. 이 정도 타격으로 다치거나 하지는 않소."

"그래도 나중에 꼭 신의의 진찰을 받아보세요. 당신은 무림을 어깨 위에 짊어진 분, 다치거나 해서는 절대로 안 돼요. 저를 위해서도요. 아시겠어요?"

염려가 가득한 그녀의 목소리를 듣자 나백천은 절로 감격하지 않을 수 없었다. 부인에게서 이런 애정 어린 따스한 말을 들을 수 있는 것은 극히 드문 일이기에 매번 감격하지 않을 수 없었던 것이다. 뿌듯한 마음이 그의 가슴속에서 일어났다.

"아참, 예린이는 어떻게 됐어요?"

딸보다는 남편이 우선이었는지 그제야 자신의 앞을 막아섰던 딸 나예린의 신변 안전에 생각이 미친 예청이 외쳤다.

"아, 예린이라면 무사하니 걱정 마시오. 그 연비라는 아이가 힘의 방향을 틀면서 밀쳐 냈기에 안전하오. 다만 그 여파가 당신에게 미쳐서 큰일 날 뻔했다오."

나백천이 뒤에서 받아주지 않았다면 몸이 크게 상했을 게 분명했다.

"고마워요, 여보! 구해줘서!"

쪽!

예청이 나백천의 두 팔에 안긴 채 기습적으로 볼에다 입을 맞췄다. 순간 나백천의 얼굴이 불에 덴 것처럼 확 하고 붉어지며 표정이 뜨거운 물에 풀린 엿가락처럼 흐물흐물하게 변했다.

"음허허허허! 뭘 그런 것 가지고 그러시오. 백 번이고 이백 번이고 당신이 위험하다면 달려와야 되는 게 당연한 것 아니겠소. 당신을 위해서라면 이 늙은 몸뚱이쯤이야 조금도 아끼지 않소이다."

헤롱헤롱! 정신이 꽃밭을 노니는 나백천은 주책과 방정을 동시에 떨며 말했다.
"흥, 당신 몸 상해봤자 하나도 기쁘지 않아요. 몸 간수 잘하라고 아까도 얘기했잖아요. 아참, 그 연비라는 아이는 어떻게 됐죠? 그 아인 대체 누굴까요? 그 어린 나이에 그렇게 강한 무공을 소유하고 있다니……."
"하지만 자주 쓸 수 있는 것은 아닌 것 같소."
그러면서 나백천은 진중한 얼굴로 한곳을 가리켰다. 그곳에 연비가 오른쪽 어깨를 움켜쥐고 한쪽 무릎을 꿇은 채 고통스러운 표정을 짓고 있었다. 그 곁에서 나예린이 걱정스런 얼굴로 그 모습을 지켜보고 있었다. 연비는 고통을 참고 있느라 그런지 이마에 땀방울이 송골송골 맺혀 있었다.
"크윽!"
연비는 미간을 찡그리며 이를 악물었다.
"연비, 괜찮아요?"
나예린이 걱정스러운 목소리로 물었다.
"……."
연비는 대답하지 못했다. 고통은 상상 이상으로 격심했다. 마치 온 팔의 근육이 줄기줄기 끊어지고 신경 다발은 불길에 이글이글 타오르는 듯했다. 정신을 붙잡고 있기조차 힘든 그런 고통이었다. 어깨가 빠지고 뼈가 분리되지 않은 게 용할 지경이었다. 위력이 굉장하면 뭐 하나. 한 번 쓰고 하마터면 영원히 팔을 못쓰게 될 뻔했는데. 정말 팔이 갈가리 찢겨져 나가는 줄 알았던 것이다. 아직 오른팔이 붙어 있다는 게 신기했다. 근맥이 끊어지면 영원히 팔을 쓰지 못하게 된다. 그렇게 되면 무림인으로서의 생명은 끝나는 것이다. 그동안 평상시에 묵룡환을 차고 수련했던 덕분에 가까스로 버틸 수 있었던 것이다. 그릇보다 넘치는 물은 그 그릇을 깨뜨려 버리는 수가 있었다.

'나의 그릇은 어떻지?'

연비는 조심스럽게 손가락 하나를 움직이라는 신호를 오른손에 보냈다. 천 개의 바늘로 마구 찌르는 듯한 고통이 찾아왔지만 연비는 의지를 놓지 않았다. 이마에서 땀이 비 오듯 쏟아졌다.

움찔!

마침내 신호가 있었다. 검지손가락 끝이 살짝 움직인 것이다. 신경이 손상당하긴 했지만 무사하다는 이야기였다. 첫 성공에 힘입어 연비는 차례로 나머지 손가락을 움직여 보았다. 고통은 여전했지만 모두 조금씩 움직였다.

"연비······."

고통을 참으며 연비가 미소 지었다.

"다행히 멀쩡한 것 같아요. 조금 쉬면 괜찮아질 거예요."

"거짓말!"

드러난 연비의 팔은 무척 창백하고 힘없어 보였다. 여기저기 멍이 들어 있는 듯한 푸른 빛깔도 간간이 보였다. 그런데 그게 멀쩡할 리 없었다.

"좀 쉬면 괜찮아질 거예요. 하지만 당분간 우산은 왼손으로 써야겠네요."

아무래도 오른팔엔 부목이라도 대놔야 될 성싶었다. 지금 이 오른팔에 필요한 것은 절대 안정이었다. 더 이상 혹사시켰다가는 그때야말로 영영 못쓰게 될 가능성도 있었다.

그때 그림자 하나가 무릎 꿇고 있는 연비의 등을 덮었다. 연비는 고통을 감춘 채 그 그림자를 올려다보았다. 그곳엔 복잡한 심경이 담긴 눈을 한 예청이 나백천과 함께 서 있었다. 힘겹게 미소 지으며 연비가 말했다.

"것 보세요. 위험할 거라고 했잖아요."

"확실히 위험하긴 했다. 죽음의 공포를 느껴본 것이 몇 년 만인지 모르겠구나."

예청은 근 이십 년간 한 번도 느껴보지 못했던 공포를 다시 일깨워 준 장본인을 바라보았다. 그녀의 분노를 산 나백천은 때때로 죽음의 공포에 사로잡힐 때도 그녀는 언제나 강하고 당당했다. 그런 예청이 이번에는 검은 뇌광 앞에서 진실한 공포를 그 마음속에 새기게 되었던 것이다.

"하지만 위험한 것은 나 혼자만이 아니었던 모양이구나?"

연비는 쓴 미소를 지으며 힘겹게 고개를 끄덕였다.

"양날의 검이란 것이냐?"

"방금 전 힘에 한에서만은 확실히 그렇죠. 그다지 쓰고 싶은 힘은 아니에요. 아니, 사실 쓰고 싶지 않았죠."

"하지만 지금 너는 무척 힘겨워 보인다. 좀 전에 믿지 못할 만한 힘을 낸 반동이라 생각해도 좋겠지. 나의 패배를 인정하겠다. 하지만 나의 남편은 아직 멀쩡하다. 이분에게 너를 제압하게 하고 예린이를 데리고 갈 수도 있다."

흔들리지 않는 차가운 눈동자로 조용히 연비를 주시하며 예청이 말했다. 누군가가 자신을 내려다보는 게 마음에 들지 않는 연비는 찢겨 나가는 것 같은 고통을 참으며 몸을 일으켰다.

"부부 일심동체라는 건가요? 뭐, 확실히 지금 싸우면 불리할지도 모르죠. 하지만 그냥은 안 될 겁니다."

연비는 굳은 의지가 담긴 눈으로 예청을 바라보았다.

"터무니없는 자신감이로구나!"

누가 감히 무림맹주 나백천과 그 부인인 빙월선자 예청 앞에서 이렇게 당당할 수 있겠는가. 게다가 이 정도까지 몸을 혹사시킨 상태에서 말이다.

"그런 말, 종종 듣죠."

"정말 포기하지 않겠다는 거냐?"

"포기요? 그건 제가 모르는 단어군요. 그게 무슨 뜻이죠?"

배울 생각도 없으면서 연비가 물었다.

"너같이 광오한 여자 아이를 싫어하진 않는다. 하지만 엄마로서 해야 할 일을 하겠다."

예청이 선언했다. 그때 나예린이 뛰어나와 양손을 활짝 벌리며 연비의 앞을 가로막았다.

"무슨 짓이냐, 예린아?"

딸의 의외의 행동에 깜짝 놀란 예청이 반문했다. 한 번도 부모에게 반항이란 걸 해본 적이 없는 아이였던 것이다. 사실 그동안 이 부부는 나예린에게 있어 세상에서 유일하게 믿을 수 있는 존재였던 것이다. 특히 엄마인 예청의 말에 불복종한 적은 한 번도 없었다. 나예린이 고개를 가로저으며 외쳤다.

"그만두세요!"

"이 엄마의 뜻을 거역하겠다는 뜻이냐?"

뜻밖의 반항에 화난 목소리로 예청이 외쳤다.

"……."

나예린은 대답하지 않았다. 그것은 곧 무언의 대답이었다.

"예린아, 네가 설마……."

결심을 굳힌 나예린이 말했다.

"이번만큼은 따를 수 없습니다. 어머니, 아버지, 불효녀를 용서하세요. 전 연비와 함께 투기제에 나가겠습니다. 뭐라 하셔도 제 결심은 변하지 않을 거예요!"

나예린이 또박또박한 목소리로 자신의 의지를 밝혔다.

"어째서!"

예청의 격노한 일성이 터져 나왔다. 어째서 부모의 마음을 몰라준단 말인가?

"연비가 꼬신 게 아니에요. 투기제 일은 제가 스스로 선택한 것입니다. 모든 걸 알고서 제가 제 의지로 납득한 일입니다. 그러니 제 의지를 관철시키겠어요."

"이 애미의 명을 거역하겠다는 것이냐? 그동안 너를 키워준 우리들의 가슴에 대못을 박겠다는 것이냐?"

격해진 감정을 주체 못하며 예청이 힐문했다.

"그동안 키워주셔서 감사합니다. 하지만 전 이제 그때의 울고만 있던 어린아이가 아니에요. 전 이제 성인입니다. 자신의 길은 자신이 선택하겠어요."

"그렇게까지 하는 이유가 무엇이냐? 저 아이 때문이냐? 저 아이가 너의 무엇이기에?"

연비를 가리키며 예청이 외쳤다.

"연비는 제 친구입니다! 가장 소중한!"

망설이지 않고 나예린이 대답했다.

"친구?"

"예, 친구입니다."

뜻밖의 말을 들은 예청의 눈이 놀람으로 휘둥그레졌다. 딸아이의 입에서 소중한 친구라는 말이 나오는 것을 그녀는 한 번도 들어본 적이 없었던 것이다. 그녀가 신뢰하는 언니인 독고령과 재롱을 받아주는 동생 이진설 이외에 친구라고 여기는 인물이 있을 줄은 몰랐던 것이다. 잠시 예청이 당황하고 있을 때였다.

"아버지, 어머니, 소녀의 절을 받으세요."

갑자기 나예린이 예청과 나백천 앞에서 큰절을 올렸다. 그리고는 고개를 들지 않은 채 말했다.

"그동안 감사했습니다. 두 분의 은혜는 잊지 않고 있습니다. 하지만 류연이 저에게 이런 말을 했습니다. 스스로 나는 새를 새장 안에 가두고 족쇄를 채우려고 하는 것은 인간의 부모밖에 없다고요. 그러나 어떤 부모를 가졌든 자식이 부모에게 할 수 있는 가장 큰 효도는 둥지를 떠나 스스로 높은 하늘로 비상하는 모습을 보여주는 것이라고요. 저에겐 두 분이 주신 날개가 있습니다. 두 분의 보호 속에서 크고 튼튼한 날개를 가질 수 있었습니다. 그러니 이제 둥지를 떠나 제 날개로 날아가겠습니다. 부디 허락해 주세요."

"정녕 둥지를 떠나겠느냐? 자신의 길 앞에 놓인 가혹한 운명에 대한 책임을 스스로 지겠다는 것이냐?"

"자기의 운명을 개척할 수 있는 것은 자기 자신뿐이라고 배웠습니다."

"언젠가 날려 보낼 날이 있을 거라 생각했다. 하지만 그날이 오늘이라고는 생각지 못했구나."

예청의 두 눈에서 한줄기 눈물이 흘러내렸다. 가슴에 고통과 환희와 쓸쓸함이 가득해서 자신이 지금 어떤 감정 상태인지 알 수 없었다.

"괴롭구나. 하지만 그것이 너의 길이라면 너의 길을 가야겠지. 너의 앞에 놓인 푸른 하늘을 부모의 욕심으로 어떻게 가릴 수 있겠느냐. 날아가거라, 딸아. 높이! 훨훨! 우리의 손이 닿지 못했던 곳까지! 우리의 날개가 미치지 않는 곳까지!"

"감사합니다, 어머니."

고개 숙인 나예린의 등이 희미하게 떨리더니 눈에서 수정 방울 같은 눈물이 백옥 같은 볼을 타고 흘러내렸다.

그것은 나예린이 한 사람의 인간으로서, 또 한 사람 무인으로서, 그리고 한 사람의 여자로서 홀로 서겠다는 독립 선언이었다.

그렇게 해서 소녀는 조금 더 어른이 되었다.

철가면의 남자
―열두 번째 대장의 보고(報告)

그자는 몸에 착 달라붙는 칠흑 같은 검은 무복 위에 같은 색의 피풍의를 두르고 얼굴에는 철로 만든 가면을 쓴 채 마천각의 심처로 향하는 회랑을 걸어가고 있었다. 딱 한눈에 보기에도 수상쩍기 짝이 없는 모습이었으나 그의 발걸음에는 망설임이 없었다. 그 길이 마천각의 모든 것을 관장하는 마천각주의 집무실로 향하는 유일한 길임에도 아무도 그를 가로막는 자는 없었다. 오히려 회랑 양 끝으로 물러나며 조심스럽게 경의와 두려움을 담아 정중히 예를 표할 뿐이었다. 모든 것이 어둠에 뒤덮여 있어 신분 확인을 할 만한 것이 없는 그에게 있어 딱 하나 눈에 띄는 상징은 그의 펄럭이는 피풍의 한가운데 적혀 있는 십이(十二)라는 숫자뿐이었다.

마천각 집무실 앞에서 보초를 서고 있던 자가 그를 알아보고 기별을 넣었다.

"고(告)! 마천십삼대 제십이번대 대장 무성무영 무혼이 알현을 청합니다."
 그러자 집무실 안에서 낮지만 위엄있는 목소리가 짧게 울렸다.
 "들라 해라."
 가면의 사내가 방문 앞에 도착하자마자 기다렸다는 듯 문이 자동으로 활짝 열렸다. 딱히 몸수색은 하지 않는다. 무기도 소지 가능했다. 대장에게 주어지는 일종의 특례 조치였다.
 이렇듯 가면을 쓰고 마천각주를 만날 수 있는 사람은 손에 꼽을 정도라 할 수 있었다. 그 가면 밑을 본 자는 죽어야만 했다. 그러므로 가면을 벗는다는 것은 있을 수 없는 일이었다. 모시는 주인을 죽일 수는 없기 때문이다.
 집무실 안에는 장막이 쳐져 있어 그와 마천각주 사이를 가로막고 있었다. 늘 보던 것이었기에 그는 상관하지 않고 늘 서던 자리에 서서 한쪽 무릎을 꿇고 예를 올린 다음 보고했다.
 "보고드립니다. 정천맹주 나백천이 강호란도에 나타났습니다."
 절대 무림맹주라는 호칭은 쓰지 않았다. 흑도 역시 엄연히 무림의 반쪽이었기에 모든 것을 통합하는 무림맹주라는 칭호는 엄밀히 말해 잘못된 칭호였기 때문이다. 그런 오만한 호칭이 마천각주 앞에서 용납될 리 없었다.
 "나백천이? 사실이냐?"
 어지간한 일에는 꿈쩍도 하는 않는 강철의 심장을 가진 마천각주도 이 일만큼은 조금 놀란 것 같았다.
 "사실입니다. 가벼운 변장을 하고 있었지만 본인이 틀림없습니다."
 "목적은?"
 아무런 할 일 없이 흑도의 영역 한가운데 걸어 들어오는 것은 있을 수 없는 일이었다.

"아직 확실치는 않았습니다만 개인적인 용무로 추측됩니다."

"근거는?"

"그의 곁에 빙월선자 예청의 모습이 발견되었기 때문입니다."

"예청까지?"

그렇다면 확실히 개인적인 용무일 가능성이 컸다.

"이건 제 추측입니다만……."

무흔이 조심스럽게 말을 꺼냈다.

"말하라!"

마천각주가 허가했다.

"아무래도 이번에 열리는 투기제 참관이 목적인 듯합니다. 그곳에 정천맹주 나백천의 장중보옥인 빙백봉 나예린이 참가한다는 것은 이미 파다하게 난 소문이니까요."

역시 마천각의 정보를 수집하고 은밀한 일들을 도맡아 하는 자답게 정황을 파악하는 분석력과 추리력이 무척 뛰어났다.

"그자의 성격이라면 그럴 가능성도 있지. 하지만 이곳까지 제 발로 걸어 들어오다니…… 어리석군."

한 아이의 아버지로서는 몰라도 한 집단의 장으로서는 실격이었다.

"그리고 한 가지 마음에 걸리는 일이 있습니다."

"무엇이냐?"

"정천맹주 나백천의 동향에 대한 은밀한 감시 요청이 들어왔습니다. 마치 올 줄 미리 알고 있었다는 듯이 말입니다."

"요청한 자가 누구냐?"

싸늘한 목소리로 묻는다. 누군가의 월권행위가 개입되어 있을 수 있는 일이었기 때문이다.

민감한 사안인지라 무흔은 철가면 뒤에서 조심스럽게 입을 열었다.

"저와 같은 마천십삼대의 열두 대장 중 한 명입니다."

그렇게 말하는 것으로 충분했다.

"그렇다면 한 사람뿐이겠군."

차갑게 내뱉듯 말한다.

"그렇습니다. 어떻게 하면 좋겠습니까? 요청을 거부할까요?"

"……."

잠시 숙고하는지 이번에는 금방 대답이 돌아오지 않았다. 잠시 후 마천각주는 결정을 내렸는지 장막 뒤에서 고개를 가로저었다.

"아니다. 기왕 일이 이렇게 된 것, 일단 요청대로 해주어라. 하지만 반드시 나에게 먼저 알리도록 해라. 물론 '녀석'의 감시도 잊지 말아야 할 것이다."

"여부가 있겠습니까."

철가면을 쓴 고개를 깊숙이 숙이며 무흔이 공손하게 대답했다.

"나가봐라."

보고는 끝났다. 다시 임무가 주어진 이상 이곳에 머물러 있을 이유가 없었다. 그는 남면(南面)한 주인의 눈이자 귀, 다시 세상으로 나가 자신의 역할을 수행해야만 했다.

"존명!"

지극한 경외를 담아 인사한 후 제십이번대 대장 무성무영 무흔은 조심스럽게 뒷걸음질하여 물러났다.

다시 문이 자동으로 열렸고, 그가 나가자 다시 자동으로 닫혔다.

집무실 밖으로 나서자 그제야 그의 전신을 무겁게 짓누르고 있던 무형의 압력이 사라졌다. 등에 지고 있던 무거운 거석을 내려놓은 기분이었다. 다행히 그의 가면은 그의 감정을 겉으로 드러내 보이지 않게 해준다. 이럴 때 그 사실에 위안을 얻게 된다. 마천십삼대의 대장답게 다시 몸을 꼿꼿이 세운 무혼은 몸을 돌려 맡겨진 임무를 수행하기 위해 나아갔다.

*　　　*　　　*

인간의 취미란 것은 불필요한 것을 즐기는 일련의 행위를 가리키는 말이다. 한마디로 말해 불필요한 것을 필요한 것으로 인식하게 되는 일종의 괴현상이라고도 할 수 있다. 그도 그럴 것이, 사실 오락이라는 것은 인간의 생존과는 전혀 아무런 상관이 없다. 책을 보지 않아도, 경극 같은 공연을 보지 않아도, 필묵을 휘두르지 않아도, 바늘을 들고 비단 위에 수를 놓지 않아도 생존엔 전혀 지장이 없다. 그것은 생존에 있어 지극히 불필요한 일이며 때때로 생존에 장애가 되기도 한다. 하지만 그래도 인간은 생존에 전혀 필요없는 유희를 만들어내고 향유한다. 그리하여 그 결과 문명이 탄생했다. 문명이란 불필요하고 비효율적인 행위들의 결정체라 해도 과언이 아닌 것이다.

그렇게 보면 생명의 연장과 보존과 번식 이외의 불필요한 일들을 할 수 있다는 것이 인간과 동물을 구분하는 가장 큰 차이점인지도 모른다. 불필요한 것 자체에 의미가 있는 것이다. 불필요함을 감수할 수 있다는 것은 생존의 본능 이외에 별다른 여분의 능력이 주어져 있다는 뜻이기 때문이다. 항상 치열한 약육강식의 세계에서 살아가야 하는 동물들로서는 감히 상상할 수 없는 도락이다. 그리고 그 유희는 인간의 역사가 지남에 따라 점점 더 그 종류가 다양해지고, 그 규모 역시 끝 간 데 없이 커져만 갔다. 그리하여 오락 하나를 즐기기 위해 돌을 깎고 쌓아 수천 명을 수용할 수 있는 투기장을 만들기에 이르게 된다.

지금 그 건축물은 생존에 불필요한 일을 즐기기 위해 모여드는 관중들로 인해 입추의 여지도 없이 빽빽했다. 오늘부터 시작될 경기를 보기 위해 전국 각지에서 몰려든 인파들이었다. 비록 오십만 냥을 향한 대접전에 직접 참가하지는 못하지만, 적어도 구경이라도 하며, 그 접전에 돈이라도 걸며 이 시끌벅적한 축제의 일부로서 참가하고 싶은 모양이었다.

"오오오! 드디어! 드디어 저희들이 등장할 차례가 왔군요. 기다렸습니다. 기다렸어요! 초기다렸습니다!! 안 그렇습니까, 무광 선생님?"

미성공자 유진이 해설자석에서 앉아 장내에 바글바글한 관중들을 향해 흥분한 목소리로 외쳤다.

"그렇군요. 뭐, 시시한 예선전에까지 시시콜콜 분석할 필요는 없으니까요. 그런 건 그저 시간낭비일 뿐입니다. 뭐, 몇 개의 경기는 꽤 보는 맛이 있었지만 말입니다."

흥분하는 유진과 다르게 무광 선생은 냉정하기만 했다. 강하고 특색있는 무공 이외에 그의 관심을 끌 만한 것은 없는 모양이었다.

"하지만 오늘 이 자리에 모인 여러분께선 안심하십시오. 지루한 예선은 이미 끝났습니다. 재빨리 해치웠습니다. 후딱후딱, 빨리빨리! 광속보다 신속하게 진행시켜 버렸습니다. 그래서 끝냈습니다. 지금부터 진행될 본선은 그 백여 개가 넘는 참가 조 중에서 추리고 추린, 그야말로 최고급 옥(玉)이라고 할 수 있겠습니다. 본선 진출자들은 이제까지와는 전혀 다른 대우를 받게 될 것입니다. 그리고 관중 여러분께서는 보다 즐겁고 화려한 오락을 제공받게 될 것입니다. 아아, 벌써 상상하는 것만으로도 뜨겁게 타오르는 것 같습니다!!"

유진의 말대로 예선전은 본선과는 전혀 대우가 달랐다. 세 가지 관문을 통과하고 예선에 올라온 참가 조만 해도 백 개 조가 넘으니 그런 걸 일일이 응원하며 구경하기엔 시간이 아까웠다. 두 해설자도 나타나지 않았다. 해설할 마음이 없는지 자리를 비운 채였다. 이런 지극히 당연한 홀대 속에서 예선전은 삼 일에 걸쳐 진행되었다. 백 개가 넘는 참가 조 중에서 본선에 올라갈 수 있는 조는 오직 열여섯 개 조뿐이었다. 그러니 예선이라 해도 그 치열함은 이루 말할 수가 없었다.

그리하여 세 번의 낮과 세 번의 잠이 지나간 날, 백 개가 넘은 참가 조 중에서 남은 것은 오직 열여섯 개 조뿐이었다.

"옥석은 가려졌습니다. 쭉정이는 이미 아궁이에서 재가 된 지 오래고 이제 남은 것은 최고급 알곡들뿐입니다. 치열한 경쟁을 거치고 올라온 열여섯 개 조의 면면은 여러분도 아시는 바와 같이 다음과 같습니다. 이 중에서 우승한 사람이 혈염제 칠상혼과 맞붙게 되는 행운을 얻게 됩니다!"

해설에 탄력을 받았는지 더욱 신이 난 유진이 들뜬 목소리로 외쳤다. 그러자 무광 선생이 한마디 덧붙였다.

"더없는 불행일 수도 있지요."

그러나 달아오른 함성 속에서 그 목소리는 묻혀 버리고 말았다. 그리고 들렸다 해도 장밋빛 망상에서 현실로 돌려놓을 만큼의 위력을 지니고 있지도 않았다.

"그리고 이번 본선에선 각 경기마다 내기가 진행됩니다. 승리하리라 생각하는 곳에 돈을 걸어주십시오. 각 경기마다 내기가 행해지는 만큼 매 경기마다 일정액의 상금이 우승 조에게 증정됩니다. 막대한 상금이 걸린 만큼 모두 열심히 싸우리라 믿습니다."

"돈이면 안 되는 게 없군요. 저런 고수들의 싸움을 한자리에 앉아서 감상할 수 있다니 말입니다. 과거 같았으면 이런 일은 상상할 수도 없었죠. 원래 비전무공일수록 문외불출이고 남들 앞에서 보이는 것조차 꺼렸으며 절기의 목격자는 반드시 살려두지 않았던 때도 있었는데 말입니다."

무광 선생은 과거와 현실의 격차에 격세지감이 느껴지는 모양인지 말투에 쓸쓸함이 배어 있었다.

"사람이란 시간에 따라 변하는 법이죠. 감춰놓기만 하면 보는 사람들은 재미가 없지 않겠습니다. 기왕 공개된 자리에 나온 것, 화끈화끈, 쌈박하게 싸워줬으면 하는 바람입니다!!"

"그건 동감입니다."

무광 선생이 짧게 한마디 덧붙였다. 무공 해설이 아닌 일에는 일일이 입을 놀리고 싶지 않은 기색이 역력했다. 그는 오직 자기 분야에만 관심이 있었다. 나머지는 어찌 되든 그가 알 바 아니었다. 그렇기에 주최측에서도 말 많은 유진을 보조로 붙여놓은 것이다. 그러나 이렇게 되면 오히려 유진이 주역인 느낌이었다. 그도 그걸 의식하고 있는지 더욱 열렬히 뜨겁게 혼을 불태우며 목소리를 올렸다.

"자, 그럼 오십만 냥 대회 본선대회를 시작하겠습니다! 개최 시작!"

"와아아아아아아아아!"

유진의 본선 개회 선언에 응답하듯 장내가 떠나갈 듯한 함성이 울려퍼졌다.

진정한 '오십만 냥 투기제'의 개막이었다.

화려한 본선 개막식을 내려다보고 있는 붉은 비단 장삼 사내의 입가에 미소가 떠오른다. 좋은 무대, 좋은 기회였다.

"크크, 옛말에 천시(天時), 지리(地理), 인화(人化) 세 가지를 갖춰야 싸움에서 승리할 수 있다고 했던가? 가만히 앉아 있는데도 모든 것이 굴러 들어오는구나. 이것도 운명일까?"

뜻하지 않은 기회를 얻어 그자를 자신의 영역인 이곳 강호란도까지 끌어들일 수 있었는데 뜻하지 않은 선물까지 덤으로 함께 발을 들여놓았다. 서천의 붉은 눈이 한 검객의 호위를 받고 있는 아름다운 중년 여인을 향했다.

"형수, 여전히 아름다우시구려! 크크! 그런데 어쩌지요? 이 아제는 당신을 잃은 형님의 얼굴을 보고 싶어 견딜 수가 없으니 말이오."

그녀는 그의 형 나백천을 불행하게 만드는 최고의 재료였다. 행복의 원천일수록 그것이 상실되었을 때의 상실감은 크다. 그렇게 한 번 뚫린 그 구멍을 영영 메울 수 없다. 그는 그런 구멍을 형의 가슴속에 만들어주고 싶었다. 그의 철갑 마수가 그의 심장을 꿰뚫기 전에 말이다.

"흑사!"

"예, 주군."

"손님을 한 분 모셔와야겠다."

"분부만 내리십시오."

"빙월선자 예청! 현 무림맹주의 아내시지. 귀하신 몸이다. 정중히 모시도록 해라. 인원은 마음대로 동원해도 좋다. 방법은 묻지 않겠다."

"존명."

그리고는 흑사는 사라졌다.

다시 원통투기장을 굽어보는 그의 입가에 섬뜩한 미소가 맺혔다. 즐거워서 어쩔 줄 모르겠다는 표정이 떠오른다. 어릴 때 사마귀의 팔다리를 뜯어내고, 쥐 꼬리에 불을 붙이며 짓던 아이 같은 미소였다.

"형님, 행복해 보여서 다행이오. 이 아우가 선물을 하는 보람이 있을 테니 말이오."

그의 시선이 형수 옆에 서 있는 사람에게로 향했다. 그는 웃고 있었다, 그의 사랑스런 부인을 향해. 정말로 즐겁고 기쁜 듯이. 그는 형이 행복한 게 무척 기뻤다.

"기다리시오, 최고의 불행을 선물해 줄 테니."

입은 웃고 있지만 그 눈동자만은 차갑게 얼어붙어 있었다. 지금 이 얼음처럼 차가운 시선 안에 비춰지고 있는 것은 부인을 보며 즐겁게 웃고 있는 나백천의 모습이었다. 아아, 저 웃는 얼굴을 절망으로 일그러뜨릴 수 있다면……. 상상만으로도 흥분돼서 전율이 일 정도였다.
"그때 형님이 어떤 표정을 지을지… 쿡쿡쿡, 기대되는구려!"

〈『비뢰도』 제24권에서 계속〉

大復活(대부활)!
비류연과 그 일당들의 좌담회

불굴의 투지!
피나는 노력!
막대한 로비!
부단한 여론 조작!
부지런한 방해 공작!
그리고,
작가에게 공갈! 협박!

끝에—

드디어…… 드디어……

장홍: 대부활!!!!!!!!!! 비류연과 그 일당들의 좌담회. 캬오오오오오!

효룡: 이야, 고향에 돌아온 기분이에요, 장 형.

장홍: 우리들이 추방당했다고 생각했겠지만, 우리들은 마침내 돌아왔다. 크으으으, 정말 감동적이군!

효룡: 동감입니다.

장홍: 그런데 '그 녀석'은 어디 간 거야? 평소대로라면 이쯤에 나타나서 '훗' 하고 재수없는 소리 한두 마디 했을 텐데, 이상하구만.

효룡: 그러고 보니 별로 말할 기분이 아니라던데요?

장홍: 응? 왜 그러지? 재수없을 정도로 기운차던 녀석이 별일이군.

효룡: 글쎄요? 상당히 의기소침한 것만은 분명해요.

장홍: 의기소침? 자네, 그 발언은 의기소침이란 단어에 대한 모욕이라는 생각 안 드나?

효룡: 좀 미안하긴 하군요.

장홍: 자넨 많이 미안해해야 해.

효룡: 어쨌든 오늘은 별로 말할 기분 아니래요. 뭔가 정신적인 충격을 꽤 받은 것 같아요.

장홍: 인과응보야! 그래도 그 녀석이 좀 잘난 척 해줘야 분위기가 불타오르는데. 이래서야 이 자리를 제대로 유지할 수 있겠나?

효룡: 이 상태로라면 다음 권에선 9할 9푼의 확률로 짤리겠죠.

장홍: (비명을 지르며) 안 돼에에에에에! 어떻게 되찾은 자린데! 이대로 물러날 순 없다! 효룡 군! 어서 대책을 강구하도록.

효룡: 윤 소저라도 데리고 올까요? 주위에선 꽤 화제던데. 생각보다 잘 어울린다고 말이죠.

장홍: (단호하게) 기각! 더 이상 이 코너에 여자를 끌어들일 수는 없어!!

효룡: 여자였습니까……. 아니었던 것 같은 기분이…….

장홍: 어쨌든 안 돼! 지금 윤준호는 여성의 탈을 뒤집어쓰고 있다고. 그러

니까 여자야!

효룡: 그럼 어떡하죠?

장홍: 작가라도 데려오자!

효룡: 작가를요?

장홍: 그래, 작가! 빨리!

효룡: 그게 더 최악의 방법 같은데…….

(어쨌든 작가M을 불러온 효룡)

작가M: 안녕하세요, 작가M입니다. 오랜만입니다. 이야, 이 코너 아직도 남아 있었군요.

장홍&효룡: 무슨 뜻입니까, 그건? 지금 싸움 거는 겁니까!

작가M: 아니, 그냥 솔직한 감상을 피력한 것뿐입니다. 좀 더 오픈 마인드하세요. 마음을 넓게 가지라는 뜻입니다.

장홍: 뭐, 좋습니다. 마음 편히 가지세요, 청문회에 나왔다는 기분으로.

작가M: 당사자보다도 지켜보는 사람들이 더 마음 불편해질 것 같은 곳이지요, 거긴.

효룡: 자자, 본론으로 들어가죠, 두 분 다. 먼저 작가 분에게 묻겠습니다. 이번에 신작이 나온다는 게 사실입니까?

작가M: 네, 사실입니다.

효룡: 사실이었군요. 긴가민가했습니다. 언제 나옵니까?

작가M: 2007년 8월 7일 날 나옵니다. 시간까지는 모르겠군요. 마음 같아서는 분초까지 알려 드리고 싶습니다만, 아마 여러분이 서점 가져서 그 책을 잡는 순간이 그 시각이 되겠지요.

장홍: 어디서 나옵니까?

작가M: 대원 아키타입이라는 브랜드로 나옵니다. 제목은 '머메이드 사가'입니다.

장홍: 작품 제목은 묻지 않았습니다!

작가M: 어차피 물을 거 아니었습니까?

장홍: 그건 그렇지만, (버럭) 질문 위주로 대답해 주시기 바랍니다.

작가M: 무협은 아닙니다.

장홍: (버럭!) 그것도 아직 질문하지 않은 대답입니다! 질문하기 전에 미리 대답하지 말아주십시오.

작가M: 왜요? 출연 비중이 줄어서 그런 겁니까?

장홍: 이래서 업계 사람은 곤란해. 너무 잘 알고 있어…….

효룡: 오랜만의 차기작이군요?

작가M: 오랜만이고 뭐고, 처음입니다.

효룡: 그게 사실입니까? 비뢰도 쓴 지도 꽤 오래된 걸로 알고 있는데요?

작가M: 벌써 10년째입니다. 출판 후로 따지면 그보다 좀 짧지만요. 슬슬 또 하나의 이야기를 준비해도 되지 않나 생각합니다.

효룡: 그렇군요. 신작… 에… '머메이드 사가' 라고 하셨나요? 무슨 뜻인가요?

작가M: 인어공주 전기(戰記)라는 뜻입니다. 위인전 할 때 전기(傳記)가 아니라 전쟁 할 때의 전기(戰記)입니다.

효룡: 그렇군요. 내용이 뭡니까?

작가M: 당연히 비밀입니다. 전 예고편도 보지 않는 주의라서요. 당연히 예고도 잘 안 하는 편입니다. 다만 작품 일러스트는 '리니지2'를 담당하셨던 정준호님께서 맡아주셨습니다. 멋진 그림을 만나보실 수 있을 거라 생각됩니다.

효룡: 그렇군요. 신작이 나오면 비뢰도 발간 주기가 더욱 늦어질 거란 소문이 있던데? 일 년에 한 권 나올지도 모른다는 이야기까지 있습니다.

작가M: 그럴 일은 없을 겁니다. 비뢰도는 지금의 페이스를 유지할 예정입니다. 특별한 일이 없는 한 석 달에 한 권이라는 페이스는 계속해서 유지할 생각입니다.

효룡: 그건 참 반가운 소식이군요. 그 얘기를 들으니 안심이 됩니다.

작가M: 혹시 묻고 싶었던 건 마지막 질문뿐이었던 것 아닙니까?

효룡: 사소한 건 넘어가도록 하죠. 뭐, 비류연 그 친구는 지금 의기소침해서 나올 생각을 하지 않으니 일단 우리끼리 마무리하는 게 나을 것 같습니다. 털어봤자 더 나올 것도 없을 것 같고 말이죠.

작가M: 전 이불이 아닙니다.

장홍: 뭐, 비유가 그렇다는 겁니다. 신경 쓰지 말고 마무리하시죠.

작가M: 새로운 도전을 한다는 것은 언제나 가슴 뛰는 일입니다. 약간 떨리고 긴장되긴 하지만, 도전할 기회가 주어졌다는 사실만으로도 무척 즐겁습니다. 앞으로 나가고 싶습니다. 계속해서 나아가고 나아가고 또 나아가도, 언제나 또 다른 정상이 있다는 것은 즐거운 일입니다. 당분간 지루할 일은 없겠군요. 그 산을 몽땅 넘을 때까지는 아직 한참이나 남아 있으니까 말입니다.

비뢰도를 쓴 지 벌써 10년이 다 되어갑니다. 그리고 이제 10년 동안 마음 한 켠에만 쌓아두었던 또 하나의 이야기를 시작하려 합니다. 약간 긴장되는 것은 사실입니다. 하지만 이 새로운 도전의 기회에서 도망치고 싶지는 않습니다. 그건 자신의 한계를 넘어설 기회를 차버리는 게 될 테니까요. 진보와 진화야말로 사람의 유전자에 새겨진 절대명령인지도 모르겠습니다. 그 끝은 아직 보이지 않지만, 그곳을 향해 걸어가고 있는 저는 제대로 된 길을 걸어가고 있다고 생각합니다. 한 길을 따라 10년을 걸어왔습니다. 그리고, 지금 하고자 하는 이야기가 둘이 되었다 해서 길이 두 갈래가 되었다고 생각하지는 않습니다. 재미있는 이야기, 즐거운 이야기, 사람의 마음을 끌어들일 수 있는 이야기, 보면 힘이 나는 이야기를 쓰겠다는 데는 변함이 없으니까 말입니다.

계속 이 길을 걸어가 볼 생각입니다. 그 길 중간중간에서 제가 무엇을 보고 듣고 느끼게 될지는 모르겠지만, 까먹지 않고 꼭 여러분께 이야기해 드리겠습니다.

감사합니다.

이 코너에 작가까지 끌어들이다니, 우~

Book Publishing CHUNGEORAM

무한 상상 · 공상 세계, 청어람 신무협 & 판타지

이인세가 | 김석진 지음

이인세가

김석진 新 무협 판타지 소설
FANTASTIC ORIENTAL HEROES

최고 장수 인기작 『삼류무사』의 완결 후 1년. 마침내 드러나는 새로운 대작!
기연을 찾아 떠난 주인공이 마주치는 다채로운 여정 속에 깊이 빠져든다!

『삼류무사(三流武士)』의 묵직한 명성은 잊어라!
빠르게 이어지는 『이인세가(二人世家)』의 화려한 시대가 도래하리니!!

"건강 도인술로 내공을 돌리고 육합권법보다 못한 주먹질로 강호의 안녕을 지키려 나서는 천하제일가의
무상(武相)이라?"
가문의 비기, 황하육권은 약을 팔 때나 쓰는 편이 나을 듯했다. 그래서 필요했다.
극강하면서도 획기적이며 단시간에 가능한 무엇!

그것은 기연(奇緣)!! "기연에 임자가 어디 있어? 먼저 가서 얻으면 땡이지!"

유행이 아닌 자유추구 -

WWW.chungeoram.com

Book Publishing CHUNGEORAM

Book Publishing CHUNGEORAM

무한 상상·공상 세계, 청어람 신무협 & 판타지

일륜 新무협 판타지 소설
FANTASTIC ORIENTAL HEROES

보법무적

**소년에게 보법은 미래요,
희망이요, 원대한 이상이었다!!**

"정말로 제가 안 넘어지고 잘 걸을 수 있나요?"
"그럼! 이건 비밀이라 잘 말해주지 않지만, 네게만 특별히 알려주마. 우리 문파의 특기가 잘 걷기다."
"안 넘어지고 똑바로요?"
"흘흘흘, 당연하지!"
"갈게요, 가겠어요!"

십이 세 소년 등천화와 오십 년 만에 세상에 나온 사부의 만남.
그리고 10년이 흘러 세상에 나온 엉뚱한 청년의 강호 행보!
그의 십보는 무림인들에게 악몽이 되었다!
어느 누구도 붙잡지 못할 거대한 광풍이 되었기에!

유행이 아닌 자유추구 -
WWW.chungeoram.com

Book Publishing CHUNGEORAM

입소문을 통해 아는 분은 다 알고 계십니다!
올 한해 공인중개사 최고의 화제작!

1~2권 합본 | 이용훈 지음
3~4권 합본 | 이용훈 지음
5~6권 합본 | 이용훈 지음
용 어 해 설 | 이용훈 지음
1~2차 문제풀이집 | 이용훈 지음

수험생 기본 필독서
만화 공인중개사

제목 : 만화공인중개사 쓰신 분에게 감사드립니다.

학원을 두달 다녔어요. 근데 과연 그 숫자 외우기 그런게 몇 문제나 나올까 생각을 했어요. 아니라는 생각이 드네요. 학원강의를 뒤로 하고 서점을 갔어요. 내 머리에 가장 이해될 수 있는 책이 없나 하구요. 거기서 만화를 발견했어요. 무조건 세번 봤어요. 3개월 걸렸어요. 문제집을 보라고 했는데 그건 시행을 못했어요. 근데 합격을 했네요.
어떻게 감사의 말을 해야 될지…
도서관에서 만화책 들고 다니니까 사람들이 비웃더라구요. 만화책으로 공인중개사를 공부한다고 미친사람처럼 보더라구요. 근데 그거 다 감수하고 했던 내가 자랑스럽습니다.
어떻게 감사의 말을 해야 할지 정말 감사합니다.
부디 행복하세요. 제 나이 41살에 좋은 스승을 만난 거 같습니다.
엎드려 감사드립니다.

－본사 홈페이지에 독자분이 올린 메일 中 에서 발췌－

잘나가고 싶은 사람은 읽어라!

그에게 한눈에 반했다! 그것은 분위기 탓?
애인과 나란히 걸어갈 때 당신은 좌, 우 어느 쪽에 서는가?
이성은 왜 서로 끌리는 걸까? 그 심층 심리를 해명한다!

30초의 심리학

■ **30초의 심리학**
아사노 하치로우 지음 / 계일 옮김 | 값 8,500원

처음 본 사람인데 와 닿는 느낌이
너무나도 강렬한 사람이 있다.
흔히 하는 말로 '필이 꽂힌 사람',
그래서 잊혀지지 않는 사람,
한눈에 반했다고 하는 것이 바로 그것이다.
이런 인간의 감정을 논하는 데
남녀의 구분이 있을 수 없다.
사랑하는 그, 혹은 그녀를
생각하는 것만으로도 가슴이 두근거린다.
이상할 것 없다. 당연히 그럴 수 있는 것이다.
그렇기에 인간을 감정의 동물이라 하지 않는가.
그러나 그렇게 좋아하는 그 사람이
어느 날 갑자기 싫어지는 경우는 왜일까?

BOOK Publishing CHUNGEORAM

성공한 사람들이 버린
7가지 습관

위판 지음 | 김진아 옮김
230 페이지 내외 | 9,800원

It does not succeed 7
branch habit of the people

지금 당신의 습관이 성공을 결정한다!

습관 체크 포인트

다음 리스트 중 당신의 생각과 일치하면 YES, 그렇지 않으면 NO로 항목에 체크하세요.

1. 회사에서 내가 빠지면 진행되지 않는 일이 많다   YES ☐   NO ☐
2. 마감 직전의 긴박감이 업무의 가장 좋은 원동력이 되어준다   YES ☐   NO ☐
3. 모든 일에는 중요한 순간이 있다 믿으며 마감을 늦춘다   YES ☐   NO ☐
4. 기다림에는 그에 상응하는 대가가 있다   YES ☐   NO ☐
5. 업무의 완벽함을 위해서 효율성을 배제한다   YES ☐   NO ☐
6. 다른 사람의 견해에 영향을 받기 싫어 일을 포기한 적이 있다 YES ☐   NO ☐
7. 우수한 성적을 받거나 포상, 승진을 했을 때 부담스럽다   YES ☐   NO ☐
8. 책임지는 것에 대한 무게로 이직이나 부서 이동을 포기한 적이 있다 YES ☐   NO ☐
9. 프로젝트가 끝나는 것을 두려워한다   YES ☐   NO ☐
10. 크게 중요하지 않은 설문에 꼬박꼬박 응한다. 바로 지금과 같이 YES ☐   NO ☐

한 개 이상의 항목에 YES라 체크했다면 지금 당신은 습관을 바꿔야 한다!

 유행이 아닌 자유추구 -
WWW.chungeoram.com

BOOK Publishing CHUNGEORAM

BOOK Publishing CHUNGEORAM

1등을 넘어서 초일류로

세계를 리드하는 초일류 그룹의 카리스마 넘치는 경영비법을 낱낱이 전수한다!

지금까지 삼성에 대한 것은 모두 잊어라!
이것이 진짜다!

"대한민국 1등을 넘어 세계 초일류에 도전한다"
한국경제가 몇 년째 정체를 벗어나지 못하고 있는 상황에서 미래에 대한 신념과 열정, 창조적 혁신과 도전으로 세계 초일류를 꿈꾸는 모든 이들에게 희망을 제시한다!

1등을 넘어서 초일류로 | 이채윤 지음 | 가격 : 12,000원

지금 우리 경제 문제는 심각하다. 삼성전자뿐만 아니라 우리나라 전체가 문제다. 급변하는 국내외의 여건과 사회의 흐름을 신속하게 읽고 미리 대응하지 못하면 정상의 발치에서 주저앉을지 모른다고 삼성의 이건희 회장은 2007년 신년사에서 누차 경고 한 바 있다.

이에 최근 삼성 경영진은 기회가 있을 때마다 '창조경영'을 역설하고 있다.

우리만의 경쟁력을 갖추어 창조적 발상과 혁신으로 미래의 도전에 성공한다면 삼성을 포함한 한국의 많은 기업들이 세계 초일류 기업의 새 주인으로 올라설 수 있을 것이다. 미래에 대한 신념과 열정, 창조적 혁신과 도전이 계속되는 한 우리의 앞날은 더욱 힘차고 밝을 것이다.

유행이 아닌 자유추구 -

WWW.chungeoram.com

BOOK Publishing CHUNGEORAM